中国古代名著全本译注丛书

搜神记全译

[晋]干宝 著　[明]胡应麟 辑
曹光甫 校点　王一工 唐书文 译

图书在版编目(CIP)数据

搜神记全译 /(晋)干宝著;(明)胡应麟辑;曹光甫点校;王一工,唐书文译. —上海:上海古籍出版社,2019.3
(中国古代名著全本译注丛书)
ISBN 978-7-5325-9062-9

Ⅰ.①搜… Ⅱ.①干… ②胡… ③曹… ④王… ⑤唐… Ⅲ.①笔记小说—中国—东晋时代 Ⅳ.①I242.1

中国版本图书馆 CIP 数据核字(2018)第277303号

中国古代名著全本译注丛书
搜神记全译
[晋]干　宝　著　[明]胡应麟　辑
曹光甫　校点　王一工　唐书文　译
上海古籍出版社出版发行
(上海瑞金二路272号　邮政编码200020)
(1)网址:www.guji.com.cn
(2)E-mail:guji1@guji.com.cn
(3)易文网网址:www.ewen.co
江阴金马印刷有限公司印刷
开本890×1240　1/32　印张12.375　插页5　字数300,000
2019年3月第1版　2019年3月第1次印刷
印数:1—4,100
ISBN 978-7-5325-9062-9
I·3345　定价:48.00元
如有质量问题,请与承印公司联系

前　言

今天我们读《搜神记》，不可不知道一个事实，即《搜神记》原书已经在北宋末年的战乱中佚失，现在我们看到的，是后人的辑本。

《搜神记》的作者干宝，字令升，新蔡（今属河南）人。东晋初年，他以佐著作郎领国史，著有《晋纪》二十卷。《搜神记》在《晋书》本传、《隋书》和《旧唐书》的《经籍志》，直到欧阳修等所修《新唐书》的《艺文志》中，都著录为三十卷。可见这个三十卷本原书，到北宋时尚存。但到了南宋，就连一些大藏书家也已经看不到它了：晁公武的《郡斋读书志》和陈振孙的《直斋书录解题》都没有提到它，《宋史·艺文志》虽著录“干宝搜神总记十卷”，却又注明“不知作者”，可见已经不是三十卷本的原书了。

今传二十卷本《搜神记》，据考是明朝万历年间，胡应麟从《法苑珠林》及诸类书中录出的辑本。胡应麟字元瑞，浙江兰溪人。他聚书四万余卷，是个广见博闻的学者，但辑佚不是件容易的事，故辑录本仍不免有阙遗和误收。胡震亨把这个本子收入《秘册汇函》时，就对卷二《夏侯弘》条所记谢尚无儿事后于书成之日至少二十余年提出过质疑。鲁迅在研究古小说时指出，“现行本《搜神记》乃后人抄合”（《稗边小缀》），是“一部半真半假的书籍”（《中国小说的历史的变迁》）。余嘉锡则认为，本书尽管有误收之处，但“十之八九出于干宝原书”（《四库提要辨证》），这个大致上是可信的。

辑录本未能完全恢复原书的本来面貌，还在于没有把原书分篇的结构格局表现出来。《搜神记》原书是分篇的，《晋书》本传所载自序片段中说：“群言百家不可胜览，耳目所受不可胜载，今粗取足以演八略之旨，成其微说而已。”所谓“八略”，就是《搜神记》原书所分八篇。这八篇的名目，如今只能从《水经注》、《荆楚岁时记》、《法苑珠林》等书引文中见到《感应》、《神化》、《变化》、《妖怪》四种，本书卷六第一则《妖怪》，当为《妖怪》篇的叙论；卷十二第一则《五气变化》，当为《变化》篇的叙论。其余均已不详。所以要恢复原书的本来面貌，事实上已是不可能了。不过辑录本分卷条列，大抵以类相从，与干宝自称的“会聚散逸，使同一贯”的编写体例还是相符的。

《搜神记》的内容如其书名所示，是“撰集古今怪异非常之事”（干宝《进书表》），目的在于“发明神道之不诬”（自序），其中约近半数是“考先志于载籍”来的，还有约一半是“收遗逸于当时”来的。干宝的同时人刘惔看了他的《搜神记》以后，称赞他是“鬼之董狐”。董狐是春秋时晋国的史官，曾因秉笔直书被孔子誉为“古之良史”。《搜神记》中确有一小部分纪实的内容，如连体婴儿、两头怪胎、性别变化等异常现象，是虽然怪异却实际发生过的，而被干宝当作妖怪搜罗来的。但大量的故事，却来自并不翔实的传闻佚说。《晋书》本传说它有“混虚实”之处，连干宝自己也承认“盖非一耳一目之所亲闻睹也，又安敢谓无失实者哉”。不仅《搜神记》中的故事来源虚实混杂，干宝在记述这些故事时也作了一定的艺术加工。《晋书》本传提到干宝亲身经历的两件事：一件是父婢被生母推入墓中，后十余年开墓而婢还活着；一件是兄曾气绝而复苏，自言见天地间鬼神事。前一件事明显有失实之处，干宝记述时又隐讳了是自己家中的事，而把故事说成发生在杜锡家里（见本书卷十五《杜锡婢》）。后一件事是有可能发生的，人在假死状态下有一些幻觉并不奇怪，但干宝也没有如实记录，而是加入了术士作法使之还魂的神异情节（见本书卷一《吴猛》）。可见，干宝撰写本书并不是“秉笔直书”，而是加入了虚构的情节。与其把他比作秉笔直书“鬼之董狐”为鬼写史，不如把《搜神记》视作魏晋志怪小说中的一部代表作。

作为志怪小说，《搜神记》自然有它的局限性：在很大程度上宣扬了鬼神迷信和妖怪巫术之类，这一点，用科学的眼光不难识别。但同时，其中的许多故事和传说歌颂了反抗压迫、不怕鬼神、为民除害、忠贞相爱，成为我国优秀文化遗产的一个组成部分。它对后世的文学创作影响深远：戏曲方面如《东海孝妇》（本书卷十一）之于《窦娥冤》，《董永》（本书卷一）之于《天仙配》；小说方面如《范巨卿张元伯》（本书卷十一）之于《清平山堂话本·死生交范张鸡黍》，《三王墓》（本书卷十一）之于鲁迅《故事新编·眉间尺》等等，《搜神记》都为后世的再创造提供了素材和艺术启示。蒲松龄《聊斋自志》曾称“才非干宝，雅爱《搜神》”，这或许是蒲松龄的自谦，但他深受《搜神记》的影响是显而易见的。

本书原文以《津逮秘书》本为底本，曹光甫校点。如有文字歧异，择善而从。原缺《搜神记序》，现据《晋书·干宝传》补录。

王一工　唐书文

目　录

卷　一

卷 二

卷　三

卷　四

卷　五

卷　六

卷　七

卷　八

卷　九

卷　十

卷十一

卷 十 二

卷 十 三

卷十四

卷十五

卷十六

卷 十 七

卷十八

卷 十 九

卷 二 十

序

虽考先志于载籍，收遗逸于当时，盖非一耳一目之所亲闻睹也，又安敢谓无失实者哉！卫朔失国，二传互其所闻；吕望事周，子长存其两说。若此比类，往往有焉。从此观之，闻见之难一，由来尚矣。夫书赴告之定辞，据国史之方策，犹尚若此，况仰述千载之前，记殊俗之表，缀片言于残阙，访行事于故老，将使事不二迹，言无异途，然后为信者，固亦前史之所病。然而国家不废注记之官，学士不绝诵览之业，岂不以其所失者小、所存者大乎？今之所集，设有承于前载者，则非余之罪也。若使采访近世之事，苟有虚错，愿与先贤前儒分其讥谤。及其著述，亦足以发明神道之不诬也。群言百家，不可胜览；耳目所受，不可胜载。今粗取足以演八略之旨，成其微说而已。幸将来好事之士录其根体，有以游心寓目而无尤焉。

【译文】

（我）虽然在典籍记载中考据前代史志，收集当时逸事遗说，但这些不是我的耳目亲自看到、听说的事，又怎么敢说没有脱离真实情况的文字呢！卫国国君惠公丧失政权的过程，《公羊》《穀梁》二书的记载互相抵触；太公姜尚辅佐周期王室，司马迁在《史记》中保留了几种说法。像这样的情况，常常出现。由此看来，见闻的难于一致这种事，来源也很久远了。那些写在讣告里的核定过的言辞，根据国史抄录的典籍，尚且像这样（互相抵牾），何况上溯到千年以前的事，记载下遥远异域的不同风俗，从残缺的稿件中补缀只言片语，找耆老走访前人的事迹行状。想要使事迹记载全部统一毫无分歧，然后才作为可信的言论，这本来也是前代史家的缺陷。然而，国家没有废黜史官，读书人没有断绝学业，难道不是因为文献记载中失传的东西少，而保存下来的多，相对完整吗？现在我收集的这些文章，如果是从前代记载里传承下来的，那就不是我的过错。如果是采集访查近世的事实，而有虚妄错讹之处，我愿意和先代的贤人儒者平分读者的讥讽毁谤。至于我的著作，也可以发扬彰明神仙道术的真实不虚了。百家学者各种言论，浏览不过来，耳目所能收集到的，也记载不过来，现在粗略地摘取一些足以演绎八略的原则的部分，完成自己微末的述说而已。希望将来爱好这类东西的人采用其中的主题体例，足以让他们留心过目而不加以指责了。

卷　一

神　　农

神农以赭鞭鞭百草，尽知其平毒寒温之性，臭味所主，以播百谷，故天下号神农也。

【译文】

神农有一根赤褐色的神鞭，用它鞭打百草，每种草有毒还是无毒，性寒还是性温，甜酸苦辣咸中属于哪一味，可以主治什么病，就都知道了。靠这播种了百谷，所以天下称他神圣。

赤　松　子

赤松子者，神农时雨师也。服水玉散，以教神农，能入火不烧。至昆仑山，常入西王母石室中，随风雨上下。炎帝少女追之，亦得仙，俱去。至高辛时，复为雨师，游人间。今之雨师本是焉。

【译文】

赤松子是神农时掌管雨的神仙，称为雨师。他服食水玉散，也教神农服食。他能进入火中烧不坏身体。他每到昆仑山去，常到西王母的石室中做客。随风上天，随雨下地。炎帝的小女儿跟随他，也成了仙，和他一块儿去了。到帝喾的时候，他重新又做雨师，游戏人间。如今的雨师都起源于他。

赤将子舆

赤将子舆者，黄帝时人也。不食五谷，而啖百草华。至尧时，为木工，能随风雨上下。时于市门中卖缴，故亦谓之缴父。

【译文】

赤将子舆是黄帝的同时代人。他不食五谷，而吃百草的花。到尧的时候，又做起了木工。他能随着风雨上下。常常在集市上出售系在箭上射鸟用的生丝绳，古代把这种生丝绳叫做“缴”，所以人们也把他称为“缴父”。

宁封子

宁封子，黄帝时人也，世传为黄帝陶正。有异人过之，为其掌火，能出入五色烟，久则以教封子。封子积火自烧，而随烟气上下。视其灰烬，犹有其骨。时人共葬之宁北山中，故谓之宁封子。

【译文】

宁封子本名封子，是黄帝时的人，人们传说他是为黄帝掌管制陶器的。有个神奇的人探望他，为他掌火，能在五色的烟火中随意出入。日子一久，他把这本领教给了封子。封子积起燃料把自己火化了，从此他就能随着烟火升腾上下。人们察看他火化的灰烬，里面还有他的骨头，当时人们就一起把这骨头葬在宁北山中，所以称为宁封子。

偓佺

偓佺者，槐山采药父也。好食松实，形体生毛，长七寸，两目更方，能飞行，逐走马。以松子遗尧，尧不暇服。松者，简松也。时受服者，皆三百岁。

【译文】

偓佺是槐山上的采药师。他喜欢吃松子，吃了松子以后身上就长出毛来，有七寸长，两只眼睛也变成方的了。还能飞一样地行走，追赶奔马。他把松子送给尧，尧没有空吃。这种松，名叫简松。当时接受了他的松子吃下去的人，都活到三百岁。

彭祖

彭祖者，殷时大夫也。姓钱，名铿，帝颛顼之孙，陆终氏之中子。历夏而至商末，号七百岁。常食桂芝。历阳有彭祖仙室，前世云，祷请风雨，莫不辄应。常有两虎，在祠左右。今日祠之讫，地则有两虎迹。

【译文】

彭祖是殷朝的大夫，姓钱，名铿，帝颛顼的玄孙，陆终氏的中子。他经历了夏朝直到殷商末年，号称七百岁。他常吃桂芝。历阳有彭祖的庙，据上辈的人说，到那儿祈风求雨，无不有应。庙左右常有两只老虎。如今祭祀完毕，地上也会出现两只虎迹。

师　　门

师门者，啸父弟子也。能使火，食桃葩，为孔甲龙师。孔甲不能修其心意，杀而埋之外野。一旦，风雨迎之，山木皆燔。孔甲祠而祷之，未还而死。

【译文】

师门是啸父的徒弟，善于使火。他吃桃花，替夏王孔甲养龙。孔甲不能修养自己的心志，把师门杀了埋在野外。一天，有风雨前来迎他上天，山上的树木都燃烧起来。孔甲到那儿祭祀祈祷，还没回家就死了。

葛　　由

前周葛由，蜀羌人也。周成王时，好刻木作羊卖之。一旦，乘木羊入蜀中。蜀中王侯贵人追之，上绥山。绥山多桃，在峨眉山西南，高无极也。随之者不复还，皆得仙道。故里谚曰："得绥山一桃，虽不能仙，亦足以豪。"山下立祠数十处。

【译文】

葛由是蜀地的羌族人。周成王的时候，他喜欢把木头刻成羊出卖。一天，他骑着木羊进了蜀中。蜀中王侯贵人追他，他就上了绥山。绥山有很多桃树，在峨眉山西南，高得不见顶。追随他的人不再回来，都得了仙道。所以俗语说："得绥山一桃，虽不能仙，也足以豪。"山下建有几十座庙。

崔　文　子

崔文子者，泰山人也。学仙于王子乔。子乔化为白蜺而持药与文子。文子惊怪，引戈击蜺，中之，因堕其药。俯而视之，王子乔之尸也。置之室中，覆以敝筐。须臾，化为大鸟。开而视之，翻然飞去。

【译文】

崔文子是泰山人，向王子乔学仙道。王子乔化成一道白蜺，拿药给崔文子，崔文子不知怎么回事，惊诧之下，拿起戈就向蜺击去，击中了，那药就掉了下来。崔文子低头一看，是王子乔的尸体。就把他放在屋中，用个破筐盖在上面。转眼之间，尸体变成一只大鸟。把破筐掀开看，大鸟一个翻身，就飞去了。

冠　先

冠先，宋人也。钓鱼为业，居睢水旁百余年。得鱼，或放，或卖，或自食之。常冠带。好种荔，食其葩实焉。宋景公问其道，不告，即杀之。后数十年，踞宋城门上，鼓琴，数十日乃去。宋人家家奉祠之。

【译文】

冠先是宋国人，钓鱼为业。他住在睢水旁一百多年，钓到鱼，或者放生，或者卖掉，或者自己吃了。经常穿戴得很整齐。他喜欢种薜荔，吃它的花和果实。宋景公问他长寿之道，他不说，宋景公就把他杀了。几十年以后，他坐在宋国的城门上，弹奏着琴，过了几十天才去。宋国人家家把他奉为神仙祭祀他。

琴　高

琴高，赵人也。能鼓琴。为宋康王舍人。行涓、彭之术，浮游冀州涿郡间二百余年。后辞入涿水中取龙子，与诸弟子期之曰："明日皆洁斋，候于水旁，设祠屋。"果乘赤鲤鱼出，来坐祠中，且有万人观之。留一月，乃复入水去。

【译文】

琴高是赵国人，弹得一手好琴，在宋康王那儿任舍人。他修炼涓子和彭祖的长寿之术，飘游在冀州、涿郡之间达二百多年。后来他告别世人，到涿水中去取龙子，与他的徒弟们相约："明天你们都洁身戒斋，候在水边，准备好一所庙堂。"到时，他果然乘了一条赤色鲤鱼从涿水中出来，到庙里坐定。消息传开，轰动远近，将近有一万人来观看他，他留了一个月，就又到涿水中去了。

陶　安　公

陶安公者，六安铸冶师也。数行火。火一朝散上，紫色冲天，公伏冶下求哀。须臾，朱雀止冶上，曰："安公安公，冶与天通。七月七日，迎汝以赤龙。"至时，安公骑之，从东南去。城邑数万人，豫祖安送之，皆辞诀。

【译文】

陶安公是六安的金属冶炼铸造匠。他经常点火冶炼。有一次火势控制不住向上窜去，一片紫红色火焰冲向天空。陶安公伏在炉下哀求上天保佑。不一会儿，有只朱雀停在炉上，鸣叫道："安公安公，冶与天通。七月七日，迎你以赤龙。"到了日子，陶安公骑着赤龙向东南方向而去。城中几万个人，预先为他祭祀路神，祝他平安，为他送行，陶安公一一与他们辞别。

焦山老君

有人入焦山七年，老君与之木钻，使穿一盘石，石厚五尺。曰："此石穿，当得道。"积四十年，石穿，遂得神仙丹诀。

【译文】

有个人进焦山七年，老君给他一把木钻，叫他钻穿一块五尺厚的盘石，对他说："这石穿了，他就能得道。"累计四十年下来，石终于穿了，他就得到了神仙丹诀。

鲁少千

鲁少千者，山阳人也。汉文帝尝微服怀金过之，欲问其道。少千拄金杖，执象牙扇，出应门。

【译文】

鲁少千是山阳人。汉文帝曾经穿着便衣，怀里藏着黄金，去探望他，想向他问道。鲁少千拄着黄金杖，拿着象牙扇，出来应门。

淮南八公

淮南王安好道术，设厨宰以候宾客。正月上辛，有八老公诣门求见。门吏白王，王使吏自以意难之。曰："吾王好长生，先生无驻衰之术，未敢以闻。"公知不见，乃更形为八童子，色如桃花。王便见之，盛礼设乐，以享八公。援琴而弦歌曰："明明上天，照四海兮。知我好道，公来下兮。公将与余，生羽毛兮。升腾青云，蹈梁甫兮。观见三光，遇北斗兮。驱乘风云，使玉女兮。"今所谓《淮南操》是也。

【译文】

淮南王刘安喜好道术，备下佳肴迎候宾客。正月的第一个辛日，有八个老翁上门求见。门上管事的向淮南王禀报了，淮南王叫管事的自己动脑筋，给老翁们出些难题来试试他们有没有道术。

管事的就对老翁们说："我家王爷喜欢长生术，先生们一个个老态龙钟，没有制止衰老的本领，我不敢报上去。"老翁知道淮南王不接见他们，就变化形貌，成了八个童子，一个个脸若桃花。淮南王便接见了他们，礼节隆重，还备了乐队，款待八公。淮南王倚在琴旁，边弹边唱道：

上天的光芒，普照四方啊。
知道我喜欢道术，你们特意降临啊。
你们将与我，生出羽毛啊。
升上青云，踏上梁甫山啊。
看见日月星辰，遇到北斗啊。
乘风驾云，使唤玉女啊。

他所唱的歌，就是如今所谓的《淮南操》。

刘　根

刘根，字君安，京兆长安人也。汉成帝时，入嵩山学道，遇异人，授以秘诀，遂得仙。能召鬼。颍川太守史祈以为妖，遣人召根，欲戮之。至府，语曰："君能使人见鬼，可使形见，不者加戮！"根曰："甚易。"借府君前笔砚书符，因以叩几。

须臾，忽见五六鬼，缚二囚于祈前。祈熟视，乃父母也。向根叩头曰："小儿无状，分当万死。"叱祈曰："汝子孙不能光荣先祖，何得罪神仙，乃累亲如此。"祈哀惊悲泣，顿首请罪。

根默然忽去，不知所之。

【译文】

刘根，字君安，是京兆长安人。汉成帝的时候，进嵩山学道，遇到不寻常的人教授他秘诀，于是成了仙，能召鬼。颍川太守史祈以为他有妖术，派人把他找来，想杀掉他。刘根到了以后，史祈就对他说："你能使人见鬼，不妨叫鬼显形，不然的话，就杀了你。"刘根说："这很容易。借府君座前的笔砚来画一道符。"画完了符，就在几上敲了两下。

顷刻间，忽然现出五六个鬼，绑了两个囚犯来到史祈面前。史祈仔细一看，竟是自己的父母。只见他们向刘根叩头说："小儿无礼，自应万死。"接着就叱责刘根说："你做子孙的不能光宗耀祖，为什么还要得罪神仙，以致连累双亲到这个地步！"史祈又悲哀又惊恐，忍不住哭泣起来，向他们叩头谢罪。

刘根默不作声，忽然离去，不知去向。

汉 王 乔

汉明帝时，尚书郎河东王乔为叶令。乔有神术，每月朔，尝自县诣台。帝怪其来数而不见车骑，密令太史候望之。言其临至时，辄有双凫从东南飞来。因伏伺，见凫，举罗张之，但得一双舄。使尚书识视，四年中所赐尚书官属履也。

【译文】

汉明帝的时候，尚书郎河东王乔在叶县当县令。王乔有神奇的法术，每月初一，常常从县里到朝廷来。汉明帝奇怪他来得频繁，却又不见他有什么车马，就密令太史候看看他有什么异常。太史报告说，王乔来的时候，总有两只野鸭从东南方向飞来。于是就埋伏着伺候，一看见野鸭，就举起罗网去捕捉，结果只扑到一双鞋。汉明帝叫宫中专门掌管制造器物的尚方令来辨认，原来是四年时赐给尚书郎的鞋。

蓟 子 训

蓟子训，不知所从来。东汉时，到洛阳，见公卿数十处，皆持斗酒片脯候之，曰：“远来无所有，示致微意。”坐上数百人，饮啖终日不尽。去后皆见白云起，从旦至暮。

时有百岁公说：“小儿时，见训卖药会稽市，颜色如此。”训不乐住洛，遂遁去。正始中，有人于长安东霸城，见与一老公共摩娑铜人，相谓曰："适见铸此，已近五百岁矣。"见者呼之曰："蓟先生，小住并行！"应之。视若迟徐，而走马不及。

【译文】

蓟子训，不知他从哪儿来。东汉时到洛阳，拜见几十个公卿，都只拿一斗酒、一片肉脯问好，说："从远方来，没有什么东西，只表示一点儿小意思。"座上几百个人，喝酒吃肉，一整天也吃喝不尽。他走后，都看见白云顿起，从早到晚不散。

当时有个百岁老人说："我还是小孩时，就看见蓟子训在会稽市上卖药，容貌也和现在一样。"蓟子训不喜欢在洛阳住，就隐遁而去。到魏正始年间，有人在长安东面的霸城，看见他与一个老翁一起抚摩铜人，互相说："当初看见铸造这个铜人，已经将近五百年了。"看见他的人叫他说："蓟先生停一停。"蓟子训和那个老人并排走着答应了一声。看他们走得很慢，可是飞马也追不上。

汉 阴 生

汉阴生者，长安渭桥下乞小儿也。常于市中丐，市中厌苦，以粪洒之。旋复在市中乞，衣不见污如故。长吏知之，械收系，着桎梏，而续在市乞。又械，欲杀之，乃去。洒之者家，屋室自坏，杀十数人。长安中谣言曰："见乞儿，与美酒，以免破屋之咎。"

【译文】

汉阴生是长安渭桥下一个小乞丐，常在市中乞讨。市中的人讨厌他到极点了，用粪洒在他身上。一转眼又在市中乞食，衣服上并没有一点污渍，像原来一样。吃公事饭的人知道了，把他拘捕起来，上了手铐脚镣，可是放了后他仍然在市中乞食。又把他抓来要杀死他，他才走了。洒他粪水的人，家里房屋自行坍塌，压死了十几个人。长安城中民谣说："见了乞丐，给他酒菜，免得屋坍遭灾。"

卒常生

谷城乡卒常生，不知何所人也。数死而复生，时人为不然。后大水出，所害非一。而卒辄在缺门山上大呼，言"卒常生在此"。云复雨，水五日必止。止则上山求祠之，但见卒衣杖革带。后数十年，复为华阴市门卒。

【译文】

谷城乡有个卒常生，不知是哪儿的人。死去好几次都复活了，当时人还有点不相信。后来发大水，受害的不止一家，而卒常生则在缺门山上大声呼喊道："卒常生在此！"他说："还要下雨。五天以后，洪水必退。"洪水退了以后，人们上山要为他立祠，只见他的衣服、手杖、皮带还在，人却不见了。几十年以后，他又在华阴县做看管市场大门的差役。

左慈

左慈，字元放，庐江人也。少有神通。尝在曹公座，公笑顾众宾曰："今日高会，珍羞略备。所少者，吴松江鲈鱼为脍。"放云："此易得耳。"因求铜盘，贮水，以竹竿饵钓于盘中。须臾，引一鲈鱼出。公大拊掌，会者皆惊。公曰："一鱼不周坐客，得两为佳。"放乃复饵钓之。须臾，引出，皆三尺余，生鲜可爱。公便自前脍之，周赐座席。公曰："今既得鲈，恨无蜀中生姜耳。"放曰："亦可得也。"公恐其近道买，因曰："吾昔使人至蜀买锦，可敕人告吾使，使增市二端。"人去，须臾还，得生姜。又云："于锦肆下见公使，已敕增市二端。"后经岁余，公使还，果增二端。问之，云："昔某月某日，见人于肆下，以公敕敕之。"

后公出近郊，士人从者百数。放乃赍酒一罂，脯一片，手自倾罂，行酒百官，百官莫不醉饱。公怪，使寻其故。行视沽酒家，昨悉亡其酒脯矣。公怒，阴欲杀放。放在公座，将收之，却入壁中，霍然不见。乃募取之。或见于市，欲捕之，而市人皆放同形，莫知谁是。

后人遇放于阳城山头，因复逐之，遂走入羊群。公知不可得，乃令就羊中告之曰："曹公不复相杀，本试君术耳。今既验，但欲与相见。"忽有一老羝，屈前两膝，人立而言曰："遽如许。"人即云："此羊是。"竞往赴之，而群羊数百，皆变为羝，并屈前膝，人立云："遽如许。"于是遂莫知所取焉。

老子曰："吾之所以为大患者，以吾有身也。及吾无身，吾有何患哉！"若老子之俦，可谓能无身矣，岂不远哉也！

【译文】

左慈，字元放，是庐江人。年轻时就有神通，曾参加曹操的宴会，曹操笑着对来宾们说："今日高朋满座，山珍海味也备了一些，缺少的，是吴国松江鲈鱼做的鱼片。”左慈说：“要得到它很容易。”就要来一个铜盘，里面放水，将钓鱼竿放在盘里钓，一转眼，就拉出一条松江鲈鱼来。曹操高兴得大声鼓掌，参加宴会的人都感到惊奇。曹操说：“一条鱼不够分给座上客，最好能有两条。”左慈就重新加了鱼饵，在盘中钓。一转眼，拉出来，又是一条。都有三尺来长，鲜活可爱。曹操便亲自上前切鱼片，遍赐座客。曹操说：“今天既然有了鲈鱼，只是遗憾没有蜀中生姜。”左慈说：“也可以弄到。”曹操怕他在附近买，就说：“我以前派人到蜀国买锦，可以命人告诉我的使者，叫他多买一匹。”左慈就命人前去，不多一会那人就回来了，买来了生姜，又说：“在卖锦的店铺里看见了使者，已经命他多买一匹。”后来经过一年多，使者回来，果然多买了一匹锦。曹操问他，他说：“去年某月某日，在店铺里见到一个人，把丞相的命令告诉了我。”

后来曹操到近郊去，随从人员有一百来个。左慈就送去一罂酒，一片肉脯，亲自侧着酒罂给百官依次倒酒，百官无不酒醉肉饱。曹操很奇怪，派人探求其中的缘故。察访到一家酒铺，就在昨天，店里的酒和肉脯都失踪了。曹操大怒，心里就想要杀左慈。一次趁左慈在座，曹操打算逮捕他，不想左慈退入壁中，忽然不见了。于是曹操就悬赏缉拿他。有人在集市上见到他，想要抓他，一下子集市上的人都变得和左慈一个模样，不知究竟哪一个是。

后来有人在阳城山头遇到左慈，就又追逐他，他就跑进羊群，变成了羊。曹操知道没法抓到他，就叫人对着羊群告诉他：“曹公不再杀你了，本来也只是试试你的法术罢了。如今既然已经证实了，曹公就只想与你相见了。”忽然有一只老公羊，屈着前腿像人一样立着说：“就像这样。”人们就说：“这羊就是。”争着朝它走去。这时一群羊几百只，都变成了老公羊，齐刷刷屈着前腿，像人一样立着说：“就像这样。”于是就不知捉哪只好了。

老子说：“我之所以有大的忧患，是因为我有身体。等到我没有了身体，我还有什么忧患呢？”像老子这类人，能够没有身体了。他们离人世间岂不是很遥远啊！

于 吉

孙策欲渡江袭许，与于吉俱行。时大旱，所在熇厉。策催诸将士，使速引船。或身自早出督切，见将吏多在吉许。策因此激怒，言："我为不如吉耶？而先趋附之！"便使收吉。至，呵问之曰："天旱不雨，道路艰涩，不时得过，故自早出。而卿不同忧戚，安坐船中，作鬼物态，败吾部伍。今当相除。"令人缚置地上，暴之，使请雨。若能感天，日中雨者，当原赦；不尔，行诛。俄而云气上蒸，肤寸而合。比至日中，大雨总至，溪涧盈溢。将士喜悦，以为吉必见原，并往庆慰。策遂杀之。将士哀惜，藏其尸。天夜，忽更兴云覆之。明旦往视，不知所在。

策既杀吉，每独坐，仿佛见吉在左右。意深恶之，颇有失常。后治疮方差，而引镜自照，见吉在镜中，顾而弗见。如是再三，扑镜大叫，疮皆崩裂，须臾而死。（吉，琅邪人，道士。）

【译文】

孙策准备渡江去袭击许城，与道士于吉一路同行。当时大旱，到处火烤火燎的。孙策催促将士们，叫他们赶快拉船。一次，孙策一早亲自出来督促，看见好多将士在于吉那儿。孙策因此激怒了，说："是我不如于吉吗？都争先趋附他？"就命人把于吉抓来。抓来以后，孙策大声喝问道："天旱不下雨，水道不畅，船不是随时都能通过，所以我亲自一大早出来督促将士拉船。而你不与我共忧患，安坐在船中，装神弄鬼的，败坏我的军队。如今我要除掉你。”命人把他绑着放在地上，让他在烈日下暴晒，叫他求雨：如能感动上苍，中午时分下雨，就赦免他；到中午不下雨，就执行死刑。不一会儿，眼看着云气上升，密密层层布满天空，连一寸的空隙都没有了。到了日中，大雨忽然下来，溪涧都满了。将士们很喜悦，以为于吉一定会被宽恕，都一起前去庆贺安慰。谁知孙策却把他杀了。将士们悲哀痛惜，把他的尸体掩藏起来。天色黑时，忽然再次起云，那云似乎就覆盖在于吉的尸体之上。第二天去看，尸体已不知去向。

孙策杀了于吉以后，每每独坐，仿佛看见于吉就在自己左右。他心里十分厌恶，精神就有点失常。后来，他在作战中的伤口才治疗好，正拿着镜子自己照，却看见镜中有于吉的映像。忙回过头去，哪有什么于吉。可再照镜子，里面又有。这样再而三，他把镜子使劲摔在地下，大声吼叫，伤口都崩裂开来，很快就死了。（于吉是个道士，琅琊人。）

介　琰

介琰者，不知何许人也。住建安方山，从其师白羊公杜受玄一无为之道，能变化隐形。尝往来东海，暂过秣陵，与吴主相闻。吴主留琰，乃为琰架宫庙。一日之中，数遣人往问起居。琰或为童子，或为老翁，无所食啖，不受饷遗。吴主欲学其术，琰以吴主多内御，积月不教。吴主怒，敕缚琰，着甲士引弩射之。弩发，而绳缚犹存，不知琰之所之。

【译文】

介琰，不知是哪儿人，住在建安方山，跟随他的师父白羊公。杜契从他那儿学“玄一”、“无为”的道术，能变化隐形。介琰曾往来东海，在秣陵作短暂访问，名声为吴国的君主所知。吴主就把介琰留下来，为他建造了一座宫庙。一天之中，几次派人去探问他的起居。介琰有时是个童子，有时是个老翁，也不吃什么东西，不接受送去的食物。吴主想要学他的法术，介琰因为吴主妃子很多，不能断绝男女之事，过了几个月也不教他。吴主火了，下令把介琰绑起来，派甲士拿弓弩射他。箭才射出，绑他的绳子还在，却不知介琰到哪里去了。

徐光

吴时有徐光者，尝行术于市里。从人乞瓜，其主勿与，便从索瓣，杖地种之。俄而瓜生蔓延，生花成实，乃取食之，因赐观者。鬻者反视所出卖，皆亡耗矣。凡言水旱，甚验。过大将军孙綝门，褰衣而趋，左右唾践。或问其故，答曰："流血臭腥，不可耐。"綝闻，恶而杀之。斩其首，无血。及綝废幼帝，更立景帝，将拜陵，上车，有大风荡綝车，车为之倾。见光在松树上，拊手指挥，嗤笑之。綝问侍从，皆无见者。俄而景帝诛綝。

【译文】

吴国的时候，有个徐光，曾在市里行施法术。他向人讨瓜吃，卖瓜的摊主不给他。他就要了一颗瓜子，用手杖掘地，把瓜子种下。眼看着瓜秧长出来，瓜藤蔓延，开了花，结成了一个个瓜。他就摘下来吃，还送给围观的人。卖瓜的摊主回头看自己的瓜，都变没了。徐光预言水灾旱灾，十分灵验。他走过大将军孙綝家的大门，撩起衣襟加快脚步，还向左右吐唾沫，用脚在上面踩。有人问他什么缘故，他回答说："这门口到处流淌着鲜血，又臭又腥，受不了。"孙綝听说，恨他，就把他杀了。斩下他的头，却没有血。

等到孙綝废了幼帝，改立景帝，要去拜吴国先帝的陵墓。他一上车，就有大风晃荡他的车子，车子都吹倒了。孙綝看见徐光在松树上，拍着手指挥，还嗤笑他。孙綝问侍从人员，都说没有看见。不久，景帝就把孙綝杀了。

葛　玄

葛玄，字孝先，从左元放受《九丹金液仙经》。与客对食，言及变化之事，客曰："食毕，先生作一事特戏者。"玄曰："君得无即欲有所见乎？"乃嗽口中饭，尽变大蜂数百，皆集客身，亦不螫人。久之，玄乃张口，蜂皆飞入。玄嚼食之，是故饭也。又指虾蟆及诸行虫燕雀之属使舞，应节如人。冬为客设生瓜枣，夏致冰雪。又以数十钱，使人散投井中，玄以一器于井上呼之，钱一一飞从井出。为客设酒，无人传杯，杯自至前；如或不尽，杯不去也。

尝与吴主坐楼上，见作请雨土人。帝曰："百姓思雨，宁可得乎？"玄曰："雨易得耳。"乃书符着社中。顷刻间天地晦冥，大雨流淹。帝曰："水中有鱼乎？"玄复书符掷水中。须臾，有大鱼数百头。使人治之。

【译文】

葛玄，字孝先，从左慈那儿学了《九丹金液仙经》。与客人一起吃饭的当儿，说起了变化的事。客人说："等正经事做完以后，请先生变一个戏法。"葛玄说："你莫不是马上想看点什么吧？"他就嗽了嗽口中的饭，全部变成几百只大蜂，都飞出来停在客人身上，也不螫人。过了好久，葛玄才张开嘴，蜂都飞了进去，他咀嚼着吃了下去，还是原来的饭。他又指挥蛤蟆、各种昆虫和燕雀之类，叫它们跳舞，都能应着节拍，像人一样。冬天，他能为客人拿出新鲜的瓜枣；夏天，他能得到冰雪。又用几十枚钱，叫人散投在井中，他拿一个盒子在井上呼叫，那些钱就一一从井里飞出来，自动回到那盒子里去。他还为客人设酒席，没人传送酒杯，酒杯会自动转到每个客人面前。如果不把酒喝完，酒杯就不会走。

葛玄曾经和吴国的国主坐在楼上，看见楼下有人在做求雨用的土人。吴主说："百姓想雨，能不能得到呢?"葛玄说："雨容易得到的。"他就画了一道符，放在土地庙里，顷刻之间，天昏地暗，大雨倾盆。吴主问："水中有鱼吗?"葛玄重又画了一道符，掷在水中，转眼间，就在积水中出现了大鱼几百条。吴主就叫人去捉来杀掉吃了。

吴　猛

吴猛，濮阳人。仕吴，为西安令，因家分宁。性至孝。遇至人丁义，授以神方。又得秘法神符，道术大行。尝见大风，书符掷屋上，有青乌衔去，风即止。或问其故，曰："南湖有舟，遇此风，道士求救。"验之果然。西安令干庆，死已三日，猛曰："数未尽，当诉之于天。"遂卧尸旁。数日，与令俱起。后将弟子回豫章，江水大急，人不得渡。猛乃以手中白羽扇画江水，横流，遂成陆路，徐行而过。过讫，水复，观者骇异。尝守浔阳，参军周家有狂风暴起，猛即书符掷屋上，须臾风静。

【译文】

吴猛是濮阳人，在吴国做官，任西安令，就在当地安了家。他天性至孝。遇到一个道法高超的人叫丁义，教给他神奇的方术，又得到秘法神符，道术大行于世。有一次刮大风，有人看见他画了一道符掷在屋上，就有一只青鸟把符衔了去，风就停止了。这人问他为什么画符，他说："南湖中有只船，遇到这阵大风，船上的道士在那儿求救。"去核实，说得果然不错。西安县令干庆，死去已三天了，吴猛说："他的寿数还没有尽，我要把这告诉上天。"就躺在干庆的尸体旁。过了几天，与干庆一起起来了。后来，吴猛带着徒弟回豫章，江水太急，人渡不过去。吴猛就用手中的白羽扇横着江水的流向画了一下，江中就出现了一条陆路，他和徒弟慢慢地走了过去。走完，江水又恢复了原样。看到的人极为惊异。吴猛曾任浔阳太守，一个姓周的参军家里遭到暴风袭击，吴猛就画了一道符掷到屋上，转眼间风就静了下来。

园　客

园客者，济阴人也。貌美，邑人多欲妻之，客终不娶。尝种五色香草，积数十年，服食其实。忽有五色神蛾止香草之上，客收而荐之以布，生桑蚕焉。至蚕时，有神女夜至，助客养蚕，亦以香草食蚕。得茧百二十头，大如瓮，每一茧缫六七日乃尽。缫讫，女与客俱仙去，莫知所如。

【译文】

园客是济阴人，容貌很英俊，同乡人有好些都想把女儿嫁给他，他一直不娶。他种过一种五色香草，服食它的籽实达几十年。一次，忽然有一头五色神蛾停在香草上，园客把神蛾捉住，用布垫在它下面，它就产下了蚕卵。到春天孵蚕的季节，有个神女夜里到来，帮助园客养蚕，也用香草喂蚕，收到一百二十只像瓮那么大的蚕茧。每只茧，要缫六七天才能把丝缫尽。一百二十只茧都缫完，神女和园客一起仙去，没有人知道他们到了哪里。

董　永

汉董永，千乘人。少偏孤，与父居，肆力田亩，鹿车载自随。父亡，无以葬，乃自卖为奴，以供丧事。主人知其贤，与钱一万，遣之。永行三年丧毕，欲还主人，供其奴职。道逢一妇人，曰："愿为子妻。"遂与之俱。主人谓永曰："以钱与君矣。"永曰："蒙君之惠，父丧收藏。永虽小人，必欲服勤致力，以报厚德。"主曰："妇人何能？"永曰："能织。"主曰："必尔者，但令君妇为我织缣百匹。"于是永妻为主人家织，十日而毕。女出门，谓永曰："我，天之织女也。缘君至孝，天帝令我助君偿债耳。"语毕，凌空而去，不知所在。

【译文】

汉代的董永，是千乘人。幼年死了母亲，与父亲生活在一起。他尽力耕种，平时用鹿车载着父亲，他自己跟随在后面。父亲亡故以后，董永没有能力埋葬，就卖身为奴办了丧事。主人知道他德行好，给了他一万文钱，打发他走了。董永守丧三年期满，打算回到主人那儿去做奴仆。半路上遇到一个女子说："我愿意做你的妻子。"就一起到了主人家里。主人说："已经把钱给你了。"董永说："承蒙你的恩惠，我已经把父亲埋葬了。董永虽然是个小人，一定要勤勤恳恳出力，报答你的厚德。"主人问："你妻子能做些什么？"董永说："她能织布。"主人说："你一定要报答的话，只要叫你妻子为我织一百匹细绢就行了。"于是董永的妻子为主人家织绢，只用十天就把一百匹细绢织完了。那女子出了主人家的门，对董永说："我是天上的织女，因为你至孝，天帝命我帮你还债罢了。"说完，就凌空而去，不知所往。

钩弋夫人

初，钩弋夫人有罪，以谴死。既殡，尸不臭，而香闻十余里，因葬云陵。上哀悼之，又疑其非常人，乃发冢开视。棺空无尸，惟双履存。一云昭帝即位，改葬之，棺空无尸，独丝履存焉。

【译文】

当初，钩弋夫人有罪，因为遭到责罚而死了。她的尸体放进棺材以后，不但不臭，还香闻十余里。于是就葬在云陵。汉武帝哀悼她，又疑心她不是平常人，就打开坟墓看。棺材是空的，里面没有尸体，只有一双鞋还在。还有一种说法是：汉昭帝即位以后，为她改葬，这才发现棺材空空的没有尸体，只有丝鞋还在。

杜兰香

汉时有杜兰香者，自称南康人氏。以建兴四年春，数诣张傅。傅年十七。望见其车在门外，婢通言：“阿母所生，遣授配君，可不敬从！”傅先改名硕。硕呼女前视，可十六七，说事邈然久远。有婢子二人，大者萱支，小者松支。钿车青牛，上饮食皆备。作诗曰：“阿母处灵岳，时游云霄际。众女侍羽仪，不出墉宫外。飘轮送我来，岂复耻尘秽。从我与福俱，嫌我与祸会。”

至其年八月旦，复来，作诗曰：“逍遥云汉间，呼吸发九嶷。流汝不稽路，弱水何不之？”出薯蓣子三枚，大如鸡子，云："食此，令君不畏风波，辟寒温。"硕食二枚，欲留一。不肯，令硕食尽。言："本为君作妻，情无旷远。以年命未合，其小乖。太岁东方卯，当还求君。"兰香降时，硕问："祷祀何如？"香曰："消魔自可愈疾，淫祀无益。"香以药为消魔。

【译文】

杜兰香自称南阳人，晋愍帝建兴四年春天，她几次到张传那儿。张传十七岁，他看见杜兰香的车在门外，婢女来传话说："姑娘是王母娘娘所生，送来许配给你，你岂可不敬从！"张传先改名为硕。张硕唤杜兰香到跟前来看，大约十六七岁，说的却尽是些很久很久以前的事。她有两个婢女，大的叫萱支，小的叫松支。她的车子用金宝装饰，青牛驾驶，上面备有各种饮食。她作诗道：

我的母亲啊住在灵山，
时常遨游啊云霄之间。
羽饰仪仗啊众女侍从，
母亲养我啊不出深宫。
云轮飘飘啊将我送来，
我心不嫌啊凡间尘埃。
君若从我啊福气常存，
君若嫌我啊祸事临门。

到当年八月初一，杜兰香又来了，作诗道：

逍遥自在啊星汉云天，
发自九嶷啊呼吸之间；
一路不停啊将你寻求，
何不同到啊弱水之边？

她拿出三个鸡蛋大的山药，对张硕说："吃了它，可以使你不怕风波，辟寒消暑。"张硕吃了两个，想留下一个，杜兰香不肯，叫张硕吃完。她说："本来要做你的妻子，论情分不应远离，因为年命还不合，只得暂时小别。等到卯年，还要来找你。”杜兰香降临的时候，张硕问她：“求神祭祀有没有用?”杜兰香说：“消魔自可治病，迷信祭祀并没有益处。”她把药称为“消魔”。

弦　超 附知琼

魏济北郡从事掾弦超，字义起。以嘉平中夜独宿，梦有神女来从之。自称天上玉女，东郡人，姓成公，字知琼。早失父母，天帝哀其孤苦，遣令下嫁从夫。超当其梦也，精爽感悟，嘉其美异，非常人之容。觉寤钦想，若存若亡，如此三四夕。

一旦，显然来游，驾辎軿车，从八婢，服绫罗绮绣之衣，姿颜容体，状若飞仙。自言年七十，视之如十五六女。车上有壶榼，青白琉璃五具。饮啖奇异，馔具醴酒，与超共饮食。谓超曰：“我，天上玉女。见遣下嫁，故来从君。不谓君德，宿时感运，宜为夫妇。不能有益，亦不能为损。然往来常可得驾轻车，乘肥马，饮食常可得远味异膳，缯素常可得充用不乏。然我神人，不为君生子，亦无妒忌之性，不害君婚姻之义。”遂为夫妇。赠诗一篇，其文曰：“飘飖浮勃逢，敖曹云石滋。芝英不须润，至德与时期。神仙岂虚感，应运来相之。纳我荣五族，逆我致祸灾。”此其诗之大较。其文二百余言，不能悉录。兼注《易》七卷，有卦有象，以彖为属。故其文言既有义理，又可以占吉凶，犹扬子之《太玄》、薛氏之《中经》也。超皆能通其旨意，用之占候。

作夫妇经七八年，父母为超娶妇之后，分日而燕，分夕而寝，夜来晨去，倏忽若飞，唯超见之，他人不见。虽居暗室，辄闻人声，常见踪迹，然不睹其形。后人怪问，漏泄其事。玉女遂求去，云："我，神人也。虽与君交，不愿人知。而君性疏漏，我今本末已露，不复与君通接。积年交结，恩义不轻，一旦分别，岂不怆恨？势不得不尔，各自努力！"又呼侍御，下酒饮啖。发簏，取织成裙衫两副遗超，又赠诗一首。把臂告辞，涕泣流离，肃然升车，去若飞迅。超忧感积日，殆至委顿。

去后五年，超奉郡使至洛，到济北鱼山下，陌上西行，遥望曲道头有一马车，似知琼。驱驰前至，果是也。遂披帷相见，悲喜交切。控左援绥，同乘至洛，遂为室家，克复旧好。至太康中犹在。但不日日往来，每于三月三日、五月五日、七月七日、九月九日、旦、十五日，辄下往来，经宿而去。张茂先为之作《神女赋》。

【译文】

弦超，字义起，是魏济北郡的从事掾。嘉平年间，他夜间独宿，梦见有个神女来跟从他。神女自称是天上玉女，东郡人，复姓成公，小字知琼。早年失去父母，天地可怜她孤苦，命她下嫁凡间，跟从丈夫。弦超做梦的时候，精气爽朗，神志清醒，心中赞许她美丽出众，不是平常人的容貌。醒来以后，又敬又想，却亦真亦幻，若存若亡。这样过了三四夜。

一天白天，知琼明明白白地来了，驾一辆有帷盖的大车，贴身有八个婢女跟随，穿着罗绫绮绣的衣服，姿容体态，好像天仙。自己说年已七十，看上去像十五六岁的少女。车上有壶、榼、青色和白色的琉璃器皿五种。饮食都是些珍肴奇味，还有甜美的酒，与弦超一起吃喝。她对弦超说："我是天上的玉女，被发送下嫁凡间，所以来跟从你。不是因为你德行特别好，而是早就被命运注定的，应该成为夫妻。这对你不能有多大的好处，也没有什么坏处。只是往来常可有轻车肥马乘坐，饮食常可有远味异膳享用，丝绸生绢经常够用不会短缺。但我是神仙，不为你生儿子，也没有妒忌心，不妨碍你父母为你操办婚姻。"于是两人就成了夫妻。知琼赠诗一首，诗中说：

飘飘飞扬有生气，青山白云喧声里。
芝英不须雨露润，至德能与良辰期。
神仙之事岂虚感，应运便来选择你。
将我接纳荣五族，将我拒绝祸殃起。

这是诗的大概。全诗有二百多字，不能全部记下。知琼还为《易经》作注七卷，卦辞、《象》辞之外，还包括《彖》辞，又解释了《文言》。既探究经义，又可以占吉凶。弦超都能弄通它的大意，用来预测天气变化。

两人做了七八年夫妻，父母为弦超娶了个媳妇。这以后，知琼隔天来宴饮一次，隔夜来歇宿一夕，夜来晨去，快得像飞，只有弦超看见她，别人都看不见。住在暗宅中，虽能听到人声，常见留下的踪迹，却看不到她的形体。后来别人感到奇怪，问起这是怎么回事，弦超就把秘密泄漏出去了。知琼就要离去，说："我是神仙，虽与你相交，却不愿别人知道。而你太粗心，如今我的底细已经显露，不再与你来往了。交结了这么些年，恩义不轻，一旦分别，怎能不凄怆遗憾。但事势不能不这样，我们各自努力吧。"又呼唤婢女备酒来饮宴。打开竹箱，取出两套织成裙衫赠给弦超，又赠诗一首。她握住弦超的手臂，哭得泪人儿似的。然后庄重地坐上车子，像飞一样去了。弦超忧愁伤感了好几天，几乎到了起不来的程度。

知琼去后五年，弦超奉郡里的使命赴洛阳。到济北鱼山下的小路上，向西行进时，遥望曲径上有一辆马车，很像是知琼的。拍马赶去，果然是她。于是打开车帷相见，悲喜交加。弦超拉住车上的把手，坐在了左边，一起乘车到了洛阳，就又做了夫妻，恢复了旧好。到太康年间，知琼还在，但不天天往来，每在三月三、五月五、七月七、九月九、初一、十五前来，住一夜就去。张茂先为她写了一篇《神女赋》。

卷　二

寿　光　侯

寿光侯者，汉章帝时人也。能劾百鬼众魅，令自缚见形。其乡人有妇为魅所病，侯为劾之，得大蛇数丈，死于门外，妇因以安。又有大树，树有精，人止其下者死，鸟过之亦坠。侯劾之，树盛夏枯落，有大蛇长七八丈，悬死树间。章帝闻之，征问，对曰："有之。"帝曰："殿下有怪，夜半后常有数人，绛衣披发，持火相随，岂能劾之？"侯曰："此小怪，易消耳。"帝伪使三人为之。侯乃设法，三人登时仆地无气。帝惊曰："非魅也，朕相试耳！"即使解之。

或云：汉武帝时，殿下有怪，常见朱衣披发相随，持烛而走。帝谓刘凭曰："卿可除此否？"凭曰："可。"乃以青符掷之，见数鬼倾地。帝惊曰："以相试耳！"解之而苏。

【译文】

寿光侯是汉章帝时的人，能作法惩治百鬼众魅，使它们自缚现形。有个同乡人，妻子被鬼魅作怪生了病，寿光侯为他作法治妖，降伏了一条几丈长的大蛇死在门外，他妻子就平安了。又有一棵大树生了精怪，人只要在树下停留就死，鸟只要在树上飞过就掉下来。寿光侯作法治妖，那棵大树在盛夏就枯萎了，有一条七八丈的大蛇挂在枯死的树间。汉章帝听说，把他召来问有没有这事。回答说："有。"汉章帝说："这殿下有鬼怪，半夜以后，常有几个人穿着红衣，披头散发，举着火把，一个跟着一个。你难道能作法惩治它们吗？"寿光侯说："这是小怪，很容易消灭的。"汉章帝叫三个人假装鬼怪，照那样做。寿光侯就作法，三个人登时倒地气绝。汉章帝吃惊地说："他们不是妖魅，是我试试你罢了。"就叫他解了法术。

还有一说：汉武帝时，殿下有怪，常见穿红衣的人披头散发，一个跟着一个，手持烛火而走。汉武帝对刘凭说："你能除掉它们吗？"刘凭说："能。"就用一道青符掷过去，只见几个鬼怪就倒地了。汉武帝吃惊地说："我不过试试你罢了。"刘凭解了法术，那些人方才苏醒过来。

樊　英

樊英隐于壶山，尝有暴风从西南起，英谓学者曰："成都市火甚盛。"因含水嗽之，乃命计其时日。后有从蜀来者云："是日大火，有云从东起，须臾大雨，火遂灭。"

【译文】

樊英隐居在壶山，一次，西南方向起了大风，樊英对他的学生说："成都市上着了大火。"就含一口水喷去。于是，叫学生记下当天的日期。后来有从蜀地来的人说："那天大火，有云从东方来，转眼间下了大雨，把火熄灭了。"

徐　登

闽中有徐登者，女子化为丈夫，与东阳赵昞，并善方术。时遭兵乱，相遇于溪，各矜其所能。登先禁溪水为不流，昞次禁杨柳为生稊。二人相视而笑。登年长，昞师事之。后登身故，昞东入章安，百姓未知。昞乃升茅屋，据鼎而爨。主人惊怪，昞笑而不应，屋亦不损。

【译文】

闽中有个徐登，是女性变成为男性。与东阳赵昞，都善于施行法术。当时遭到兵乱，两个人在小溪边相遇，各夸自己的技能。徐登先禁断溪水使之不流，赵昞接着叫杨柳长出了嫩芽。两个人相视大笑。徐登年老，赵昞把他当师父对待。后来徐登去世了，赵昞东入章安县，当地百姓还不了解他。赵昞就登上茅屋，在上面安放了一只鼎烧起饭来。房主大为惊怪，赵昞却笑着不答话，茅屋也没有烧坏。

赵　昞

赵昞尝临水求渡，船人不许。昞乃张帷盖，坐其中，长啸呼风，乱流而济。于是百姓敬服，从者如归。长安令恶其惑众，收杀之。民为立祠于永康，至今蚊蚋不能入。

【译文】

有一次，赵昞到河边要求过河，船上的人不许。赵昞就拉开车幔，坐在里面，长啸一声，呼来一阵大风，车子乘风就横流而过了。于是老百姓对他大为敬服，追随他的人十分多。章安县令嫌他妖术惑众，把他抓来杀了。老百姓替他在永康建了一座庙，至今蚊蚋飞不进庙去。

徐赵清俭

徐登、赵昞贵尚清俭，祀神以东流水，削桑皮以为脯。

【译文】

徐登和赵昞崇尚清俭，祀神的时候，用东流水代酒，削桑树皮当肉脯。

东海君

陈节访诸神，东海君以织成青襦一领遗之。

【译文】

陈节访问各路神仙，东海君送他一件青色的由名贵的丝织品制成的短袄。

边洪

宣城边洪为广阳领校，母丧归家，韩友往投之。时日已暮，出告从者："速装束，吾当夜去。"从者曰："今日已暝，数十里草行，何急复去？"友曰："此间血覆地，宁可复住？"苦留之，不得。其夜，洪欻发狂，绞杀两子，并杀妇；又斫父婢二人，皆被创。因走亡。数日，乃于宅前林中得之，已自经死。

【译文】

宣城边洪任广阳领校。母亲去世后，他就回到老家。韩友前来看他，当时天色已晚，韩友一进去就出来对随从的人说：“快打点一下，我当夜要离开这儿。”随从的人说：“今天天都黑了，几十里荒山野路，为什么着急要走？”韩友说：“这里血盖满地了，哪能再住？”苦苦留他也留不住。这一夜，边洪突然发起疯来，绞死了两个儿子，杀了妻子，又斫伤了父亲的两个婢妾，自己跑到不知哪儿去了。过了几天，才在宅前树林中发现他，已经上吊死了。

鞠道龙 附黄公

鞠道龙善为幻术，尝云：“东海人黄公，善为幻，制蛇御虎，常佩赤金刀。及衰老，饮酒过度。秦末，有白虎见于东海，诏遣黄公以赤刀往厌之。术既不行，遂为虎所杀。”

【译文】

鞠道龙善为眩惑人的法术。曾说：“东海人黄公，善于变化，能控制蛇，驯服老虎。常佩戴一柄赤金刀。到后来衰老了，饮酒过度。秦朝末年，东海出现了白虎，皇帝诏令黄公用赤金刀前去制服它。结果法术施行不出，就被老虎咬死了。”

谢纠

谢纠尝食客，以朱书符投井中，有一双鲤鱼跳出。即命作脍，一坐皆得遍。

【译文】

谢纠曾请客人吃饭。他用朱砂画了符投进井中，有一双鲤鱼跳了出来。谢纠就吩咐做鱼片，满座的客人都能吃到。

天竺胡人

晋永嘉中，有天竺胡人来渡江南。其人有数术，能断舌复续，吐火，所在人士聚观。将断时，先以舌吐示宾客。然后刀截，血流覆地。乃取置器中，传以示人。视之，舌头半舌犹在。既而还，取含续之。坐有顷，坐人见舌则如故，不知其实断否。其续断，取绢布，与人各执一头，对剪，中断之。已而取两断合视，绢布还连续，无异故体。时人多疑以为幻，阴乃试之，真断绢也。其吐火，先有药在器中，取火一片，与黍糖合之，再三吹呼，已而张口，火满口中，因就爇取以炊，则火也。又取书纸及绳缕之属投火中，众共视之，见其烧爇了尽，乃拨灰中，举而出之，故向物也。

【译文】

晋朝永嘉年间，有个天竺国的胡人，过江到江南来。那人有法术，能割断舌头重新接上，吐火。所到之处，人们都聚在一起观看。断舌之前，先把舌头吐出来给观众看，然后用刀截割，血流满地。于是放在器皿中，让大家传观。仔细看时，分明是半截舌头在里面。传观已毕，收还器皿，把半截舌头含在口里接续。坐了一会，观众看见他的舌头仍旧完好如故，也不知他是否真的断过。他还能接续断物。取出一条绢布，与人各执一头，从中间剪断，然后取两条断绢合起来，一看，绢布仍旧连在一起，与原来的没有什么两样。当时人都怀疑是虚假的，暗中试验他，还真的是把绢布剪断了。他的吐火，先把药装在器皿中，取出一片药，与糖一起放入口中，再三吹气呼气，然后张开嘴，就满口是火了。就着吐出来的火点燃了去烧饭，确实是真火。又拿书、纸、绳缕一类东西放在火中，大家一起盯着它，眼看燃烧尽了，他就在灰中拨拉，拿出来举起一看，还是刚才原先那些东西。

扶南王

扶南王范寻养虎于山，有犯罪者投于虎，不噬，乃宥之。故山名大虫，亦名大灵。又养鳄鱼十头，若犯罪者投与鳄鱼，不噬，乃赦之。无罪者皆不噬，故有鳄鱼池。又尝煮水令沸，以金指环投汤中，然后以手探汤。其直者，手不烂；有罪者，入汤即焦。

【译文】

扶南国国王范寻，在山里养老虎，有犯罪的，就把他扔给老虎，如果老虎不吃他，就赦免了他。所以那座山就叫大虫山，也叫大灵山。他又养鳄鱼十头，如果谁犯罪，就扔给鳄鱼，凡不吃的，就赦免他。据说没有罪的鳄鱼都不吃。所以又名鳄鱼池。他又曾经煮水使它沸腾，拿金指环丢在开水里，然后叫人用手到开水中去捞。凡是理直的，手不会烂；凡是有罪的，一伸进去就烫焦了。

贾佩兰

戚夫人侍儿贾佩兰，后出为扶风人段儒妻。说在宫内时，尝以弦管歌舞相欢娱，竞为妖服，以趋良时。十月十五日，共入灵女庙，以豚黍乐神，吹笛击筑，歌《上灵之曲》。既而相与连臂，踏地为节，歌《赤凤皇来》。乃巫俗也。至七月七日，临百子池，作于阗乐。乐毕，以五色缕相羁，谓之相连绶。八月四日，出雕房北户，竹下围棋，胜者终年有福，负者终年疾病。取丝缕，就北辰星求长命，乃免。九月，佩茱萸，食蓬饵，饮菊花酒，令人长命。菊花舒时，并采茎叶，杂黍米酿之，至来年九月九日始熟，就饮焉，故谓之菊花酒。正月上辰，出池边盥濯，食蓬饵，以祓妖邪。三月上巳，张乐于流水。如此终岁焉。

【译文】

汉高祖戚夫人的侍儿贾佩兰，后来出宫嫁给扶风人段儒为妻。她说，在宫中时，宫女们曾以管弦乐器作伴奏，歌舞相欢娱，每到吉日良辰，互相争穿奇装异服以示妖丽。十月十五日，大家一起去灵女庙，用小猪和黍米祭神，吹笛击筑，唱《上灵之曲》。然后互相手拉着手，踏地打节拍，唱《赤凤凰来》。这些都是巫俗。七月七日，到百子池旁，奏于阗乐。奏毕音乐，互相用五色丝绳系缚，称为“相连绶”。八月四日，到雕房北门外，竹林中下围棋，胜的人终年有福，负的人终年生病，要拿丝缕向北斗星祈求长命，才可免灾。九月，佩茱萸，吃蓬草做的糕饼，饮菊花酒，能使人长寿。菊花开放时，连茎叶一起采下，与黍米混杂在一起酝酿，到来年九月九日才熟，就可以喝了，所以叫做菊花酒。正月第一个辰日，到池边洗濯，吃蓬草做的糕饼，来消除妖邪。三月第一个巳日，在流水边陈乐。就这样度过一年。

李少翁

汉武帝时幸李夫人。夫人卒后，帝思念不已，方士齐人李少翁言能致其神。乃夜施帷帐，明灯烛，而令帝居他帐，遥望之。见美女居帐中，如李夫人之状，还幄坐而步，又不得就视。帝愈益悲感，为作诗曰：“是耶？非耶？立而望之，偏娜娜。何冉冉其来迟！”令乐府诸音家弦歌之。

【译文】

汉武帝时，宠幸李夫人。李夫人死后，汉武帝思念不止。方士齐人李少翁，说他能招引来李夫人的神魂，就在夜间设置了帐幕，点亮了灯烛，教汉武帝在另外的帐幕中远远地望着。只见有个美女在帐中，像李夫人的模样，回篷帐中坐一回，又起身走几步，却不能走近仔细看。汉武帝更加悲哀伤感，为此作诗道：

是她吗？不是她吗？
站着望她，翩然婀娜。
为什么姗姗来迟不回家？

下令乐府懂音乐的为歌词作曲并歌唱。

营陵道人

汉北海营陵有道人，能令人与已死人相见。其同郡人妇死已数年，闻而往见之，曰：“愿令我一见亡妇，死不恨矣！”道人曰：“卿可往见之，若闻鼓声，即出勿留。”乃语其相见之术。俄而得见之。于是与妇言语，悲喜恩情如生。良久，闻鼓声恨恨，不能得住。当出户时，忽掩其衣裾户间，掣绝而去。至后岁余，此人身亡。家葬之，开冢，见妇棺盖下有衣裾。

【译文】

汉朝北海郡营陵县有个道人，能使人与已死的人相见。他同郡有个人，妻子死了已几年，听说后就去找他，说："希望让我见一见亡妻，我死也不遗憾了。"道人说："你可以去见她。如果听到鼓声，你就马上出来，不要停留。"接着告诉他相见的方法。不一会儿，这个人就见到了亡妻，于是就与她说话，又悲又喜，恩情像生前一样。过了好久，听得咚咚的鼓声，不能再留下去了。当出门的时候，匆忙间把衣襟关在了门里，只能把它拉断了才离开。后来过了一年多，这人死了。家里人把他和妻子合葬，打开坟墓，看见妻子棺材盖下有他撕断的衣襟。

白 头 鹅

吴孙休有疾，求觋视者，得一人，欲试之。乃杀鹅而埋于苑中，架小屋，施床几，以妇人屐履服物着其上。使觋视之，告曰："若能说此冢中鬼妇人形状者，当加厚赏，而即信矣。"竟日无言。帝推问之急，乃曰："实不见有鬼，但见一白头鹅立墓上。所以不即白之，疑是鬼神变化作此相，当候其真形，而定不复移易，不知何故。敢以实上。"

【译文】

吴景帝孙休生病，要找个巫汉来看。后来请到了一个人，想试试他。就杀了一只鹅，埋在园中，上面驾起一座小屋，里面设了床、几，用妇女的鞋子、穿戴的东西放在上面，叫巫汉看，告诉他："如能说出这墓中女鬼的形状，一定重重地赏赐你，同时也就信得过你了。"这巫汉在那里看，一整天也不说话。孙休催问得很急，巫汉就说："我实在看不见有什么女鬼，只有一只白头鹅立在墓上。所以不马上禀告，是疑心鬼神变化成这个形状，要候它的真形。但是鹅的形象很稳定，不再有什么改变，不知是什么缘故，特此如实奉告。"

石子冈

吴孙峻杀朱主，埋于石子冈。归命即位，将欲改葬之。冢墓相亚，不可识别，而宫人颇识主亡时所着衣服。乃使两巫各住一处，以伺其灵，使察鉴之，不得相近。久时，二人俱白："见一女人，年可三十余，上着青锦束头，紫白袷裳，丹绨丝履，从石子冈上。半冈而以手抑膝，长太息。小住须臾，更进一冢上便止，徘徊良久，奄然不见。"二人之言，不谋而合。于是开冢，衣服如之。

【译文】

吴国的孙峻杀了孙权的女儿鲁育公主，埋在石子冈。孙皓接位以后，想要把她迁葬。但是石子冈的坟墓一个挨着一个，难以识别，但宫女还能记清公主临死穿的衣服。于是就叫两个女巫各处一地，伺候公主的鬼灵，叫察战（吴国的官名）监视着，不准她们靠近。过了好久，两个人都说："看见一个女人，年纪大约三十多岁，上面用青锦束头，身上穿紫白色衣裙，红绨丝鞋，从石子冈上走上去，走到半山冈，用手按着膝盖，长长地叹了一口气，停了一会儿，再走上一个坟墓便立定，徘徊了好久，忽然不见了。”两个人的话不谋而合，于是打开坟墓，衣服和她们说的一样。

夏侯弘

夏侯弘自云见鬼，与其言语。镇西谢尚所乘马忽死，忧恼甚至。谢曰：“卿若能令此马生者，卿真为见鬼也。”弘去，良久还，曰：“庙神乐君马，故取之。今当活。”尚对死马坐。须臾，马忽自门外走还，至马尸间便灭，应时能动，起行。

谢曰：“我无嗣，是我一身之罚。”弘经时无所告，曰：“顷所见，小鬼耳，必不能辨此源由。”后忽逢一鬼，乘新车，从十许人，着青丝布袍。弘前提牛鼻，车中人谓弘曰：“何以见阻？”弘曰：“欲有所问。镇西将军谢尚无儿。此君风流令望，不可使之绝祀。”车中人动容曰：“君所道，正是仆儿。年少时，与家中婢通，誓约不再婚而违约。今此婢死，在天诉之，是故无儿。”弘具以告。谢曰：“吾少时诚有此事。”

弘于江陵见一大鬼，提矛戟，有随从小鬼数人。弘畏惧，下路避之。大鬼过后，捉得一小鬼，问：“此何物？”曰：“杀人以此矛戟。若中心腹者，无不辄死。”弘曰：“治此病有方否？”鬼曰：“以乌鸡薄之即差。”弘曰：“今欲何行？”鬼曰：“当至荆、扬二州。”尔时比日行心腹病，无有不死者。弘乃教人杀乌鸡以薄之，十不失八九。今治中恶，辄用乌鸡薄之者，弘之由也。

【译文】

夏侯弘自称见到鬼，与鬼说话了。镇西将军谢尚所乘的马忽然死了，他十分忧愁烦恼。便对夏侯弘说："你如能叫这匹马复活，你才真是见鬼了。"夏侯弘就走了，过了好久回来，说："庙神喜欢你的马，所以把它牵去了。如今会活过来的。"谢尚面向死马坐着，不一会，马忽然从门外走回来，到马尸旁便失了踪影，死马即刻就能活动了，起来行走。

谢尚又问夏侯弘说："我没有儿子，这是对我一身的惩罚吗？"夏侯弘过了好一阵子，不能告诉他什么，只说："刚才见到的是个小鬼，一定不能弄清其中的缘由。"后来他忽然遇到一个鬼，乘着新车，有十几个随从，穿着青丝袍。夏侯弘上前拉住牛鼻，车中人对他说："你为什么阻挡我？"夏侯弘说："有点事儿要问你。镇西将军谢尚没有儿子，这个人风流倜傥，声望很好，不可叫他绝了后代。"车中人面色似乎有些感动，说："你所说的，正是我的儿子。他年少时，与家中的丫环私通，向她发誓不再结婚，结果违背了约定。如今这丫环死了，在天帝那儿告了他。就为这个缘故没有儿子。"夏侯弘把这些话一一告诉了谢尚，谢尚说："我年轻时确实有过这事。"

夏侯弘在江陵见到一个大鬼，提着矛戟，有几个小鬼跟从。夏侯弘害怕，躲到路边避开他。大鬼走过去以后，他捉到一个小鬼，问："大鬼手里拿的是什么东西？"小鬼说："是矛戟，用来杀人。如果刺中心腹的，没有一个不是很快就死去的。"夏侯弘问："医这病有方子么？"小鬼说："用乌鸡敷贴，就好。"夏侯弘说："如今你们要到哪儿去？"小鬼说："要到荆州和扬州去。"那时江陵连日流行心腹病，生了这个病没有不死的。夏侯弘就教人杀了乌鸡敷贴，十个人中有八九个可以治好。如今治疗突发性的急病，还用乌鸡敷贴，就是源自夏侯弘。

卷　三

钟　离　意

汉永平中，会稽钟离意，字子阿，为鲁相。到官，出私钱万三千文，付户曹孔䜣修夫子车。身入庙，拭几席剑履。男子张伯，除堂下草，土中得玉璧七枚。伯怀其一，以六枚白意。意令主簿安置几前。孔子教授堂下床首有悬瓮，意召孔䜣，问："此何瓮也?"对曰："夫子瓮也。背有丹书，人莫敢发也。"意曰："夫子圣人，所以遗瓮，欲以悬示后贤。"因发之，中得素书，文曰："后世修吾书，董仲舒。护吾车，拭吾履，发吾笥，会稽钟离意。璧有七，张伯藏其一。"意即召问："璧有七，何藏一耶?"伯叩头出之。

【译文】

汉明帝永平年间，会稽郡有个钟离意，字子阿，任鲁国的国相。上任以后，拿出私钱一万三千，交给户曹孔䜣，叫他修复孔夫子生前坐的车。他自己进孔庙擦拭孔子用过的几、席、剑、鞋。有个男子叫张伯，在堂下锄草时，在土中发现了七枚玉璧，张伯藏起一枚，把六枚上缴给钟离意，钟离意叫主簿安置在几前。孔子生前教授学生的堂下，床头挂着一只瓮，钟离意召来孔䜣，问他："这是什么瓮?"孔䜣回答说："孔夫子的瓮啊。背面有朱砂写的字，人都不敢打开它。"钟离意说："夫子是圣人，所以留下一只瓮，是想挂着给后世的贤者看。”就把它打开了，从瓮中得到一份白绢写的文字，上面说：“后世修我书的，是董仲舒。修护我的车，擦拭我的鞋，打开我竹筒的，是会稽钟离意。玉璧有七枚，张伯藏起了一枚。”钟离意就把张伯叫来问：“玉璧有七枚，你为什么藏掉了一枚?”张伯叩头谢罪，把一枚玉璧拿了出来。

段 翳

段翳，字元章，广汉新都人也。习《易经》，明风角。有一生来学积年，自谓略究要术，辞归乡里。医为合膏药，并以简书封于筒中，告生曰：“有急，发视之。”生到葭萌，与吏争度，津吏挝破从者头。生开筒得书，言：“到葭萌，与吏斗，头破者，以此膏裹之。”生用其言，创者即愈。

【译文】

段翳字元章，是广汉新都人。学《易经》，懂得观察风以占吉凶。有个学生来向他学了几年，自以为大致上学通了要术，就告辞回乡去了。段翳为他合了膏药，并在竹筒中封了一张字条，告诉学生：“有急事，打开来看。”学生到了葭萌县，为了过河与渡口的小吏吵起来，小吏打破了他侍从的头。学生打开竹筒中的字条来看，上面写着：“到葭萌，与吏斗，打破头的，用这膏药包扎起来。”学生照此办理，受伤的人很快就好了。

臧 仲 英 附许季山

右扶风臧仲英，为侍御史。家人作食设案，有不清尘土投污之。炊临熟，不知釜处，兵弩自行，火从篋簏中起，衣物尽烧，而篋簏故完。妇女婢使，一旦尽失其镜。数日，从堂下掷庭中，有人声言："还汝镜。"女孙年三四岁，亡之，求不知处。两三日，乃于圊中粪下啼。若此非一。

汝南许季山者，素善卜卦，卜之曰："家当有老青狗物，内中侍御者名益喜，与共为之。诚欲绝，杀此狗，遣益喜归乡里。"仲英从之，怪遂绝。后徙为太尉长史，迁鲁相。

【译文】

右扶风臧仲英，任侍御史。他家中常出现怪事，家里人做了吃的，放在桌上，有不洁的尘土扔过来，弄脏了食物，饭快烧熟了，锅不知到哪里去了；武器弓弩放在那儿，会自己移动；火从竹箱竹筐中烧起来，里面的衣物都烧尽了，竹箱竹筐却完好无损；妇女和婢女们的镜子，一天全都不见了，几天以后，镜子从堂下扔到了庭中，有人的声音说："还你们镜子！"孙女才三四岁，不见了，到处找也找不着，过了两三天，才在厕所中的粪下啼哭。像这样种种怪异事很多。

汝南郡许季山一向善于卜卦。他为臧仲英卜了一卦说："你家里有一只老青狗，室内有个叫益喜的侍者，所有的怪事都是二者一起干的。真要消除这些怪事，杀了这只狗，打发益喜回家乡。"臧仲英听从他，怪事就绝迹了。后来他改任太尉长史，又升官为鲁相。

乔　玄 附董彦兴

太尉乔玄，字公祖，梁国人也。初为司徒长史。五月末，于中门卧。夜半后，见东壁正白，如开门明。呼问左右，左右莫见。因起自往，手扪摸之，壁自如故。还床复见，心大怖恐。其友应劭适往候之，语次相告。劭曰：“乡人有董彦兴者，即许季山外孙也。其探赜索隐，穷神知化，虽眭孟、京房，无以过也。然天性褊狭，羞于卜筮者。间来候师王叔茂，请往迎之。”须臾便与俱来。

公祖虚礼盛馔，下席行觞。彦兴自陈：“下土诸生，无他异分，币重言甘，诚有踧踖。颇能别者，愿得从事。”公祖辞让再三，尔乃听之。曰：“府君当有怪，白光如门明者，然不为害也。六月上旬鸡鸣时，闻南家哭，即吉。到秋节，迁北行郡，以金为名。位至将军三公。”公祖曰：“怪异如此，救族不暇，何能致望于所不图？此相饶耳。”至六月九日未明，太尉杨秉暴薨。七月七日，拜钜鹿太守，“钜”边有“金”。后为度辽将军，历登三事。

【译文】

太尉乔玄，字公祖，是梁国人。起初他任司徒长史时，五月末，在中门睡觉，夜半以后，看见东边的墙壁一片白光，像开了一扇门一样亮。乔玄叫起身边的人来问，别人都看不见。就起来自己前去用手抚摸，墙壁仍像原来一样。回到床上，却又看见了那种景象，心里大为害怕。他的朋友应劭正好去看他，谈话之间，他就把这件事告诉了应劭。应劭说：“我的同乡人有个董彦兴，他是许季山的外孙。用卜筮探索幽深莫测、隐秘难见的事实，穷尽神妙玄奥、变幻化生的道理，即使是眭弘和京房也不能超过他。但是他个性内向，羞于为人卜筮。他有时来探望老师王畅，请让我去迎接他吧。”不一会，便与他一起来了。

乔玄恭敬地行过礼，摆设了丰盛的菜肴，请客人入席饮酒。董彦兴自己陈说：“这一带的好些儒生，都没有什么异常的天分。他们送了重礼，我说些好听的话，实在感到心里不安。你与他们不同，我很愿意为你占卜。”乔玄辞让再三，最后就听他说了：“你家确实有怪，东墙上显出像门一样的白光，但没有什么害处。六月上旬鸡叫的时候，听到南家哭声，就是吉兆。到过秋节时，官职要调到北方的郡去，这郡的名字里有一个‘金’字。你的职位可以做到将军、三公。”乔玄说：“家里出了如此怪异，挽救家人幸免于难已经自顾不暇了，哪能寄希望于非分之事。这是你说得好罢了。”至六月九日天没亮时，太尉杨秉突然病故。七月七日，乔玄官拜钜鹿太守，“钜”字边上有个“金”字。后来他做到度辽将军，历登三公之位。

管　　辂（一）

管辂，字公明，平原人也。善《易》卜。安平太守东莱王基，字伯舆，家数有怪，使辂筮之。卦成，辂曰：“君之卦，当有贱妇人生一男，堕地便走，入灶中死。又床上当有一大蛇衔笔，大小共视，须臾便去。又乌来入室中，与燕共斗，燕死乌去。有此三卦。”基大惊曰：“精义之致，乃至于此！幸为占其吉凶。”

辂曰：“非有他祸，直客舍久远，魑魅罔两共为怪耳。儿生便走，非能自走，直宋无忌之妖将其入灶也。大蛇衔笔者，直老书佐耳。乌与燕斗者，直老铃下耳。夫神明之正，非妖能害也。万物之变，非道所止也。久远之浮精，必能之定数也。今卦中见象而不见其凶，故知假托之数，非妖咎之征，自无所忧也。昔高宗之鼎，非雉所雊；太戊之阶，非桑所生。然而野鸟一雊，武丁为高宗；桑谷暂生，太戊以兴。焉知三事不为吉祥？愿府君安身养德，从容光大，勿以神奸，污累天真。”后卒无他，迁安南督军。

后辂乡里乃太原问辂："君往者为王府君论怪，云'老书佐为蛇，老铃下为乌'，此本皆人，何化之微贱乎？为见于爻象，出君意乎？"辂言："苟非性与天道，何由背爻象而任心胸者乎？夫万物之化，无有常形；人之变异，无有定体。或大为小，或小为大，固无优劣。万物之化，一例之道也。是以夏鲧，天子之父；赵王如意，汉高之子。而鲧为黄能，意为苍狗，斯亦至尊之位，而为黔喙之类也。况蛇者协辰巳之位，乌者栖太阳之精，此乃腾黑之明象，白日之流景。如书佐、铃下，各以微躯化为蛇乌，不亦过乎！"

【译文】

管辂字公明，是平原人，善于用《易经》占卜。安平太守、东莱郡的王基，字伯舆，家里屡次出现怪异。请管辂占筮，得了一卦，管辂说："你这一卦，该当有一个低微的妇女生下男孩落地就走，进入灶中而死；又床上该当有一条大蛇衔一支笔，大人小孩都盯着看，一转眼就没有了；又有乌鸦飞到室中来，与燕子打架，燕子死了，乌鸦飞了。有这样三个卦象。"王基大惊，说："你算卦之精，竟到了这个地步。还望为我占一占是吉是凶。"

管辂说："没有什么其他的祸事，不过是因为你在官府中太久了，魑魅魍魉一起作怪罢了。男孩生下来便走，不是他自己能走，是火精宋无忌带他进入灶内的。大蛇衔笔，只不过是个老书佐罢了。乌鸦与燕子打架，只不过是个值阁的老卒罢了。人精神的正气，不是妖魅所能为害的。万物的变化，也不是道术所能限止的。长久以来飘游的精灵，注定会有这样的表现。如今卦中看出了卦象，而看不到有什么凶兆，所以知道这些怪异只是一种假托，不是妖灾的征兆，自然没有什么可以忧虑的。从前殷高宗的鼎，本不是雉鸣叫的地方；太戊的台阶，也不是桑树生长的地方。然而雉鸟一鸣，武丁成为高宗；桑树榖树暂时生长，太戊也因此而兴旺起来。怎么知道这三件事不是吉祥之兆呢？希望你安身养德，一举一动都光明正大，不要用鬼神怪异之物来污损了天真。”王基后来终于没有发生什么意外，还升官为安南将军。

后来，管辂的同乡乃太原问管辂：“你以前为王府君论怪，说‘老书佐化为蛇，值阁老卒化为乌鸦’，这本来都是人，为什么变化得这么低微呢？你是从爻象中看出来的，还是凭自己的意思说的呢？”管辂说：“若不是我的天性与天道一致，我怎么能违背爻象而凭自己的心意呢？万物的变化，没有常形；人的变异，没有定体。或者大的变成小的，或者小的变成大的，其间原本没有什么优劣。万物的相互变化，都遵循一律的道理。所以夏鮌是天子之父，赵王如意是汉高祖的儿子，而鮌化为黄熊，如意化为青狗，这也是至尊之位变成禽兽之类的例子。况且蛇与龙还有点关系，乌鸦也是栖息在太阳中的精灵，这好比升上夜空的月亮、白天里在天上移动的太阳一样明白。像书佐、值阁老卒，各以他们低微的身躯，化为蛇和乌鸦，不也已经很过分了吗？”

管　辂（二）

管辂至平原，见颜超貌主夭亡，颜父乃求辂延命。辂曰：“子归，觅清酒一榼，鹿脯一斤。卯日，刈麦地南大桑树下，有二人围棋次，但酌酒置脯，饮尽更斟，以尽为度。若问汝，汝但拜之，勿言。必合有人救汝。”

颜依言而往，果见二人围棋，颜置脯斟酒于前。其人贪戏，但饮酒食脯不顾。数巡，北边坐者忽见颜在，叱曰：“何故在此？”颜惟拜之。南面坐者语曰：“适来饮他酒脯，宁无情乎？”北坐者曰：“文书已定。”南坐者曰："借文书看之。"见超寿止可十九岁，乃取笔挑上，语曰："救汝至九十年活。"颜拜而回。管语颜曰："大助子，且喜得增寿。北边坐人是北斗，南边坐人是南斗。南斗注生，北斗注死。凡人受胎，皆从南斗过北斗。所有祈求，皆向北斗。"

【译文】

管辂到家乡平原，看见颜超的脸色有夭亡之相，颜超的父亲就求管辂延长他的寿命。管辂对颜超说："你回去，准备好清酒一榼，鹿肉一斤，等到卯日，到燕麦地南边的大桑树下，有两个人正在下围棋，你只管给他们斟酒送肉，喝了再斟，斟完为止。他们如果问你什么，你只管向他们跪拜，不要说话。必定会有人救你。"

颜超照他说的前去，果然看见两个人下围棋。颜超各在他们面前斟了酒，放了肉。那两个人贪玩，只喝酒吃肉，也不看他。酒过数巡，坐在北面的一个忽然看见颜超在，叱道："你在这里干什么？"颜超只管跪拜。坐在南面的一个说："刚才吃了他的酒肉，难道能无情吗？"坐在北边的说："文书已经定了。"坐在南边的说："你把文书借给我看。"只见上面写着颜超的寿命只有十九岁，就拿了笔把九字钩到上面，对颜超说："救你活到九十岁。"颜超拜谢而回。管辂对颜超说："我帮了你的大忙，现在先为你增加寿命而高兴。坐在北面的人是北斗星君，坐在南面的人是南斗星君。南斗管生，北斗管死。凡人受胎出生，都从南斗移到了北斗。所有延长寿命的事，都要向北斗祈求。"

管　辂（三）

信都令家妇女惊恐，更互疾病，使辂筮之。辂曰："君北堂西头有两死男子，一男持矛，一男持弓箭，头在壁内，脚在壁外。持矛者主刺头，故头重痛，不得举也；持弓箭者主射胸腹，故心中悬痛，不得饮食也。昼则浮游，夜来病人，故使惊恐也。”于是掘其室中，入地八尺，果得二棺。一棺中有矛，一棺中有角弓及箭。箭久远，木皆消烂，但有铁及角完耳。乃徙骸骨，去城二十里埋之，无复疾病。

【译文】

信都县县令家里，妇女们轮流生病，十分惊恐，请管辂来占筮。管辂说：“你家北堂西头有两个死掉的男子，一个持矛，一个持弓箭，头在墙壁内，脚在墙壁外。持矛的管刺头，所以头痛，抬不起来；持弓箭的管射胸腹，所以心痛，不能饮食。两个鬼白天四处浮游，夜里来使人致病，所以使你们惊恐。”于是县令家在室中掘地八尺，果然发现两只棺材，一只棺材中有矛，一只棺材中有角弓和箭。箭年代久了，木柄都朽烂了，只有铁和角还完好。就把骸骨迁徙到离城二十里处埋葬。从此不再有什么疾病。

管　辂（四）

利漕民郭恩，字义博。兄弟三人，皆得躄疾，使辂筮其所由。辂曰：“卦中有君本墓，墓中有女鬼，非君伯母，当叔母也。昔饥荒之世，当有利其数升米者，排着井中，啧啧有声，推一大石下，破其头。孤魂冤痛，自诉于天耳。”

【译文】

利漕的居民郭恩，字义博，兄弟三人，都得了瘸病。请管辂占筮，要知道原因。管辂说："卦中有你们家的墓，墓中的女鬼，不是你的伯母，便是你的叔母。从前饥荒的岁月里，该有个贪图她几升米的，把她推到井中，还咂嘴发出声音，投下一块大石头，砸破了她的头。孤魂冤痛，就向天帝自诉了。"

淳于智（一）

淳于智，字叔平，济北卢人也。性深沉，有思义。少为书生，能《易》筮，善厌胜之术。高平刘柔夜卧，鼠啮其左手中指，意甚恶之，以问智。智为筮之，曰："鼠本欲杀君而不能，当为使其反死。"乃以朱书手腕横纹后三寸，为田字，可方一寸二分。使夜露手以卧，有大鼠伏死于前。

【译文】

淳于智字叔平，是济北卢县人。性格深沉，有思辨能力。年轻时是个书生，能用《易经》占筮，善于用符咒来制胜之术。高平县的刘柔夜间睡觉，被老鼠咬了他的左手中指，心里很恨。他拿这事问淳于智，淳于智为他占筮，说："老鼠本来想杀死你，却没有能力，我要使你反过来杀死它。"就用丹砂在他手腕横纹后面三寸的地方，写了个"田"字，大约一寸二分见方，叫他夜间睡觉时把手露在外面。结果，有一只大老鼠伏着死在他的手腕前。

淳于智（二）

上党鲍瑗，家多丧病，贫苦。淳于智卜之，曰："君居宅不利，故令君困尔。君舍东北有大桑树。君径至市，入门数十步，当有一人卖新鞭者，便就买还，以悬此树。三年，当暴得财。”瑗承言诣市，果得马鞭。悬之三年，浚井，得钱数十万，铜铁器复二万余。于是业用既展，病者亦无恙。

【译文】

上党鲍瑗，家里多丧亡疾病，很是贫苦。淳于智为他占卜，说：“你居住的地方不吉利，所以使你多难。你房屋东北有一棵大桑树，你直接到市场上，进市门几十步处，会有个人卖马鞭的，你就买回来，挂在这树上。三年以后，你就会突然发财。”鲍瑗听他的话，到市场上去，果然买到了马鞭。把它挂在大桑树上三年，在疏浚井的时候，挖出来几十万文钱，二万余件铜铁器。于是家业也振兴了，生病的人也都好了。

淳于智（三）

谯人夏侯藻，母病困，将诣智卜。忽有一狐，当门向之嗥叫。藻大愕惧，遂驰诣智。智曰：“其祸甚急。君速归，在狐嗥处拊心啼哭，令家人惊怪，大小毕出，一人不出，啼哭勿休。然其祸仅可免也。”藻还，如其言，母亦扶病而出。家人既集，堂屋五间拉然而崩。

【译文】

谯县人夏侯藻，母亲病得不轻，正打算到淳于智那儿去卜一卦。忽然有一只狐狸，当门对着他嗥叫，夏侯藻大为惊惧，就马上前往淳于智处。淳于智说：“这灾祸来得很急。你赶快回去，在狐嗥叫的地方拍胸啼哭，让家里人惊怪，大大小小都出来，有一个人不出来，你啼哭就不要停止。但这样也仅仅可以免去灾殃。”夏侯藻回去，照他说的那样，连母亲也抱病出来了。一家人都齐了以后，堂屋五间就摧枯拉朽般崩塌下来了。

淳　于　智（四）

护军张劭，母病笃。智筮之，使西出市沐猴，系母臂，令旁人捶拍，恒使作声，三日放去。劭从之。其猴出门，即为犬所咋死，母病遂差。

【译文】

护军张劭，母亲病得很厉害。淳于智为他卜筮，叫他出门朝西走，买一只猕猴回来，系在母亲手臂上；再叫个人拍打猕猴，常使它发出叫声，三天以后把它放去。张劭听从他的。那猕猴刚放出门，便被狗咬死了。他母亲的病也就好了。

郭　　璞（一）

郭璞，字景纯，行至庐江，劝太守胡孟康急回南渡，康不从。璞将促装去之，爱其婢，无由得，乃取小豆三斗，绕主人宅散之。主人晨起，见赤衣人数千围其家，就视则灭，甚恶之。请璞为卦，璞曰：“君家不宜畜此婢，可于东南二十里卖之，慎勿争价，则此妖可除也。”璞阴令人贱买此婢。复为投符于井中，数千赤衣人一一自投于井。主人大悦。璞携婢去，后数旬而庐江陷。

【译文】

郭璞字景纯。他到庐江郡，劝太守胡孟康赶快渡江回到南边，胡孟康没听从他。他急忙整理行装，打算离开。却爱上了胡家的一个婢女，没办法得到，就拿三斗赤豆围绕胡家住宅撒在外面。胡孟康早晨起来，看见几千个红衣人围住自己家，走近去看就没了，心里很厌恶，请郭璞卜一卦。郭璞说："你家不宜容留这个婢女，可以在东南二十里的地方卖掉她，千万注意不要争价钱，那么这些妖怪便可以灭除掉了。"郭璞暗中叫人把这个婢女贱价买下来。又画了一道符投到井中，几千个红衣人一一自行跳进了井里，胡孟康大为高兴。郭璞带了婢女走了。过了几十天，庐江郡就失守陷落了。

郭　璞（二）

赵固所乘马忽死，甚悲惜之，以问郭璞。璞曰："可遣数十人持竹竿，东行三十里，有山林陵树，便搅打之，当有一物出，急宜持归。"于是如言，果得一物，似猿。持归，入门见死马，跳梁走往死马头，嘘吸其鼻。顷之，马即能起，奋迅嘶鸣，饮食如常，亦不复见向物。固奇之，厚加资给。

【译文】

赵固所乘的马忽然死了，心里很悲伤痛惜。问郭璞有什么法子把马救活，郭璞说："可以派几十个人手拿竹竿，向东走三十里地，看到有山林陵树的地方便搅打一阵，会有一个东西出来，要赶快把它拿回。"赵固于是照他所说，果然得到一个东西，像猿猴。拿回一进门，看见死马，便一下子腾跃到死马的头前，对着它的鼻孔呼气吸气。过了一会，马就能起来了，精神振奋，行动迅速，嘶叫了一声，饮食如常。刚才那个猿猴般的东西这时也不见了。赵固颇感惊异，重重地送了郭璞一笔钱。

郭　璞（三）

扬州别驾顾球姊，生十年便病。至年五十余，令郭璞筮。得“大过”之“升”，其辞曰：“大过卦者义不嘉，冢墓枯杨无英华。振动游魂见龙车，身被重累婴妖邪。法由斩祀杀灵蛇，非己之咎先人瑕。案卦论之可奈何?”球乃迹访其家事，先世曾伐大树，得大蛇杀之，女便病。病后，有群鸟数千回翔屋上。人皆怪之，不知何故。有县农行过舍边，仰视，见龙牵车，五色晃烂，其大非常，有顷遂灭。

【译文】

扬州别驾顾球的姐姐，生了十年拉肚子的病。到五十多岁时，请郭璞来占筮，占到的卦是“大过”之“升”。卦辞说：

“大过”卦，义不佳，墓旁枯杨不开花。
震动游魂现龙车，身受连累逢妖邪。
事由斩祀杀灵蛇，非己之过先人瑕。
案卦论之没办法。

顾球便去探访姐夫家的往事，得知他的上一辈曾经砍伐一棵大树，发现一条大蛇，便把它杀了。这以后，姐姐就病了。病后，有一群鸟几千只，来回在屋上飞翔，人们都非常奇怪，不知什么缘故。有个县里的田官走过房屋边，抬头看时，只见一条龙拉着车子，五色烂漫，非常大，过了好一会才消失。

郭　璞（四）

义兴方叔保得伤寒，垂死，令璞占之，不吉，令求白牛厌之。求之不得，唯羊子玄有一白牛，不肯借。璞为致之，即日有大白牛从西来，径往临。叔保惊惶，病即愈。

【译文】

义兴方叔保得了伤寒病，几乎要死了，请郭璞占筮，不吉利。郭璞教他用白牛来制止病魔，但是到处找不到；只有羊子元家有一头白牛，却不肯借。郭璞便为他作法招引，当天就有一头大白牛从西方直接来到方家。方叔保受了惊吓，病就好了。

费孝先

西川费孝先，善轨革，世皆知名。有大若人王旻，因货殖至成都，求为卦。孝先曰："教住莫住，教洗莫洗。一石谷捣得三斗米。遇明即活，遇暗即死。"再三戒之，令诵此言足矣。旻志之。

及行，途中遇大雨，憩一屋下，路人盈塞。乃思曰："教住莫住，得非此耶?"遂冒雨行。未几，屋遂颠覆，独得免焉。旻之妻已私邻比，欲媾终身之好，俟旋归，将致毒谋。旻既至，妻约其私人曰："今夕新沐者，乃夫也。"将晡，呼旻洗沐，重易巾栉。旻悟曰："教洗莫洗，得非此也?"坚不从。妻怒，不省，自沐，夜半反被害。既觉惊呼，邻里共视，皆莫测其由，遂被囚系拷讯。狱就，不能自辨。郡守录状，旻泣言："死即死矣。但孝先所言终无验耳!"左右以是语上达。郡守命未得行法，呼旻问曰："汝邻比何人也?"曰："康七。"遂遣人捕之："杀汝妻者，必此人也。"已而果然。因谓僚佐曰："一石谷捣得三斗米，非康七乎?"由是辨雪。诚遇明即活之效。

【译文】

西川费孝先，善于算命，举世知名。有个大若人叫王旻，因做买卖到成都，求他卜一卦。费孝先说："教你留，你别留。教你洗，你别洗。一石谷舂得三斗米。遇到清明的就活，遇到昏暗的就死。"再三警戒他，叫他背出这几句话就够了。王旻记住了。

到他动身时，半路上下大雨，在一间屋下避雨，行路人挤得满满的。王旻心想："教你留，你别留，莫不是就指这个吧?"就冒雨走了出去。不多久，房子就倒塌了，只有他幸免于难。王旻的妻子已经与邻居私通了，两个人想结终身之好，等候他回来，就要谋害他。王旻到家以后，妻子和那人相约："今夜新洗头的，是我的丈夫。"将近黄昏，她就准备好热水，叫王旻洗头，重新换上头巾。王旻警悟道："教你洗，你别洗，莫不是就指这个吧?"就坚决不洗。妻子恼了，没仔细考虑，就自己洗了头。到了夜半，她反而被杀害了。王旻醒来，发现妻子死了，惊呼起来。邻里都来观看，都弄不懂怎么回事。王旻就被抓起来拷打审讯，最后案子定下来是他杀妻，他不能自辩。郡太守省察他的罪状，王旻哭着说："死只好死了。但是费孝先的话，到底不灵验。"左右把这话报告给郡太守，郡太守命令不能就执法行刑。他把王旻传来问道："你的邻居是谁?"王旻说："他叫康七。"郡太守就派人把他抓来，说："杀你妻子的，一定是这个人。"问下来果然不错。郡太守对僚佐说："一石谷舂得三斗米，不是糠七吗?"这案子因此就平反昭雪了。这确实是"遇到清明的官就活"的验证。

隗 炤

隗炤，汝阴鸿寿亭民也，善《易》。临终书板，授其妻曰：“吾亡后，当大荒。虽尔，而慎莫卖宅也。到后五年春，当有诏使来顿此亭，姓龚。此人负吾金，即以此板往责之，勿负言也。”亡后，果大困，欲卖宅者数矣，忆夫言，辄止。至期，有龚使者果止亭中，妻遂赍板责之。使者执板，不知所言，曰：“我平生不负钱，此何缘尔邪?”妻曰：“夫临亡，手书板，见命如此，不敢妄也。”使者沉吟，良久而悟，乃命取蓍筮之。卦成，抵掌叹曰：“妙哉隗生！含明隐迹而莫之闻，可谓镜穷达而洞吉凶者也。”于是告其妻曰：“吾不负金，贤夫自有金。乃知亡后当暂穷，故藏金以待太平。所以不告儿妇者，恐金尽而困无已也。知吾善《易》，故书板以寄意耳。金五百斤，盛以青罂，覆以铜柈，埋在堂屋东头，去壁一丈，入地九尺。”

妻还掘之，果得金，皆如所卜。

【译文】

隗炤是汝阴鸿寿亭的居民，善于运用《易经》预测。临死，在一块板上写了如下一段话交给妻子：“我死后，家里会十分穷困。虽然如此，千万注意不要卖掉房子。到五年以后的春天，会有皇上的使者到这儿亭中来止宿，姓龚。这个人欠我钱，就用这板去讨债。不要违背我的话。”他死了以后，家里果然十分穷困，已经好几次想要卖房子了，记着丈夫的话，终于没卖。到了日子，果然有个姓龚的使者止宿在亭中。隗妻就把板送去讨债。龚使者拿到板，不知说什么好。说："我平生不欠人钱，这是因为什么呀?"隗妻说："丈夫临死亲手写下这块板，要我这样做，我不敢有半句胡言。"使者沉吟了一下，过了好久方才省悟过来，就吩咐取蓍草来占筮。卦算出来以后，不禁拍手叹道："妙极了，隗生，明镜般的心灵，却隐迹而不为人所知，可说是烛照穷达、洞察吉凶的人了!"于是告诉隗妻说："我不欠钱，贤夫自己有钱。他知道死后会暂时穷困，所以把金子藏着等待太平日子的到来。所以不告诉妻子、儿子，是怕金子花光了，穷运不停止。他知道我善于占筮，所以写了这块板寄托他的意思。金子五百斤，用青罂盛着，上面盖着铜盘，埋在堂屋东头，离墙壁一丈远，入地九尺深。"

隗妻回去发掘，果然得到金子，一切都和卜的一样。

韩　友

韩友，字景先，庐江舒人也。善占卜，亦行京房厌胜之术。刘世则女病魅积年，巫为攻祷，伐空冢故城间，得狸鼍数十，病犹不差。友筮之，命作布囊，俟女发时，张囊着窗牖间。友闭户作气，若有所驱。须臾间，见囊大胀如吹，因决败之。女仍大发。友乃更作皮囊二枚，沓张之，施张如前，囊复胀满。因急缚囊口，悬着树。二十许日，渐消，开视，有二斤狐毛。女病遂差。

【译文】

韩友字景先，是庐江郡舒县人。善于占卜，也会施行京房用符咒制胜的法术。刘世则的女儿，被妖魅迷住，病了几年了。神巫为她治疗、祷告，在老城的空坟里挖掘出几十只野猫、扬子鳄，病还是不好。韩友去占筮，叫他家做一只布口袋，等女发病的时候，张开口袋贴在窗户间。韩友关上门，发气，好像在驱赶什么。不一会儿，只见布袋鼓了起来，好像有人在往前面吹气一般，结果破裂了。刘女病仍然发作得很厉害。韩友就重新做了两只皮口袋，叠着套起来，像上次一样贴在窗户上作法，皮口袋又胀满了。韩友马上把袋口扎住，把袋挂在树上。过了二十来天，口袋渐渐小了，打开来看，有两斤狐毛。刘女的病这才好了。

严　卿

会稽严卿，善卜筮。乡人魏序欲东行，荒年多抄盗，令卿筮之。卿曰："君慎不可东行，必遭暴害，而非劫也。"序不信。卿曰："既必不停，宜有以禳之。可索西郭外独母家白雄狗，系着船前。"求索，止得驳狗，无白者。卿曰："驳者亦足。然犹恨其色不纯，当余小毒，止及六畜辈耳，无所复忧。"序行半路，狗忽然作声甚急，有如人打之者。比视已死，吐黑血斗余。其夕，序墅上白鹅数头，无故自死，序家无恙。

【译文】

会稽严卿，善于卜筮。同乡人魏序想外出，方向朝东。荒年多强盗，所以他请严卿算一卦，平安不平安。严卿说："你要小心，不可以朝东走。否则必遭暴害，而不是抢劫。"魏序不信。严卿说："你既然一定要走，可以有一个禳解的办法。你到西城外独母家去讨一只白的公狗，系在船前。"魏序去讨，只得到一只花狗，没有白的。严卿说："花的也可以，但颜色不纯，还是个遗憾，会留下一点小毒，影响到六畜之类。可以不必再担忧了。"魏序到半路上，狗忽然叫得很急，好像有人在打它似的。等到去看它，已经死了，吐出一升多黑血。这一夜，魏序家几头白鹅无缘无故自行死了。家里的人都安然无恙。

华　　佗（一）

沛国华佗，字元化，一名旉。琅邪刘勋为河内太守，有女年几二十，苦脚左膝里有疮，痒而不痛。疮愈，数十日复发，如此七八年。迎佗使视，佗曰："是易治之。"当得稻糠黄色犬一头，好马二匹。以绳系犬颈，使走马牵犬，马极辄易。计马走三十余里，犬不能行。复令步人拖曳，计向五十里。乃以药饮女，女即安卧，不知人。因取大刀，断犬腹近后脚之前，以所断之处向疮口，令二三寸停之。须臾，有若蛇者从疮中出，便以铁椎横贯蛇头。蛇在皮中动摇良久，须臾不动，乃牵出。长三尺许，纯是蛇，但有眼处，而无瞳子，又逆鳞耳。以膏散着疮中，七日愈。

【译文】

沛国华佗，字元化，还有个名字叫旉。琊玡人刘勋任河内太守，有个女儿，年近二十，苦于左膝里侧长了一个疮，痒而不痛。治好了，过几十天又复发，像这样有七八年了。请来华佗看病，华佗说："这容易治。要弄一条像稻糠般黄色的狗，两匹好马。用绳系在狗的颈项里，让马牵着狗奔走，马累了就换一匹。"这样，两匹马估计跑了三十多里地，狗已经跑不动了。又叫人拖着狗步行，加起来差不多有五十里地。这时，华佗喂刘女吃一种药，刘女吃下去就安睡，什么也不知道了。华佗取一把大刀，从犬腹靠近后腿处割下一片肉。把这片肉对准离疮口二三寸处贴着不动，不多一会儿，有好像蛇似的东西从疮中出来。华佗用铁锥横穿蛇头，蛇在皮下蠕动了好久，一下子不动了，就把它拉出来。这东西有三尺左右，纯然是蛇，只是长眼睛的地方没有瞳子，鳞又是逆向生的而已。用药膏敷在疮上，七天就好了。

华　　佗（二）

佗尝行道，见一人病咽，嗜食不得下。家人车载，欲往就医。佗闻其呻吟声，驻车往视，语之曰：“向来道边，有卖饼家蒜齑大酢，从取三升饮之，病自当去。”即如佗言，立吐蛇一枚。

【译文】

一次华佗坐车在路上行驶，看见一个人咽喉出了毛病，想吃东西，却咽不下，家里人正把他送上车子，打算去求医。华佗听到他的呻吟声，停下车来去看，对他说：“我刚才来的路边，有家卖饼的店铺，店里的蒜泥大醋你们去买三升来喝下去，病自然就好了。”这家人照着华佗的话去做，病人立刻吐出一条蛇来。

卷　四

风伯雨师

风伯、雨师，星也。风伯者，箕星也；雨师者，毕星也。郑玄谓司中、司命，文昌第四、第五星也。雨师一曰屏翳，一曰屏号，一曰玄冥。

【译文】

风伯、雨师，都是天上的星宿。风伯是箕星，雨师是毕星。郑玄说：司中神是文昌星宫中的第五颗星，司命神是文昌星宫中的第四颗星。雨师还有一个名字叫屏翳，又叫屏号，又叫玄冥。

张　宽

蜀郡张宽，字叔文，汉武帝时为侍中。从祀甘泉，至渭桥，有女子浴于渭水，乳长七尺。上怪其异，遣问之。女曰："帝后第七车者，知我所来。"时宽在第七车，对曰："天星主祭祀者，斋戒不洁则女人见。"

【译文】

蜀郡有个张宽，字叔文，汉武帝时任侍中。他跟随汉武帝到甘泉宫去祭祀。车队到了渭桥，有个女子在渭水里洗澡，乳房有七尺长。皇上觉得这女子很奇怪，派人去问，女子说："皇上后面第七辆车上的人，知道我的来历。"当时张宽在第七辆车上，回答说："祭祀者是天星的话，他如果斋戒不洁净，就会出现女人。"

灌坛令

文王以太公望为灌坛令。期年，风不鸣条。文王梦一妇人，甚丽，当道而哭。问其故，曰："吾泰山之女，嫁为西海妇，欲归。今为灌坛令当道有德，废我行。我行必有大风疾雨。大风疾雨，是毁其德也。"文王觉，召太公问之。是日果有疾雨暴风，从太公邑外而过。文王乃拜太公为大司马。

【译文】

周文王用太公望做灌坛县令，一年之间，风调雨顺，没有发生过一次使树枝发出声响的大风。周文王梦见一个妇女，打扮很华丽，在路上哭泣，问她什么缘故，妇女说："我是泰山神的女儿，嫁给西海神做媳妇，想要回娘家，如今因为灌坛县令有德，被他挡住了道，使我不能成行。我一出行，必定有暴风骤雨，暴风骤雨会损害了他的德政。"周文王醒来以后，把太公望召来问，那一天果然有骤雨暴风从灌坛县的外围经过。周文王就拜太公为大司马。

胡母班

胡母班，字季友，泰山人也。曾至泰山之侧，忽于树间逢一绛衣驺，呼班云："泰山府君召。"班惊愕，逡巡未答。复有一驺出呼之，遂随行。数十步，驺请班暂瞑。少顷，便见宫室，威仪甚严，班乃入阁拜谒。主为设食，语班曰："欲见君无他，欲附书与女婿耳。"班问："女郎何在?"曰："女为河伯妇。"班曰："辄当奉书，不知缘何得达?"答曰："今适河中流，便扣舟呼青衣，当自有取书者。"班乃辞出。昔驺复令闭目，有顷，忽如故道。

遂西行，如神言而呼青衣。须臾，果有一女仆出，取书而没。少顷复出，云："河伯欲暂见君。"婢亦请瞑目。遂拜谒河伯。河伯乃大设酒食，词旨殷勤。临去，谓班曰："感君远为致书，无物相奉。"于是命左右："取吾青丝履来。"以贻班。班出，瞑然忽得还舟。

遂于长安经年而还。至泰山侧，不敢潜过，遂扣树，自称姓名："从长安还，欲启消息。"须臾，昔驺出，引班如向法而进，因致书焉。府君请曰："当别再报。"班语讫，如厕。忽见其父着械徒作，此辈数百人。班进拜流涕，问："大人何因及此?"父云："吾死，不幸见遣三年。今已二年矣，困苦不可处。知汝今为明府所识，可为吾陈之，乞免此役，便欲得社公耳。"班乃依教，叩头陈乞。府君曰："生死异路，不可相近，身无所惜。"班苦请，方许之。于是辞出还家。

岁余，儿子死亡略尽。班惶惧，复诣泰山，扣树求见。昔驺遂迎之而见。班乃自说："昔辞旷拙，及还家，儿死亡至尽。今恐祸故未已，辄来启白，幸蒙哀救。"府君拊掌大笑曰："昔语君'死生异路，不可相近'故也。"即敕外召班父。须臾，至庭中，问之："昔求还里社，当为门户作福，而孙息死亡至尽，何也?”答云：“久别乡里，自欣得还，又遇酒食充足，实念诸孙，召之。”于是代之。父涕泣而出，班遂还。后有儿皆无恙。

【译文】

胡母班字季友，是泰山人。有一次，他到泰山旁边，忽然在树林里遇见一个红衣骑士，叫他说：“泰山府君召见你。”胡母班感到惊讶，迟疑间没作回答。又有一个红衣骑士出来，也叫他。于是就跟着走了十几步。骑士请他暂时闭上眼睛，不一会儿到了一个地方，睁眼一看，是一处宫室，十分威风庄严。胡母班就进内室拜谒。府君为他准备了酒食，对他说：“想要见你，没有别的意思，无非要托你带信给我女婿罢了。”胡母班问：“你女儿在哪里?”府君说：“我女儿是河伯的妻子。”胡母班说：“那当然该为你送信，不知怎样才能到达?”府君回答说：“你乘船到黄河中流，就敲着船叫唤‘青衣’，自会有人来取信的。”胡母班就告辞而出。刚才那两个骑士重新叫他闭上眼睛，过了一会儿，忽然到了原来的道路上。

胡母班就向西行走，照神所说乘船到黄河中流，叫唤：“青衣!”一转眼间，果然有个婢女出来，取了信就沉没在水中了。不一会儿又出来，说：“河伯想要见你一面。”婢女也请他闭上眼睛，于是就拜谒了河伯。河伯便大摆筵席，言语之间，对他很是殷勤。临走的时候，河伯对胡母班说：“感谢你远来为我送信，没有什么可以相赠。”于是命令左右道：“拿我的青丝鞋来。”把它送了胡母班。胡母班出来，闭上眼睛，忽然又回到了船上。

他在长安住过了年才回家，到泰山旁边，不敢偷偷过去，就敲树，自报姓名说：“我从长安回来，有消息要告诉。”一转眼间，当初那个骑士出来了，领着胡母班像以前的老办法进了宫室，他就把河伯的回信送达了。府君表示感谢说：“我要另外再报答你。”胡母班把要说的话说完了，就去上厕所。忽然他看见父亲戴着镣铐在干活，一起干活的有几百个人。胡母班跨上一步，倒地就拜，流着眼泪问：“大人为什么缘故到这里?”父亲说：“我死后不幸，受三年惩罚，到如今已两年了，苦得不能再过下去了。知道你现在与府君相识，可以为我申述一下，请求免除这个苦差役，我想在家乡弄个土地神做做。”胡母班就照着父亲所说，向府君叩头说明情况，乞求恩典。府君说：“生死是两个世界，死去的人和活着的人是不能亲近的，我倒不是不肯帮忙。”胡母班苦苦请求，府君方才答应了。于是他告辞而出，回到家里。

过了一年多，胡母班的儿子一个个都死了。他惶恐不安，又到泰山旁边去，敲着树，要求见府君。以前那个骑士把他迎了进去，见了府君，胡母班自称当初告辞的时候太疏忽笨拙了：“等我回家，儿子都死尽了。现在怕祸事还没结束，所以来禀告，希望得到哀怜救助。”府君拍手大笑说：“上次对你说‘生死是两个世界，死去的人和活着的人是不能亲近的’，就是这个缘故了。”就下令把他的父亲召来。过了一会，胡父来到庭中，问他：“你当初要求回家乡做土地神，应当为自己家里添点福，却使孙子一个个都死尽了，是为了什么？”胡母班的父亲回答说：“我久别乡里，十分欣慰能够回去，加以酒食充足，着实想念几个孙子，所以把他们都召到身边了。”府君于是另派一个土地神把他替代下来。胡母班的父亲哭泣着走了出去。胡母班就回家了。这以后，他生下的孩子，都不再有什么意外。

冯　夷

宋时，弘农冯夷，华阴潼乡堤首人也。以八月上庚日渡河溺死，天帝署为河伯。又《五行书》曰：“河伯以庚辰日死，不可治船远行，溺没不返。”

【译文】

冯夷是弘农郡华阴县潼乡隄首村人。他服食八种药石，得道成为水仙，做了河伯。也有人说，他是在八月上旬的庚日渡河时溺死的，天帝把他封为河伯。又据《五行书》说：“河伯是庚辰日死的，在这一天不可乘船远行，否则就会沉没不回。”

河伯婿

吴余杭县南有上湖，湖中央作塘。有一人乘马看戏，将三四人至岑村饮酒，小醉，暮还。时炎热，因下马入水中，枕石眠。马断走归，从人悉追马，至暮不返。

眠觉，日已向晡，不见人马。见一妇来，年可十六七，云：“女郎再拜。日既向暮，此间大可畏。君作何计?”因问：“女郎何姓？那得忽相闻?”复有一少年，年十三四，甚了了，乘新车。车后二十人，至，呼上车，云：“大人暂欲相见。”因回车而去。道中绎络把火，见城郭邑居。既入城，进厅事上，有信幡，题云“河伯信”。

俄见一人，年三十许，颜色如画，侍卫繁多。相对欣然，敕行酒炙，云：“仆有小女，颇聪明，欲以给君箕帚。”此人知神，不敢拒逆。便敕备办，会就郎中婚。承白已办，遂以丝布单衣及纱袷、绢裙、纱衫裈、履屐，皆精好。又给十小吏，青衣数十人。妇年可十八九，姿容婉媚。便成。三日，经大会客拜阁。四日，云：“礼既有限，发遣去。”妇以金瓯、麝香囊与婿别，涕泣而分。又与钱十万，药方三卷，云：“可以施功布德。”复云：“十年当相迎。”此人归家，遂不肯别婚，辞亲出家作道人。所得三卷方，一卷《脉经》，一卷《汤方》，一卷《丸方》。周行救疗，皆致神验。

后母老兄丧，因还婚宦。

【译文】

吴郡余杭县南边有个上湖，湖的中央筑堤围了个小塘。有个人乘马去看戏，带了三四个人到岑村饮酒，微微有些醉意，傍晚回家。当时气候炎热，就下马泡在水中，枕着一块石头睡了一觉。谁知马缰绳断了，径自跑了回去，跟随他的几个人都去追马了，到天快黑了还不回来。

这个人一觉醒来，太阳已经下山，马也没了，人也不见了。这时有个女子走来，看上去大约十六七岁，说："小女子在此有礼了。天色已经不早，这里十分可怕，你打算怎么办呢？"这人就问："姑娘姓什么？怎么会到这儿来的？"还没回答，又有一个少年，年纪才十三四岁，显得聪明伶俐，乘了一辆新车，车后跟着二十来个人，到了跟前，招呼他上车。说："我父亲想要见你一面。"就带着他回车而去。只见一路上都有人络绎不绝持着火把照明，不多一会，就看见了城墙居宅。入城以后，进到厅里，有一面表明官衔的旗帜，上面写着"河伯"字样。随即见到一个人，年纪三十来岁，容貌就像画家笔下的人物一样，侍从的卫士一大群。原来这就是河伯。

会面以后，河伯十分欣喜，吩咐摆上酒肉来，说："我有个女儿，很聪明，想给你做妻子。"这个人知道他是神仙，不敢违拗。河伯便下令办喜事，教照着郎中的婚礼规格举行。管事的禀告说已经准备好了，就拿来了丝绸单衣、纱帽、绢裙、纱衫裤、鞋子，都十分精美。又给了十个小吏，几十个婢女。河伯的女儿年纪大约十八九岁，姿容婉媚。两个人就成亲了。第三天，大宴宾客，行拜见岳父母的礼。到了第四天，河伯说："婚礼的举行是有限期的，既然已经成礼，就要让你回家侍奉老母了。"新媳妇用金瓯、麝香袋送给新郎，与他流着眼泪告别。又给他十万钱，三卷药方，说："可以布施功德。"又说："十年后来接你。"这人回家后就不肯别娶，辞别亲人出家当道士去了。他得到的三卷药方，一卷是《脉经》，一卷是《汤方》，一卷是《丸方》。他到处为人治病救命，都有神奇的效验。

后来，他母亲年老而死，哥哥也故世了，他就回到河伯那儿，和妻子团聚，并在河伯手下做了官。

华 山 使

秦始皇三十六年，使者郑容从关东来，将入函关。西至华阴，望见素车白马，从华山上下。疑其非人，道住，止而待之。遂至，问郑容曰："安之?"答曰："之咸阳。"车上人曰："吾华山使也，愿托一牍书，致镐池君所。子之咸阳，道过镐池，见一大梓，下有文石，取款梓，当有应者，即以书与之。"容如其言，以石款梓树，果有人来取书。明年，祖龙死。

【译文】

秦始皇三十六年，使者郑容从关东来，要进函谷关。向西到达华阴时，望见白车白马从华山上下来，怀疑不是凡人，就在道上打住，停下来等待。白车白马驶近了。车上人问郑容："到哪里去?"郑容说："到咸阳。"车上人说："我是华山使者，托你把一封信送到镐池君那里去。你到咸阳，路过镐池，能看见一棵大梓树，树下有一块彩色石头，你拿这石头敲梓树，就会有人出来，你就把信给他。"郑容照他所说，用石头敲梓树，果然有人来取信。第二年，秦始皇就死了。

张 璞

张璞，字公直，不知何许人也。为吴郡太守，征还，道由庐山。子女观于祠室，婢使指像人以戏曰："以此配汝。"其夜，璞妻梦庐君致聘曰："鄙男不肖，感垂采择，用致微意。"妻觉，怪之。婢言其情，于是妻惧，催璞速发。

中流，舟不为行，阖船震恐。乃皆投物于水，船犹不行。或曰："投女则船为进。"皆曰："神意已可知也，以一女而灭一门，奈何？"璞曰："吾不忍见之。"乃上飞庐卧，使妻沉女于水。妻因以璞亡兄孤女代之，置席水中，女坐其上，船乃得去。璞见女之在也，怒曰："吾何面目于当世也！"乃复投己女。

及得渡，遥见二女在下。有吏立于岸侧，曰："吾，庐君主簿也。庐君谢君，知鬼神非匹，又敬君之义，故悉还二女。"后问女，言："但见好屋吏卒，不觉在水中也。"

【译文】

张璞字公直，不知什么地方人，任吴郡太守。朝廷召他回京，路上经过庐山。他的女儿到庙里去游览，婢女指着一尊偶像开玩笑说："把他许给你。"当夜，张璞的妻子就梦见庐山神君送来聘礼，说："小儿不肖，感谢你选中了他，所以送来点薄礼致意。"张妻醒来，觉得奇怪。婢女把开玩笑的事儿说了，于是张妻害怕了，催促丈夫赶快启程。

船到了江心，停住不动了，全船的人都感到震恐。就朝水里抛掷了一些东西，船还是不能行驶。有人说："把女儿扔下水去船就能开了。"大家都说："神的意思已经很明白，因为一个女儿，要灭绝一门，怎么办？"张璞说："我不忍心看着女儿下水。"就到船楼上躺着，叫妻子把女儿沉下水去。张妻不舍得女儿，用张璞亡兄的一个孤女做了替身。在江水中放一张席子，让侄女坐在席上，船才能开行。张璞看到女儿还在，发怒说："我还有什么脸面在这世上？"就又把自己的女儿扔下水去。

船过了江，远远看见两个姑娘在下面，岸边立着一个官吏，说："我是庐山神君的主簿。神君感谢你。他知道鬼神不是人的配偶，又尊敬你的信义，所以把两个姑娘全都还给你了。"后来问这两个女孩，说："只看到很好的房子，官吏兵卒，并不觉得是在水中。"

建康小吏

建康小吏曹著，为庐山使所迎，配以女婉。著形意不安，屡屡求请退。婉潸然垂涕，赋诗序别，并赠织成裈衫。

【译文】

建康一个小官吏叫曹著，被庐山神君迎了去，把名叫婉儿的一个女儿嫁给了他。曹著在那里，形体上精神上都感到不安，屡屡请求退婚。婉儿潸然泪下，赋诗与他告别，还送给他织成衫裤。

宫亭湖（一）

宫亭湖孤石庙，尝有估客至都，经其庙下，见二女子，云："可为买两量丝履，自相厚报。"估客至都，市好丝履，并箱盛之，自市书刀亦内箱中。既还，以箱及香置庙中而去，忘取书刀。至河中流，忽有鲤鱼跳入船内。破鱼腹，得书刀焉。

【译文】

宫亭湖有一座孤石庙，曾有个贩货的行商到都城去，经过孤石庙下，看见两个女子。说："托你买两双丝鞋，自有重谢。"行商到了都城，买了上好的丝鞋，并且用箱子盛放起来，自己买的刻字刀也放在箱里。回到孤石庙以后，把箱子和香放在庙中，就走了，忘记取出刻字刀。行商乘着船，到了湖中心，忽然有条鲤鱼跳进船里。把鱼肚剖开来，刻字刀就在里面。

宫 亭 湖（二）

南州人有遣吏献犀簪于孙权者，舟过宫亭庙而乞灵焉。神忽下教曰："须汝犀簪。"吏惶遽，不敢应。俄而犀簪已前列矣，神复下教曰："俟汝至石头城，返汝簪。"吏不得已，遂行。自分失簪，且得死罪。比达石头，忽有大鲤鱼长三尺，跃入舟，剖之得簪。

【译文】

南方地区有派了官吏献犀角簪给孙权的，船过宫亭庙，就停下来拜神。神忽然发下话来说："要你的犀角簪。"那官吏惊惶失措，不敢应声。一转眼间，那犀角簪已经到了神座前了。神又发下话来说："等你到了吴国都城石头城，还你的簪。"那官吏不得已，就动身走了。自忖丢了犀角簪，那可是死罪。到了石头城，忽然有一条大鲤鱼，三尺长，跳进船里。剖开鱼腹，犀角簪在里面。

驴 鼠

郭璞过江，宣城太守殷祐引为参军。时有一物，大如水牛，灰色，卑脚，脚类象，胸前尾上皆白，大力而迟钝，来到城下。众咸怪焉。祐使人伏而取之，令璞作卦，遇"遁"之"蛊"，名曰"驴鼠"。卜适了，伏者以戟刺，深尺余。郡纲纪上祠请杀之。巫云："庙神不悦。此是郱亭驴山君使，至荆山，暂来过我，不须触之。"遂去，不复见。

【译文】

郭璞过江以后，宣城太守殷祐荐引他做了参军。当时有一只怪兽，像水牛般大，灰色，矮脚，脚与大象差不多，胸前、尾上都是白的，力气很大，却很迟钝，来到城下。大家都感到惊异。殷祐派人埋伏着要抓它，又命郭璞卜一卦。郭璞卜到"遁"之"蛊"卦，说这怪兽名叫"驴鼠"。卦刚刚卜了，埋伏着的人用戟刺中了那怪兽，深达一尺多。宣城郡的主簿到庙里祷请杀死驴鼠，巫师说："庙神不高兴了，说这是郱亭驴山神君的使者，到荆山暂时来访问我，你们不必触犯它。"那驴鼠就被放走了，不再出现。

青洪君 附如愿

庐陵欧明，从贾客道经彭泽湖，每以舟中所有多少投湖中，云以为礼。积数年。后复过，忽见湖中有大道，上多风尘。有数吏，乘车马来候明，云是青洪君使要。须臾达，见有府舍，门下吏卒。明甚怖。吏曰："无可怖。青洪君感君前后有礼，故要君。必有重遗君者。君勿取，独求如愿耳。"明既见青洪君，乃求如愿。使逐明去。如愿者，青洪君婢也。明将归，所愿辄得，数年，大富。

【译文】

庐陵郡的欧明，跟随行商，路经彭泽湖。他每次都把船中所载的东西，取一些投入湖中，说："把这作为礼物。"过了几年，他再次经过时，忽然看见湖中有一条大路，路上也不乏风尘，有几个官吏，乘了车马来迎候欧明，说：“是青洪君派来邀请的。”欧明上了车，只一转眼的工夫就到达了目的地。只见有座官府，门口都是官吏士卒，他很是害怕。领他来的官吏说：“没什么可怕的。青洪君感谢你前后有礼，所以邀请你来。他必定会重谢你的，别的东西你不要拿，只请求给一个如愿。”欧明见到青洪君后，就要求给如愿。青洪君就叫如愿跟欧明回去。所谓如愿，是青洪君的一个婢女。欧明把她带回家以后，凡有什么愿望，都能达到目的。几年以后，就大富起来。

黄石公祠

益州之西，云南之东，有神祠。克山石为室，下有民奉祠之，自称黄石公。因言此神，张良所受黄石公之灵也。清净不宰杀。诸祈祷者，持一百纸、一双笔、一丸墨置石室中，前请乞。先闻石室中有声，须臾，问来人何欲。既言，便具语吉凶，不见其形。至今如此。

【译文】

益州西、云南东，有一所神庙，还有个在山里凿出的石室，民人祭祀不断。庙里的神自称黄石公，人们就传说这个神是张良曾经受教过的黄石公，在这儿显灵。这个神讲究清净，不要求宰杀猪牛祭祀，凡是祈祷的人，拿一百张纸，一对笔，一锭墨，放在石室里，前去向黄石公请求，就能听到石室中有声音，不多一会儿，就问来的人有什么要求。祈祷的人说了要求，神就为他一一说明吉凶，但看不到他的身形。一直到如今，都是这样。

樊　道　基 附成夫人

永嘉中，有神见兖州，自称樊道基。有妪，号成夫人。夫人好音乐，能弹箜篌，闻人弦歌，辄便起舞。

【译文】

晋怀帝永嘉年间，兖州出现了一个神，自称樊道基；有个老太太，号称成夫人。成夫人喜欢音乐，能弹奏箜篌，听到人们弹琴唱歌，她便翩翩起舞。

戴　文　谋

沛国戴文谋，隐居阳城山中。曾于客堂食际，忽闻有神呼曰："我天帝使者，欲下凭君，可乎？"文闻甚惊。又曰："君疑我也？"文乃跪曰："居贫，恐不足降下耳。"既而洒扫设位，朝夕进食甚谨。后于室内窃言之，妇曰："此恐是妖魅凭依耳。"文曰："我亦疑之。"及祠飨之时，神乃言曰："吾相从，方欲相利，不意有疑心异议。"文辞谢之际，忽堂上如数十人呼声。出视之，见一大鸟五色，白鸠数十随之，东北入云而去，遂不见。

【译文】

沛国戴文谋，隐居在阳城山中。一次，在客堂里吃饭的时候，忽然听见有神喊他说："我是天帝的使者，想下凡来依凭在这儿，可以吗？"文谋听了很感惊异。神又说了："你是怀疑我吗？"文谋就跪下说："我生活贫穷，恐怕不够条件让尊神降临下来罢了。"说完就洒扫堂屋，设立了一个牌位，早晚供祀食物，小心侍候。过了几天，他和妻子在内室说悄悄话。妻子说："这恐怕是妖精来凭依呢。"文谋说："我也怀疑它。"等到进祀食物的时候，神就说了："我到你这儿，正想给你一点好处，想不到你有猜疑心，背后说坏话。"文谋正在道歉的时候，忽然堂上好像有几十个人在呼喊的声音，出去一看，只见一只五彩的大鸟，有几十只白鸠跟随着，直向东北飞入云间去了。从此就不曾再出现过。

麋竺

麋竺，字子仲，东海朐人也。祖世货殖，家资巨万。常从洛归，未至家数十里，见路次有一好新妇，从竺求寄载。行可二十余里，新妇谢去，谓竺曰："我，天使也。当往烧东海麋竺家。感君见载，故以相语。"竺因私请之，妇曰："不可得不烧。如此，君可快去，我当缓行，日中必火发。"竺乃急行归，达家，便移出财物，日中而火大发。

【译文】

麋竺字子仲，是东海朐邑的人。祖上世代经商，家里极其富有，资产总有个百万千万的。他曾经从洛阳回来，离家还有几十里时，看见路边有个美丽的新媳妇，要求搭乘麋竺的车。走了大约二十多里地，那新媳妇道谢下车，对麋竺说："我是天使，要去烧东海麋竺家，感谢你便车带我走，所以把这话告诉你。"麋竺就私下讨情求免，新媳妇说："不烧是不可能的。这样吧，你可以赶快回去，我慢慢儿地走。中午火一定要烧起来的。"麋竺就急忙赶路回家，到家以后，就把所有的财物移到室外。中午，大火就烧了起来。

阴 子 方

汉宣帝时，南阳阴子方者，性至孝，积恩好施，喜祀灶。腊日晨炊，而灶神形见。子方再拜受庆，家有黄羊，因以祀之。自是已后，暴至巨富，田七百余顷，舆马仆隶，比于邦君。子方尝言："我子孙必将强大。"至识三世，而遂繁昌。家凡四侯，牧守数十。故后子孙尝以腊日祀灶，而荐黄羊焉。

【译文】

汉宣帝的时候，南阳有个阴子方，天性极其孝顺，乐善好施，积了不少恩德，又喜欢祭祀灶神。腊日做早饭的时候，灶神显了形，阴子方拜了又拜，接受神的庆赏。他家里有一只黄狗，就杀了祭灶神。从此以后，阴子方突然大富起来，田地多到七百余顷，车马奴仆，好与国君相比。他常说："我的子孙后代一定会兴旺起来。"三代传到阴识，就开始繁荣昌盛，一家有四个人封了侯，官做到太守的有几十个人。所以阴家后代子孙常在腊日祭灶，向灶神献黄狗。

蚕 神

吴县张成夜起，忽见一妇人立于宅南角，举手招成曰："此是君家之蚕室，我即此地之神。明年正月十五，宜作白粥，泛膏于上。"以后年年大得蚕。今之作膏糜像此。

【译文】

吴县张成，夜里起来，忽然看见一个女人立在房宅的南角上，举手招呼张成说："这里是你家的蚕室，我就是这里的蚕神。明年正月十五日，你该做一碗白粥，上面浇些猪油，来祭祀我，我一定会使你的蚕桑事业发展百倍。"说完人就不见了。以后，张成家养蚕年年获得很大的利润。如今做猪油粥的习俗就是由此而来的。

戴侯祠

豫章有戴氏女，久病不差，见一小石，形像偶人。女谓曰："尔有人形，岂神？能差我宿疾者，吾将重汝。"其夜，梦有人告之："吾将祐汝。"自后疾渐差。遂为立祠山下。戴氏为巫，故名戴侯祠。

【译文】

豫章郡戴家有个女儿，久病不愈。一次她看见一块小石头，形状像个木偶人。戴女对小石头说："你有人的形体，难道是神吗？你要是能将我的老毛病治好，我一定尊重你。"当天夜里，戴女梦见有人告诉她："我将要保佑你。"从此以后，她的病就一点点好起来了。于是，戴家就在山下为石偶人立了一个庙，戴家在庙里做巫师，所以这庙叫"戴侯祠"。

刘玘

汉阳羡长刘玘尝言："我死，当为神。"一夕饮醉，无病而卒。风雨失其柩。夜闻荆山有数千人喊声，乡民往视之，则棺已成冢。遂改为君山，因立祠祀之。

【译文】

东汉吴郡阳羡县令刘玘曾说："我死后要成为神。"一夜，喝醉了酒，没什么病就死了。棺殓以后，起了大风大雨，他的棺材就不见了。夜间听得荆南山上有几千人的喊声，乡民前去探视，只见刘玘的棺材已经落葬，堆了一个大坟墓。于是乡民们就把荆南山改名为君山，还立了一个庙祭祀他。

卷　五

蒋　山　祠（一）

蒋子文者，广陵人也。嗜酒好色，挑达无度。常自谓己骨清，死当为神。汉末为秣陵尉，逐贼至钟山下，贼击伤额，因解绶缚之，有顷遂死。及吴先主之初，其故吏见文于道，乘白马，执白羽扇，侍从如平生。见者惊走。文追之，谓曰："我当为此土地神，以福尔下民。尔可宣告百姓，为我立祠。不尔，将有大咎。"是岁夏大疫，百姓窃相恐动，颇有窃祠之者矣。文又下巫祝："吾将大启祐孙氏，宜为我立祠。不尔，将使虫入人耳为灾。"俄而小虫如尘虻，入耳皆死，医不能治，百姓愈恐。孙主未之信也。又下巫祝："若不祀我，将又以大火为灾。"是岁火灾大发，一日数十处，火及公宫。议者以为鬼有所归，乃不为厉，宜有以抚之。于是使使者封子文为中都侯，次弟子绪为长水校尉，皆加印绶，为立庙堂。转号钟山为蒋山，今建康东北蒋山是也。自是灾厉止息，百姓遂大事之。

【译文】

蒋子文是广陵人，嗜酒好色，轻薄放浪，常说自己骨质清，死后会成神。东汉末年，他任秣陵县县尉，一次追逐强盗到钟山下，强盗把他额头击伤了，解下他身上的丝带把他绑住，不一会儿他就死了。到吴国先主初年，他当年手下的小吏看见他在大路上乘着白马，执着白羽扇，身边有一群侍从，像活着时一样。那小吏顿时吓得逃走不迭。蒋子文追上他，对他说："我要做这儿的土地神，造福你们下民。你可以向百姓宣告，为我建立一个庙。不这样的话，会有大灾祸。"这年夏天，时疫流行，百姓私下里感到惊恐震动，颇有暗中祭祀他的。蒋子文又通知巫师说："我要大大地保佑东吴，应该为我建立庙堂。不然的话，我要叫虫飞进人的耳朵为灾。"不久，果然有小得像灰尘一样的虻虫，飞进谁的耳朵，谁就死，求医也没有用，百姓更加恐慌了。孙权还不相信。蒋子文又通过巫师说："如果不祭祀我，我还将造成大火为灾。"这年，火灾特别多，一天发生几十起，宫廷里也烧起来了。孙权左右的人议论下来，以为鬼要有所归宿，才不至于作祟，应该有点抚慰的表示。于是孙权派使者封蒋子文为中都侯，蒋子文的二弟蒋子绪为长水校尉，都加印绶。还为蒋子文立了庙堂，把钟山改名为蒋山，现今建康东北的蒋山就是。从此，灾祸停止了。百姓对他就大为信奉。

蒋 山 祠（二）

刘赤父者，梦蒋侯召为主簿。期日促，乃往庙陈请："母老子弱，情事过切，乞蒙放恕。会稽魏过，多材艺，善事神，请举过自代。"因叩头流血。庙祝曰："特愿相屈。魏过何人，而有斯举？"赤父固请，终不许。寻而赤父死焉。

【译文】

有个刘赤父，梦见蒋侯召他做主簿。约定的日子很紧迫，他就到庙里去说明情况提出请求："我母亲老了，儿子还小，事情来得太急，求神放宽期限照顾我一下。会稽有个魏过，多才多艺，善于为神办事，请求推荐魏过来代替我。”于是叩头直到流血。蒋侯通过庙里的男巫说：“我只愿屈劳你来。魏过是什么人，值得这样推荐他？”刘赤父一再地请求，到底不准许。不久，刘赤父就死了。

蒋山祠（三）

咸宁中，太常卿韩伯子某、会稽内史王蕴子某、光禄大夫刘耽子某，同游蒋山庙。庙有数妇人像，甚端正。某等醉，各指像以戏，自相配匹。即以其夕，三人同梦蒋侯遣传教相闻，曰：“家子女并丑陋，而猥垂荣顾。辄刻某日，悉相奉迎。”某等以其梦指适异常，试往相问，而果各得此梦，符协如一。于是大惧，备三牲，诣庙谢罪乞哀。又俱梦蒋侯亲来降己，曰：“君等既已顾之，实贪会对。克期垂及，岂容方更中悔？”经少时并亡。

【译文】

晋武帝咸宁年间，太常卿韩伯的儿子某甲，会稽内史王蕴的儿子某乙，光禄大夫刘耽的儿子某丙，一同游览蒋山庙。庙里有几个妇女的塑像，形貌很是端正。某甲等几个喝得醉醺醺的，各人指着塑像开玩笑，这个说我要和这个女的匹配，那个说我要和那个女的匹配。就在这天夜里，三个人都梦见蒋侯派使者来传话，说：“我家女儿都很丑陋，承蒙你们光顾垂爱十分荣幸，就定于某日，一起来迎接你们。”某甲等人因为梦的内容不同寻常，彼此试着探问，果然各人都做了这样的梦，互相符合，完全一样。于是三个人大为恐惧，备了牛、羊、猪三牲，到庙里去谢罪求饶。当夜又都梦见蒋侯亲自前来对自己说：“你们几个既然已经眷顾小女，又确实贪恋成双作对，约期很快就要到了，怎么允许你们中途反悔！”过了不几天，三个人一起死了。

蒋　山　祠（四）

会稽鄮县东野，有女子，姓吴，字望子，年十六，姿容可爱。其乡里有解鼓舞神者，要之便往。缘塘行，半路忽见一贵人，端正非常。贵人乘船，挺力十余，皆整顿。令人问望子欲何之，具以事对。贵人云："今正欲往彼，便可入船共去。"望子辞不敢。忽然不见。望子既拜神座，见向船中贵人俨然端坐，即蒋侯像也。问望子来何迟，因掷两橘与之。数数形见，遂隆情好。心有所欲，辄空中下之。尝思啖鲤，一双鲜鲤随心而至。望子芳香，流闻数里，颇有神验，一邑共事奉。经三年，望子忽生外意，神便绝往来。

【译文】

会稽郡鄮县东部远郊，有一个女子，姓吴，名望子。十六岁，姿容可爱。乡里有会打鼓跳舞娱神的，邀她也去，她便去了。沿着塘走，半路上忽然看见一个贵人，非常端庄，乘在船上，有十几个船夫，都很整齐。贵人派人问望子："要到哪里去？"望子一一告诉了。贵人说："我现在正要到那儿去，你可以上船一起去。"望子辞谢说："不敢。"忽然，那贵人和船都不见了。望子拜了神以后，看到神座上端坐着的蒋侯塑像，分明就是刚才船上的贵人。蒋侯问望子："为什么来得这么迟？"就抛了两只橘子给她。后来，几次在她面前现形，两个就相好上了。从此吴望子心中想要什么，就会从空中飞下来。一次她想吃鲤鱼，两条活鲤鱼随心而至。吴望子的名声流传到几里以外，人们有什么求神拜仙的事来找他，都很有效验。一乡的人，都侍奉她。过了三年，望子忽然另外有了相好，神就与她断绝往来了。

蒋山祠（五）

陈郡谢玉为琅邪内史，在京城。所在虎暴，杀人甚众。有一人以小船载年少妇，以大刀插着船，挟暮来至逻所。将出语云："此间顷来甚多草秽，君载细小，作此轻行，大为不易。可止逻宿也。"相问讯既毕，逻将适还去。其妇上岸，便为虎将去。其夫拔刀大唤，欲逐之。先奉事蒋侯，乃唤求助。如此当行十里，忽如有一黑衣为之导。其人随之，当复二十里，见大树。既至一穴。虎子闻行声，谓其母至，皆走出。其人即其所杀之，便拔刀隐树侧。住良久，虎方至，便下妇着地，倒牵入穴。其人以刀当腰斫断之。虎既死，其妇故活，向晓能语。问之，云："虎初取，便负着背上。临至而后下之。四体无他，止为草木伤耳。"扶归还船。明夜，梦一人语之曰："蒋侯使助汝，知否?"至家，杀猪祠焉。

【译文】

陈郡谢玉任瑯玡内史，有一次他在京城里。那一年老虎为害，吃掉了很多人。有个人用小船载着年轻的媳妇，船上插一把大刀，乘着暮色，来到巡逻哨所。一个将官出来对他说："这里近来草野间邪物很多，你带着年轻的家小，作这一次轻便的旅行，很不容易。我劝你还是留在哨所过夜吧。"双方互相问讯完毕，巡逻队的将官刚刚回身进去，这人的媳妇一上岸就被老虎衔走了。她的丈夫拔刀大喊，想要追上老虎。以前，这人祭祀过蒋侯，这时就一边追虎，一边呼喊蒋侯，请求帮助。追了十里路，忽然出现一个黑衣侍卫，好像在为他做向导似的，他就跟在后面，又跑了二十里路，看见一棵大树，树根处有个大洞。几只小老虎听到走路声音，以为母老虎回来了，都走出洞来。那人就地杀死了这几只小老虎，便拔刀躲在大树旁边。过了好久，老虎才到，就把媳妇放在地上，倒拖着进洞，那人用刀当腰把老虎砍为两段。老虎死后，那媳妇还活着，到黎明时能说话了。问她，她说："老虎开始抓住我，把我驮在背上，到洞口才放下地来。四肢只被草木挂破了点儿，没有别的伤。"这人就扶着她回了船。第二夜，梦见一个人对他说："蒋侯叫我帮助了你，你知道吗？"这人到家，就杀猪祭祀蒋侯。

丁 姑 祠

淮南全椒县有丁新妇者，本丹阳丁氏女，年十六，适全椒谢家。其姑严酷，使役有程，不如限者，仍便笞捶，不可堪。九月九日乃自经死。遂有灵响闻于民间，发言于巫祝曰："念人家妇女作息不倦，使避九月九日，勿用作事。"

吴平后，其女幽魂思乡欲归。永平元年九月七日，见形着缥衣，戴青盖，从一婢，至牛渚津求渡。有两男子，共乘船捕鱼，仍呼求载。两男子笑，共调弄之，言："听我为妇，当相渡也。"丁妪曰："谓汝是佳人，而无所知。汝是人，当使汝入泥死；是鬼，使汝入水。"便却入草中。须臾，有一老翁乘船载苇，妪从索渡。翁曰："船上无装，岂可露渡？恐不中载耳。"妪言无苦。翁因出苇半许，安处着船中，径渡之，至南岸。临去，语翁曰："吾是鬼神，非人也，自能得过。然宜使民间粗相闻知。翁之厚意，出苇相渡，深有惭感，当有以相谢者。

若翁速还去，必有所见，亦当有所得也。”翁曰：“恐燥湿不至，何敢蒙谢?”翁还西岸，见两男子覆水中。进前数里，有鱼千数，跳跃水边，风吹至岸上。翁遂弃苇，载鱼以归。

于是丁妪遂还丹阳，江南人皆呼为丁姑。九月九日不用作事，咸以为息日也。今所在祠之。

【译文】

淮南郡全椒县有个丁新妇，本是丹阳丁姓人家的女儿。十六岁时，嫁到全椒谢家。她的婆婆对她很严酷，她一天干多少活都有指标，完不成任务就要挨打，难以忍受。丁新妇就在九月九日上吊自杀了。她死后，很有些显灵的事在民间流传。一次，她通过巫师发话说：“顾念到人家妇女不知疲倦地干活，九月九日这一天应该让她们休息，不要做事。”

吴国统一之后，这一女鬼思念家乡，要求归家。永平元年九月七日，她现形穿着月白色的衣裳，戴着一顶青色的面巾披肩，随身带一个婢女，到牛渚津要过河。有两个男子一起乘船捕鱼，她便呼唤请求他们让她上船。两个男子笑着调戏她，说：“给我做老婆，我就送你过河。”丁新妇说：“说你们是好人，却这么没有知识。你们是人，我要叫你们陷入泥淖而死；是鬼，要叫你们沉入水中。”说完，就退到草丛中去了。不一会儿，有个老头儿乘船载着芦苇，丁新妇求他摆渡，老头儿说：“船上没有篷，怎能让你露天摆渡，恐怕不合适载你呢。”丁新妇说：“不妨事的。”老头儿就腾出些芦苇，将丁新妇安置在船中，直接把她送到南岸。临走的时候，她对老头儿说：“我是神，不是人，自然能够过河。只是该使民间稍微知道些我的神灵。老伯一片厚意，腾出芦苇送我过河，我深表感谢，应该有些答谢。如果老伯赶紧回去，一定能看到些什么，也该有些收获。”老头儿说：“照顾不周，很不过意，哪敢受谢。”老头儿回到西岸，看见两个男子翻船落在水中。又向前行了几里，有几千条鱼在河边跳跃，被风吹到岸上。老头儿就卸下了芦苇，载了鱼回家。

于是，丁新妇就回到了老家丹阳，江南人都叫她丁姑。九月九日，妇女们不用做事，都当作休息日。到如今，处处都有丁姑的庙。

赵公明参佐

散骑侍郎王祐疾困，与母辞诀。既而闻有通宾者，曰某郡某里某人。尝为别驾，祐亦雅闻其姓字。有顷，奄然来至，曰："与卿士类，有自然之分。又州里，情便款然。今年国家有大事，出三将军，分布征发。吾等十余人，为赵公明府参佐。至此仓卒，见卿有高门大屋，故来投。与卿相得，大不可言。"祐知其鬼神，曰："不幸疾笃，死在旦夕。遭卿，以性命相托。"答曰："人生有死，此必然之事。死者不系生时贵贱。吾今见领兵三千，须卿，得度簿相付。如此地难得，不宜辞之。"祐曰："老母年高，兄弟无有，一旦死亡，前无供养。"遂欷歔不能自胜。其人怆然曰："卿位为常伯，而家无余财。向闻与尊夫人辞诀，言辞哀苦。然则卿国士也，如何可令死？吾当相为。"因起去："明日更来。"

其明日又来，祐曰："卿许活吾，当卒恩否？"答曰："大老子业已许卿，当复相欺耶？"见其从者数百人，皆长二尺许，乌衣军服，赤油为志。祐家击鼓祷祀，诸鬼闻鼓声，皆应节起舞，振袖，飒飒有声。祐将为设酒食，辞曰不须。因复起去，谓祐曰："病在人体中如火，当以水解之。"因取一杯水，发被灌之。又曰："为卿留赤笔十余枝，在荐下，可与人使簪之。出入辟恶灾，举事皆无恙。”因道曰：“王甲、李乙，吾皆与之。”遂执祐手与辞。

时祐得安眠，夜中忽觉，乃呼左右，令开被：“神以水灌我，将大沾濡。”开被而信有水，在上被之下、下被之上，不浸，如露之在荷。量之，得三升七合。于是疾三分愈二，数日大除。凡其所道当取者，皆死亡，唯王文英半年后乃亡。所道与赤笔人，皆经疾病及兵乱，皆亦无恙。

初，有妖书云：“上帝以三将军赵公明、钟士季，各督数万鬼下取人。”莫知所在。祐病差，见此书，与所道赵公明合焉。

【译文】

散骑侍郎汝南王司马祐，病危之际，与母亲辞别。刚说完，听说有客人到达，说是某郡某里某某人，曾经做过别驾。司马祐也一向听说过他的姓名。不一会儿，这人忽然来到司马祐面前，说：“我与你都是读书人，有天然的情分，又是同州老乡，感情就觉得很真挚。今年国家要有大事，出来三个将军，分头征集人员。我们有十几个人，是赵公明的参佐。仓促到此，看到你家高门大屋，所以来相投。与你互相合得来，没有什么不可说的。”司马祐知道他是鬼神，说：“我不幸病重，死在旦夕。遇到你，把我的性命托付给你了。”这人回答说：“人生有死，是必然的事。死的人与活着时的贵贱无关。我如今受命领兵三千，需要你，可以把文书的工作交给你做。像这样的位置难得，你不该推辞。”司马祐说：“老母年岁高了，我又没有兄弟，一旦死亡，母亲面前就没有人供养了。”说完，发出抽咽的声音，无法控制自己。这个人悲伤地说：“你官位做到常伯，家里却没有余财。刚才听得你与令堂大人辞别，言语哀苦，这样说来你是国中出众的人，怎么可以让你死。我要帮助你。”说着起身而去，说：“明天再来。”

第二天，这人又来了。司马祐说：“你答应让我活，你的恩德能实现吗?”回答说：“大老子已经答应你了，还会骗你吗?”司马祐看到他的随从有几百人，都二尺来长，黑色的军服，上面用红油做了标记。司马祐家里击鼓祈祷祭祀，那些鬼听见鼓声，都应着节拍起舞，挥动衣袖，飒飒有声。司马祐要准备酒食，这人谢绝说：“不需要。”就又起身要走，对司马祐说：“病在人体中，就像火一样，要用水来解它。”就拿了一杯水，揭开被子浇灌进去。又说：“为你留下红笔十几枝，在草垫下，可以给人簪着它，进门出门避邪恶，做什么事都没有灾祸。”接着又说道：“王甲李乙，我都给了他们。”说着，握着司马祐的手，与他告别。

当时司马祐安静地睡着了，到夜间忽然醒来，就呼唤身边的人，叫他们揭开被子，说：“神用水浇灌我，我将受到大的浸润。”被子揭开之后，果然不错，在上被之下、下被之上，有像荷叶上的露珠一样的水滴，被子却一点不湿。把这些水滴收集拢来，量一量，有三升七合。于是，司马祐的病三分好了两分，几天以后，病完全消失了。凡是这人说到要录用的人，一个个都死了。只有王文英半年后才死。所说给过红笔的王甲李乙，都经历了疾病和兵乱，一个也没发生意外。

在这事之前，有一本妖书说：“上帝派了三个将军，其中有赵公明、钟士季，各自督领几万个鬼，下到人间取人。”也不知书上说的事发生在哪里。司马祐的病好了以后，见到这本书，与所说的赵公明相合。

周　式

汉下邳周式尝至东海，道逢一吏，持一卷书求寄载。行十余里，谓式曰：“吾暂有所过，留书寄君船中，慎勿发之。”去后，式盗发视书，皆诸死人录，下条有式名。

须臾，吏还，式犹视书。吏怒曰：“故以相告，而忽视之!”式叩头流血。良久，吏曰：“感卿远相载，此书不可除卿名。今日已去，还家，三年勿出门，可得度也。勿道见吾书。”

式还不出，已二年余，家皆怪之。邻人卒亡，父怒，使往吊之。式不得已，适出门，便见此吏。吏曰：“吾令汝三年勿出，而今出门，知复奈何！吾求不见，连累为鞭杖。今已见汝，无可奈何。后三日日中，当相取也。”式还，涕泣具道如此。父故不信，母昼夜与相守。至三日日中时，果见来取，便死。

【译文】

汉朝下邳的周式，曾到东海，路上遇到一个官吏，拿了一卷书，请求搭乘他的船。船行驶了十几里，那官吏对周式说：“我暂时要去拜访一个人，把书留在你船上，你要小心，不要打开看。”官吏走后，周式偷偷地打开书看，里面记录的都是几个死人的名字，下面也有周式的名字。不一会儿，官吏回来了，周式还在看书，官吏发怒道：“告诉过你不要看，你怎么不当一回事，还是看了呢?”周式叩头直至流血。过了好久，官吏说：“感谢你远道载我而来，但这书上不能除去你的名字。只有一个办法，从今以后，回到家中，三年不要出门，可以度过灾难。你不要对人说起看过我的书。”

周式回家不出门，已经两年多了。家里人都对他感到奇怪。邻居家有个人突然死去，父亲为他不愿去吊唁而生气。周式不得已，刚出门，便见到那个官吏。官吏说：“我叫你三年不出门，如今你出门了，这还有什么办法！我因为见不到你，受连累被鞭打。今天已经看到你了，这就无可奈何了。三天以后的中午，我要来捉拿你的。”周式回家，对父母如此这般一一叙说，父亲还是不相信，母亲日夜相守，和他在一起。到第三天中午，果然看见有个官吏来捉拿他，周式就死了。

张　助

南顿张助于田中种禾，见李核，欲持去。顾见空桑中有土，因植种，以余浆溉灌。后人见桑中反复生李，转相告语。有病目痛者，息阴下，言："李君令我目愈，谢以一豚。"目痛小疾，亦行自愈。众犬吠声，盲者得视，远近翕赫。其下车骑常数千百，酒肉滂沱。间一岁余，张助远出来还，见之惊云："此有何神？乃我所种耳！"因就斫之。

【译文】

南顿县的张助，在田里种粮食，看见一棵李核，要拿掉它。回头看见桑树的树洞里有土，就把李核种了下去，用剩下的水浇灌它。后人看见桑树中长出一棵李树，辗转相告。有个患有眼痛病的人在树荫下休息，说："李君如果使我眼好了，我要用一头猪来答谢。"眼痛是一种小毛病，自己也就好了。俗话说："一犬吠影，众犬吠声。"远远近近都盛传说：李君显灵，使盲人重见天日。从此，树下车马常常数以千百计，祭祀的酒肉，像大雨一般飞泻而来。过了一年多，张助远出回乡，看见这种情形，吃惊地说："这有什么神？是我种的罢了。"于是就把桑中长出的李树砍掉了。

新　井

王莽居摄，刘京上言："齐郡临淄县亭长辛当，数梦人谓曰：'吾，天使也，摄皇帝当为真。即不信我，此亭中当有新井出。’亭长起视，亭中果有新井，入地百尺。”

【译文】

王莽摄政时，刘京上书说：“齐郡临淄县亭长辛当，屡次梦见有人对他说：‘我是天使，摄政皇帝要成为真的皇帝。如果不相信我，你的亭中要出现一口新井。’亭长起身察看，亭中果然出现一口新井，井深百尺。”

卷　六

妖　　怪

妖怪者，盖精气之依物者也。气乱于中，物变于外。形神气质，表里之用也。本于五行，通于五事。虽消息升降，化动万端，其于休咎之征，皆可得域而论矣。

【译文】

妖怪，是精气依托在万物之上而形成的。气在内部扰乱，物就在外部变化。形神气质，都是形式和内容的关系。本源于水、火、木、金、土五种元素，通达于貌、言、视、听、思五种行为。虽然精气有消长升降，变化万端，但它在吉凶的征兆上，都是可以在一定领域内得到探究的。

山　　徙

夏桀之时，厉山亡。秦始皇之时，三山亡。周显王三十二年，宋大丘社亡。汉昭帝之末，陈留昌邑社亡。京房《易传》曰："山默然自移，天下兵乱，社稷亡也。"故会稽山阴琅邪中有怪山，世传本琅邪东武海中山也。时天夜，风雨晦冥，旦而见武山在焉。百姓怪之，因名曰怪山。时东武县山，亦一夕自亡去。识其形者，乃知其移来。今怪山下见有东武里，盖记山所自来，以为名也。又交州脆州山移至青州。凡山徙，皆不极之异也。此二事，未详其世。《尚书·金縢》曰："山徙者，人君不用道士，贤者不兴。或禄去公室，赏罚不由君，私门成群，不救，当为易世变号。"

说曰：善言天者，必质于人；善言人者，必本于天。故天有四时，日月相推，寒暑迭代。其转运也，和而为雨，怒而为风，散而为露，乱而为雾，凝而为霜雪，立而为虹蜺，此天之常数也。人有四肢五脏，一觉一寐，呼吸吐纳，精气往来，流而为荣卫，彰而为气色，发而为声音，此亦人之常数也。若四时失运，寒暑乖违，则五纬盈缩，星辰错行。日月薄蚀，彗孛流飞，此天地之危诊也；寒暑不时，此天地之蒸否也；石立土踊，此天地之瘤赘也；山崩地陷，此天地之痈疽也；冲风暴雨，此天地之奔气也；雨泽不降，川渎涸竭，此天地之焦枯也。

【译文】

夏桀的时候，厉山消失了。秦始皇的时候，三座神山消失了。周显王三十二年，宋国的大邱社消失了。汉昭帝末年，陈留的昌邑社消失了。京房《易传》说："山悄悄地自己移动，象征着天下要发生兵乱，社稷要灭亡。"从前会稽郡山阴县瑯玡山中有座怪山，相传本来是瑯玡郡东武县海中的山。当时天色已晚，风雨晦冥，到天明，看见武山在那儿。百姓感到奇怪，所以叫它怪山。在同一时间，东武县海中的山也一夜之间消失了。认得它形状的人，才知道它是移来的。如今怪山下还有一个东武里，就是为了记录山是从哪里来的，才起的这个名字。还有交州有座山移徙到青州朐县。凡是山移动，都是极为异常的事。上述两件事，不清楚发生在哪一个朝代。《尚书·金縢》说：山移动，是因为君王不用有道之士，贤德的人不起来；或者诸侯不能支配官吏的俸禄，赏罚不由君王做主，权豪成群，没法治理；这将是改朝换代的信号。（按：这是《洪范》五行家的说法，不是《尚书·金縢》的话。）

还有人解释说：善于说天道的人，一定要问到人事；善于说人事的人，一定要根据天道。所以天有四季，日月推移，寒暑替代。天在不停地运转，和顺的时候是细雨，发怒的时候是暴风，分散开来是露，紊乱的时候是雾，凝结起来是霜雪，伸展开来是虹霓。这些是天的正常情况。人有四肢五脏，一醒一睡，呼吸吐纳，精气往来，流动成为血气循环，表现成为气色，生发成为声音。这些也是人的正常情况。像四季失序，寒暑颠倒、金、木、水、火、土五大行星轨道出了偏差，星辰错了位置，日月互相掩蚀，彗星流飞，这就是天地的危险疾病了；寒暑失时，这就是天地的热气闭塞了；泥土踊出，突然出现一大块竖立的石头，这就是天地的肿瘤赘疣了；山崩地陷，这就是天地的恶疮痈疽了；狂风暴雨，这就是天地的咳嗽哮喘了，久旱不雨，河流枯竭，这就是天地的憔悴枯槁了。

龟毛兔角

商纣之时，大龟生毛，兔生角，兵甲将兴之象也。

【译文】

商纣王的时候，大龟生出毛来，兔子生出角来，这是战争即将发生的象征。

马化狐

周宣王三十三年，幽王生，是岁有马化为狐。

【译文】

周宣王三十三年，姬宫湼即后来的周幽王诞生，这年有一匹马化为一头狐狸。

人 化 蜮

晋献公二年，周惠王居于郑。郑人入王府，多脱化为蜮，射人。

【译文】

晋献公二年，周惠王居住在郑国。郑国人进入惠王藏宝物的仓库，多化而为蜮，含沙射人。

地 暴 长

周隐王二年四月，齐地暴长，长丈余，高一尺五寸。京房《易妖》曰："地四时暴长，占春夏多吉，秋冬多凶。"历阳之郡，一夕沦入地中而为水泽，今麻湖是也。不知何时。《运斗枢》曰："邑之沦，阴吞阳，下相屠焉。"

【译文】

周隐王二年四月，齐国的一处地面突然涨起来一块，长一丈多，高一尺五寸。京房《易妖》说："土地突然涨起来，按四季的不同，占断也不同：春夏多吉，秋冬多凶。"历阳郡有一夜沦陷进地中，成为水乡泽国，就是如今的麻湖。这件事不知发生在什么时候。《运斗枢》说："城市沉沦，是阴吞没阳，象征着下界要发生互相屠杀的事。”

一妇四十子

周哀王八年，郑有一妇人，生四十子。其二十人为人，二十人死。其九年，晋有豕生人。吴赤乌七年，有妇人一生三子。

【译文】

周哀王八年，郑国有一个妇女，生了四十个孩子。其中成活二十个，死了二十个。周哀王九年，晋国有一头猪生下一个人。三国吴赤乌七年，有个妇女一胎生了三个孩子。

人产龙

周烈王六年，林碧阳君之御人产二龙。

【译文】

周烈王六年，林碧阳君的侍女，生下了两条龙。

彭生

鲁庄公八年，齐襄公田于贝丘，见豕。从者曰：“公子彭生也。”公怒，射之。豕人立而啼。公惧，坠车伤足，丧屦。刘向以为近豕祸也。

【译文】

鲁庄公八年，齐襄公在贝丘打猎，看到一头猪，随从人员说："这是公子彭生。"齐襄公大怒，用箭射这头猪。猪像人一样站立起来啼叫。齐襄公害怕了，从车上掉下来，伤了脚，丢了鞋。刘向认为这件事近于猪祸。

蛇 斗

鲁庄公时，有内蛇与外蛇斗郑南门中，内蛇死。刘向以为近蛇孽也。京房《易传》曰："立嗣子疑，厥妖蛇居国门斗。"

【译文】

鲁庄公时，郑国南门门内有一条蛇与门外的一条蛇斗起来，结果门内的一条蛇死了。刘向认为这件事近于蛇孽。京房《易传》说："在确立嫡长子的继承权时犹豫不决，就会有妖蛇在国门前相斗。"

龙 斗

鲁昭公十九年，龙斗于郑时门之外洧渊。刘向以为近龙孽也。京房《易传》曰："众心不安，厥妖龙斗其邑中也。"

【译文】

鲁昭公十九年，有龙在郑国时门之外的洧渊中相斗。刘向认为这近于龙孽。京房《易传》说："众人的心不安定，就会有妖龙在城邑中相斗。"

蛇 绕 柱

鲁定公元年，有九蛇绕柱。占以为九世庙不祀，乃立炀宫。

【译文】

鲁定公元年，有九条蛇绕在柱上。卜筮的结果，认为是第九代祖宗没有立庙祭祀的缘故。于是建立了炀宫。

马 生 人

秦孝公二十一年，有马生人。昭王二十年，牡马生子而死。刘向以为皆马祸也。京房《易传》曰："方伯分威，厥妖牡马生子。上无天子，诸侯相伐，厥妖马生人。"

【译文】

秦孝公二十一年，有一匹马生下了人。秦昭王二十年，有一匹公马生下小马就死了。刘向以为这都是马祸。京房《易传》说："一方诸侯之长的名分消失，就会有妖公马生小马。上无天子，诸侯互相讨伐，就会有妖马生人。"

女 子 化 男

魏襄王十三年，有女子化为丈夫，与妻，生子。京房《易传》曰："女子化为丈夫，兹谓阴昌，贱人为王；丈夫化为女子，兹谓阴胜阳，厥咎亡。"一曰："男化为女，宫刑滥；女化为男，妇政行也。"

【译文】

魏襄王十三年，有个女人变成了男人。娶了妻子，生了孩子。京房《易传》说："女性变成男性，这就叫做'阴昌'，预兆卑贱的人将成为王。男性变成女性，这就叫做'阴胜阳'，预兆灾祸、灭亡。"另一种说法是："男化为女，是因为宫刑施行得太多太滥。女化为男，是因为妇女掌管了政事。"

五 足 牛

秦孝文王五年，游朐衍，有献五足牛。时秦世大用民力，天下叛之。京房《易传》曰："兴徭役，夺民时，厥妖牛生五足。"

【译文】

秦惠文王五年，到朐衍去游览，有人献上一头五脚牛。当时秦国大量征用民力，天下的人都反对它。京房《易传》说："大兴劳役，抢占了农时，就会有妖牛生出五只脚。"

临 洮 长 人

秦始皇二十六年，有大人，长五丈，足履六尺，皆夷狄服。凡十二人，见于临洮。乃作金人十二以象之。

【译文】

秦始皇二十六年，有巨人长五丈，脚上的鞋子就有六尺，都穿着夷狄的衣服。一共有十二个人，出现在临洮。秦始皇就造了十二个铜人，来象征十二个巨人。

龙见井中

汉惠帝二年正月癸酉旦，有两龙见于兰陵廷东里温陵井中，至乙亥夜去。京房《易传》曰："有德遭害，厥妖龙见井中。"又曰："行刑暴恶，黑龙从井出。"

【译文】

汉惠帝二年，正月癸酉日白天，有两条龙出现在兰陵县廷东里温陵的井中。到乙亥日的夜里才离去。京房《易传》说："有德的人受害，就会有妖龙出现在井中。"又说："施行刑罚太残暴，黑龙就会从井中出来。"

马生角

汉文帝十二年，吴地有马生角，在耳前，上向。右角长三寸，左角长二寸，皆大二寸。刘向以为马不当生角，犹吴不当举兵向上也，吴将反之变云。京房《易传》曰："臣易上，政不顺，厥妖马生角。兹谓贤士不足。"又曰："天子亲伐，马生角。"

【译文】

汉文帝十二年，吴地有一匹马生了角，在耳朵前面，朝上。右角长三寸，左角长二寸，粗细都是二寸。刘向以为马不应当生角，就好像吴国不应当举兵向上，这是吴国将要叛变的预兆。京房《易传》说：“臣子轻视主上，政事不顺利，就会有妖马生角。这就叫贤士不足。”又说：“天子亲自讨伐，也会有马生角。”

狗生角

文帝后元五年六月，齐雍城门外有狗生角。京房《易传》曰：“执政失，下将害之，厥妖狗生角。”

【译文】

汉文帝后元五年六月，齐国雍城门外有一条狗生了角。京房《易传》说：“掌握政权的人有了失误，下面的人将要害他，就会有妖狗生角。”

人生角

汉景帝元年九月，胶东下密人年七十余，生角，角有毛。京房《易传》曰：“冢宰专政，厥妖人生角。”《五行志》以为人不当生角，犹诸侯不敢举兵以向京师也。其后遂有七国之难。至晋武帝泰始五年，元城人年七十，生角，殆赵王伦篡乱之应也。

【译文】

汉景帝元年九月，胶东下密有个人七十多岁，生出了角，角上有毛。京房《易传》说：“冢宰把持了政权，就会有妖人生角。”《五行志》以为人不应当生角，就好像诸侯不敢举兵指向京都。这以后，就有七国叛乱的灾难。到晋武帝泰始五年，元城有个人七十多岁，也生出了角。这大概和赵王司马伦篡乱的事是相应的。

狗与豕交

汉景帝三年，邯郸有狗与彘交。是时赵王悖乱，遂与六国反，外结匈奴以为援。《五行志》以为犬兵革失众之占，豕北方匈奴之象。逆言失听，交于异类，以生害也。京房《易传》曰："夫妇不严，厥妖狗与豕交，兹谓反德，国有兵革。"

【译文】

汉景帝三年，邯郸有一条狗与猪交配。当时赵王迷惑，参与了七国叛乱，还联合匈奴以为外援。《五行志》以为狗是战争与失民心的象征，猪是北方匈奴的象征。大逆不道的话迷失了听觉，与异类相交，以至造成了危害。京房《易传》说："夫妻性生活不谨慎，就会有妖狗与猪交配，这叫做'反德'，国家要有战争。"

黑白乌斗

景帝三年十一月，有白颈乌与黑乌群斗楚国吕县。白颈不胜，堕泗水中，死者数千。刘向以为近白黑祥也。时楚王戊暴逆无道，刑辱申公，与吴谋反。乌群斗者，师战之象也。白颈者小，明小者败也。堕于水者，将死水地。王戊不悟，遂举兵应吴，与汉大战，兵败而走。至于丹徒，为越人所斩，堕泗水之效也。京房《易传》

曰："逆亲亲，厥妖白黑乌斗于国中。"

燕王旦之谋反也，又有一乌一鹊，斗于燕宫中池上，乌堕池死。《五行志》以为楚、燕皆骨肉藩臣，骄恣而谋不义，俱有乌鹊斗死之祥。行同而占合，此天人之明表也。燕阴谋未发，独王自杀于宫，故一乌而水色者死；楚炕阳举兵，军师大败于野，故乌众而金色者死。天道精微之效也。京房《易传》曰："颛征劫杀，厥妖乌鹊斗。"

【译文】

汉景帝三年十一月，有白颈乌鸦与黑乌鸦在楚国吕县成群相斗。白颈乌鸦抵挡不住，跌落在泗水中，死了有几千只。刘向以为这事近于白黑之兆。当时楚王刘戊暴逆无道，对申公施刑侮辱，与吴国一起谋反。乌鸦成群相斗，是战争的象征。白颈乌鸦个儿小，说明小的要败。跌落在水中，表明将死在有水的地方。刘戊不觉悟，就起兵响应吴国，与汉朝大战，兵败而走，到了丹徒，被越人斩杀了。这是白颈乌鸦跌落在泗水中的应验。京房《易传》说："叛逆自己的亲族，就会有妖白黑乌鸦在国中相斗。"

燕王刘旦谋反，又有一只乌鸦和一只喜鹊在燕国宫中的池塘上相斗，乌鸦跌落在池塘中而死。《五行志》以为楚国和燕国都是汉朝的骨肉，屏藩之臣，却因为骄恣而图谋不轨，所以都有乌鹊斗死的征兆。情况相同，占断也相合，这是天人相应的明确表现。燕国阴谋没有发作，只有燕王自杀在宫中，所以只有一只黑色的乌鸦死去，楚国张皇自大，起兵造反，军队在战场上大败，所以有许多白颈乌鸦死去。天道就是这样精致，这样有效验。京房《易传》说："专征劫杀，就会有妖乌妖鹊相斗。"

牛足出背

景帝中六年，梁孝王田北山，有献牛足上出背上者。刘向以为近牛祸。内则思虑霿乱，外则土功过制，故牛祸作。足而出于背，下奸上之象也。

【译文】

汉景帝中元六年，梁孝王在北山打猎，有人献上一头牛，背上生出脚。刘向以为这近于牛祸。内部思虑紊乱，外部建造宫观楼台超过了制度，都会引起牛祸。脚生在背上，是下犯上的象征。

赵郭蛇

汉武帝太始四年七月，赵有蛇从郭外入，与邑中蛇斗孝文庙下，邑中蛇死。后二年秋，有卫太子事，自赵人江充起。

【译文】

汉武帝太初四年七月，赵国有一条蛇从城门外进来，与城中的蛇在汉文帝庙下相斗，城中的蛇死了。两年以后的秋天，就发生了卫太子的事，起因于赵人江充对太子的诬陷。

鼠舞门

汉昭帝元凤元年九月，燕有黄鼠衔其尾，舞王宫端门中。王往视之，鼠舞如故。王使吏以酒脯祠，鼠舞不休。一日一夜死。时燕王旦谋反，将死之象也。京房《易传》曰："诛不原情，厥妖鼠舞门。"

【译文】

汉昭帝元凤元年九月，燕国有一只黄鼠，衔了自己的尾巴在王宫端门中跳舞。燕王去看，黄鼠仍然像原来一样舞动。燕王叫官吏用酒肉祭祀。黄鼠舞动不休，一日一夜死了。当时燕王刘旦谋反，这是他将死的象征。京房《易传》说："杀戮不予宽恕，就会有妖鼠舞于门。"

泰山石立

昭帝元凤三年正月，泰山莱芜山南，汹汹有数千人声。民往视之，有大石自立。高丈五尺，大四十八围，入地深八尺，三石为足。石立后，有白乌数千集其旁。宣帝中兴之瑞也。

【译文】

汉昭帝元凤三年正月，泰山芜莱山南，人声汹汹，好像有几千个人喧哗。人们去看，只见有一块大石自己耸立在那里。高一丈五尺，大四十八围，入地深八尺，大石的底部有三块小石像脚一样垫着。这块石头竖立起来后，有白乌鸦几千只聚集在它旁边。这是汉宣帝中兴的好兆头。

虫叶成文

昭帝时，上林苑中大柳树断，仆地。一朝起立，生枝叶。有虫食其叶，成文字，曰："公孙病已立。"

【译文】

汉昭帝时，上林苑中大柳树折断倒地，有一天忽然立了起来，生出了枝叶。有虫啃食柳叶，在叶上形成了文字，是"公孙病已立"。

狗冠

昭帝时，昌邑王贺见大白狗冠方山冠而无尾。至熹平中，省内冠狗带绶，以为笑乐。有一狗突出，走入司空府门，或见之者，莫不惊怪。京房《易传》曰："君不正，臣欲篡，厥妖狗冠出朝门。"

【译文】

汉昭帝时，昌邑王刘贺看见一条大白狗戴一顶方山冠，没有尾巴。到汉灵帝熹平年间，官署中戴狗带绶，相互取笑作乐。有一条狗突然出来，跑进司空府门。凡看见的人，无不惊奇。京房《易传》说："君王不正，臣子想篡位，就会有妖狗戴着帽子走出朝门。"

雌鸡化雄

汉宣帝黄龙元年，未央殿辂軨中雌鸡化为雄，毛衣变化，而不鸣不将，无距。元帝初元元年，丞相府史家雌鸡伏子，渐化为雄，冠距鸣将。至永光中，有献雄鸡生角者。《五行志》以为王氏之应。京房《易传》曰："贤者居明夷之世，知时而伤，或众在位，厥妖鸡生角。"又曰："妇人专政，国不静；牝鸡雄鸣，主不荣。"

【译文】

汉宣帝黄龙元年，未央宫大车的铃中，有一只雌鸡化为雄鸡，羽毛变了，但不啼，也不壮大，没有足后突出的尖骨。汉元帝初元元年，丞相府史家里的雌鸡在孵化鸡卵时，渐渐变成雄的，鸡冠长高了，足后长出了尖骨，会啼，体形也壮大了。到永光年间，有人献上一只生角的雄鸡。《五行志》以为与王莽篡位的事相关。京房《易传》说："贤德的人生在乱世，认清了时势而伤心，或者众人在位，就会有妖鸡生角。"又说："妇女掌握朝政，国家不安定，雌鸡就会像雄鸡一样啼鸣，注定了要不兴盛。"

范 延 寿

宣帝之世，燕、岱之间有三男共取一妇，生四子。及至将分，妻子而不可均，乃致争讼。廷尉范延寿断之曰："此非人类，当以禽兽，从母不从父也。请戮三男，以儿还母。"宣帝嗟叹曰："事何必古？若此，则可谓当于理而厌人情也！"延寿盖见人事而知用刑矣，未知论人妖将来之验也。

【译文】

汉宣帝年间，燕地和泰山之间，有三个男人共同娶了一个女人，生下四个孩子。到后来想分老婆孩子的时候，就没法平衡了，造成了争执，打起了官司。廷尉范延寿写下判语说：“这不是人类，应该采用禽兽的方法，孩子跟随母亲不跟随父亲。建议杀死三个男子，把孩子还给母亲。”汉宣帝嗟叹道：“处理问题何必根据古代。像这件事，可说处理得既合理又符合人情。”范延寿看得清人事，也懂得用刑，但还不知道探究人妖对于将来是一种什么样的象征。

天雨草

汉元帝永光二年八月，天雨草，而叶相樛结，大如弹丸。至平帝元始三年正月，天雨草，状如永光时。京房《易传》曰：“君吝于禄，信衰贤去，厥妖天雨草。”

【译文】

汉元帝永光二年八月，天上像下雨一样掉下草来，草叶互相纠结成弹丸一样大的形状。到汉平帝元始三年正月，又像下雨一样掉下草来，形状和永光年间一样。京房《易传》说：“皇帝对臣子的俸禄吝啬，威信下降，贤人离去，就会有妖草从天上落下来。”

废社复兴

元帝建昭五年，兖州刺史浩赏禁民私所自立社。山阳橐茅乡社有大槐树，吏伐断之。其夜，树复立故处。说曰：“凡枯断复起，皆废而复兴之象也。是世祖之应耳。”

【译文】

汉元帝建昭五年，兖州刺史浩赏禁止民间自行建立土地庙。山阳县櫜茅乡的土地庙里有棵大槐树，被当差的砍断了。当夜，树重又立在原来的地方。有人解释说："凡是枯朽断倒的树重新立起来，都是国家衰败重又复兴的象征。这件事就与汉光武帝中兴有着相应的关系。"

鼠　巢

汉成帝建始四年九月，长安城南有鼠衔黄藁、柏叶，上民冢柏及榆树上为巢，桐柏为多。巢中无子，皆有干鼠矢数升。时议臣以为恐有水灾。鼠，盗窃小虫，夜出昼匿。今正昼去穴而登木，象贱人将居贵显之占。桐柏，卫思后园所在也。其后赵后自微贱登至尊，与卫后同类，赵后终无子而为害。明年，有鸢焚巢杀子之象云。京房《易传》曰："臣私禄罔干，厥妖鼠巢。"

【译文】

汉成帝建始四年九月，长安城南有老鼠衔着枯黄的草和柏叶爬上人家墓柏树和榆树上做巢。桐柏县特别多。巢中没有小老鼠，都是些干鼠屎，有好几升。当时参与议论的臣子以为恐怕要有水灾。老鼠是专门偷窃的小动物，夜里出来，白天藏匿。如今大白天离开鼠穴而上树，象征卑贱的人要居贵显之位。桐柏是卫后陵园所在地。后来赵飞燕从微贱的出身登上皇后的宝座，与卫子夫是同一类的。赵后最后没有儿子，还造成了危害。第二年，有鸢焚巢杀子的现象。京房《易传》说："臣子私下获得的财物未受干预，就会有妖鼠上树筑巢。"

犬祸

成帝河平元年，长安男子石良、刘音相与同居。有如人状在其室中，击之，为狗，走出。去后，有数人披甲持弓弩至良家。良等格击，或死或伤，皆狗也。自二月至六月乃止。其于《洪范》，皆犬祸，言不从之咎也。

【译文】

汉成帝河平元年，长安男子石良、刘音住在一起。有像人一样形状的东西在他们室中，石、刘两人就打它，仔细看时，是狗，跑了出去。之后，有几个人披甲拿了弓弩到石良家，石良等与之格斗搏击，来人或死或伤，都是狗。从二月到六月才止。在《洪范五行传》中，这种现象都属于犬祸，据说象征不顺从所带来的灾祸。

鸢焚巢

成帝河平元年二月庚子，泰山山桑谷有鸢焚其巢。男子孙通等闻山中群鸟鸢鹊声，往视之，见巢燃，尽堕池中，有三鸢鷇烧死。树大四围，巢去地五丈五尺。《易》曰："鸟焚其巢，旅人先笑，后号咷。"后卒成易世之祸云。

【译文】

汉成帝河平元年二月庚子日，泰山山桑谷里有鸢焚自己的巢。男子孙通等人，听得山中群鸟鸢鹊的鸣声，前去探视，看见巢已烧着，全部堕入池塘中，有三只小鸢烧死。树大四围，巢离地五丈五尺。《易经》说："鸟焚烧它的巢，旅行者先笑，后号咷大哭。"后来终于发生了改朝换代的祸乱。

雨　鱼

成帝鸿嘉四年秋，雨鱼于信都，长五寸以下。至永始元年春，北海出大鱼，长六丈，高一丈，四枚。哀帝建平三年，东莱平度出大鱼，长八丈，高一丈一尺，七枚，皆死。灵帝熹平二年，东莱海出大鱼二枚，长八九丈，高二丈余。京房《易传》曰："海数见巨鱼，邪人进，贤人疏。"

【译文】

汉成帝鸿嘉四年秋天，信都县天上降下鱼雨，鱼长五寸不到。到永始元年春，北海出现大鱼，长六丈，高一丈，共四条。汉哀帝建平三年，东莱郡平度县出现大鱼，长八丈，高一丈一尺，共七条，都死了。汉灵帝嘉平二年，东莱郡海上出现两条大鱼，长八九丈，高二丈余。京房《易传》说："海中屡次出现大鱼，奸邪的人升官，贤德的人远离。"

木生人状

成帝永始元年二月，河南街邮樗树生枝如人头，眉目须皆具，亡发耳。至哀帝建平三年十月，汝南西平遂阳乡有材仆地，生枝如人形，身青黄色，面白，头有髭发，稍长大，凡长六寸一分。京房《易传》曰："王德衰，下人将起，则有木生为人状。"其后有王莽之篡。

【译文】

汉成帝永始元年二月，河南街邮有一棵樗树，生出的树枝，好像人头，眉毛、眼睛、胡须都有，只是没有头发。到汉哀帝建平三年十月，汝南郡西平县遂阳乡有棵大树倒地，生出树枝像人的形状，身体青黄色，脸面白色，头上有髭发，逐渐长大，长六寸一分。京房《易传》说："帝王德衰，下人将起，就有树木生成人的形状。"这以后发生了王莽篡位的事。

马出角

成帝绥和二年二月，大厩马生角，在左耳前，围长各二寸。是时王莽为大司马，害上之萌，自此始矣。

【译文】

汉成帝绥和二年二月，大马棚里的马生出一只角，在左耳前，长二寸，周围也是二寸。当时王莽任大司马，害皇帝的心从这时起萌生了。

燕生雀

成帝绥和二年三月，天水平襄有燕生雀，哺食至大，俱飞去。京房《易传》曰："贼臣在国，厥咎燕生雀，诸侯销。"又曰："生非其类，子不嗣世。"

【译文】

汉成帝绥和二年三月，天水郡平襄县，有对燕子生下了雀，哺食到大，都飞去了。京房《易传》说："坏臣子在国家要位上，就会有灾祸象征燕子生下雀。诸侯要削弱。"又说："生下的不是自己的同类，象征儿子不能继承朝代。”

三 足 驹

汉哀帝建平三年，定襄有牡马生驹，三足，随群饮食。《五行志》以为马国之武用，三足，不任用之象也。

【译文】

汉哀帝建平三年，定襄县有匹公马生下一个马驹子，只有三只脚，随着马群饮食。《五行志》以为：马是国家武装所用；三只脚，是不能胜任的象征。

僵 树 自 立

哀帝建平三年，零陵有树僵地，围一丈六尺，长十丈七尺。民断其本，长九尺余，皆枯。三月，树卒自立故处。京房《易传》曰：“弃正作淫，厥妖木断自属。妃后有颛，木仆反立，断枯复生。”

【译文】

汉哀帝建平三年，零陵县有棵树倒在地下，周围粗一丈六尺，长十丈七尺。有人砍断了它的根，长九尺多，树都枯了。三月，树忽然自己竖立在原来的地方。京房《易传》说：“弃正道，作淫邪，就会有妖树折断了自己连接起来的现象。妃子皇后专宠，就会有树倒地的仍旧竖立起来，折断枯败的重新生长起来的现象。”

儿啼腹中

哀帝建平四年四月，山阳方与女子田无啬生子。未生二月前，儿啼腹中。及生，不举，葬之陌上。后三日，有人过，闻儿啼声，母因掘，收养之。

【译文】

汉哀帝建平四年四月，山阳县方与邑有个女子叫田无啬，生了个孩子。出生前两个月，孩子在母腹中啼哭。等生下后，没存活，就葬在路边。三天后，有人经过，听见婴儿啼哭声，母亲就把坟墓掘开，收养了孩子。

王母传书

哀帝建平四年夏，京师郡国民聚会里巷阡陌，设张博具歌舞，祠西王母。又传书曰："母告百姓，佩此书者不死。不信我言，视门枢下当有白发。"至秋乃止。

【译文】

汉哀帝建平四年夏天，京师和郡国的百姓，在里巷中、街道上聚会，设置博具游戏，唱歌跳舞，祭祀西王母。有信传来说："西王母通告百姓，佩戴这封信的人不死。不信我的话，可以去看一看门枢下面，会有白发。"祭祀活动到秋天才停止。

男子化女 汉哀帝时

哀帝建平中，豫章有男子化为女子，嫁为人妇，生一子。长安陈凤曰："阳变为阴，将亡继嗣，自相生之象。"一曰："嫁为人妇，生一子者，将复一世乃绝。"故后哀帝崩，平帝没，而王莽篡焉。

【译文】

汉哀帝建平年间，豫章有个男子化为女子，嫁给人做妻子，生下一个孩子。长安陈凤说："阳变为阴，将要灭亡又续上了后嗣，是自相滋生的象征。"另一种说法是："嫁做人家的妻子，生下一个孩子，表示要再过一世才亡。"所以后来哀帝崩，平帝没，王莽就篡位了。

人死复生

汉平帝元始元年二月，朔方广牧女子赵春病死，既棺殓，积七日，出在棺外。自言见夫死父，曰："年二十七，汝不当死。"太守谭以闻。说曰："至阴为阳，下人为上，厥妖人死复生。"其后王莽篡位。

【译文】

汉平帝元始元年二月，朔方郡广牧县有个女子叫赵春，生病死了，殓入棺木已满七天，又爬出棺材。自己说看见了已经死去的公公，告诉她："你才二十七岁，还不该死。"姓谭的太守把这件事报了上去。有人解释说："至阴为阳，下人为上，就会有妖人死而复活。”后来就发生了王莽篡位的事。

儿生两头 汉平帝时

汉平帝元始元年六月，长安有女子生儿，两头两颈，面俱相向，四臂共胸，俱前向，尻上有目，长二寸所。京房《易传》曰：“‘睽孤，见豕负途。’厥妖人生两头。下相攘善，妖亦同。人若六畜首目在下，兹谓亡上，政将变更。厥妖之作，以谴失正，各象其类。两颈，下不一也；手多，所任邪也；足少，下不胜任，或不任下也。凡下体生于上，不敬也；上体生于下，媟渎也。生非其类，淫乱也；人生而大，上速成也；生而能言，好虚也。群妖推此类。不改，乃成凶也。”

【译文】

汉平帝元始元年六月，长安有个女人产下婴儿，两头两颈，脸对着脸，四条手臂，胸部连体，都是朝前的。臀部长了一只眼睛，二寸来长。京房《易传》说：“乖离而独处，看见猪背负着泥土，就会有妖人长出两个脑袋。臣子们互相掠美，出现的妖象也相同。人像六畜那样头和眼睛在下面，这就叫‘亡上’，政权将要改变。发生这个妖象，是上天谴责人间失去了正道。其表现各有所象征：两个头颈，象征下面有分歧；手多，象征所任用的人不正；脚少，象征下面不胜任，或者上面不任用人。凡下身器官长在上面，象征不敬；上身器官长在下面，象征亵渎；生下来不是自己的同类，象征淫乱；生下来就大，象征上面速成；生下来就能说话，象征喜欢虚假；各种妖象据此类推。不加改正，就会不吉利。”

三 足 乌

汉章帝元和元年，代郡高柳乌生子，三足，大如鸡，色赤，头有角，长寸余。

【译文】

汉章帝元和元年，代郡高柳有一只乌鸦生下小乌鸦，三只脚，像鸡一样大，颜色是红的，头上长有一寸多长的角。

德 阳 殿 蛇

汉桓帝即位，有大蛇见德阳殿上。洛阳市令淳于翼曰："蛇有鳞，甲兵之象也。见于省中，将有椒房大臣受甲兵之象也。"乃弃官遁去。到延熹二年，诛大将军梁冀，捕治家属，扬兵京师也。

【译文】

汉桓帝即位，德阳殿上出现了一条大蛇。洛阳管理市场的官员淳于翼说："蛇有鳞甲，象征铠甲和兵器；出现在宫禁之内，象征将有与后妃有关的大臣受甲兵之诛。"于是他便弃官遁去。到延熹二年，诛杀大将军梁冀，逮捕惩治家属，京师到处可见拿着兵器的人员。

雨 肉

汉桓帝建和三年秋七月，北地廉雨肉，似羊肋，或大如手。是时梁太后摄政，梁冀专权，擅杀诛太尉李固、杜乔，天下冤之。其后梁氏诛灭。

【译文】

汉桓帝建和三年，秋七月，北地郡廉邑下肉雨，好像羊肋，有的像手一样大。当时梁太后摄政，梁冀专权，擅自杀戮太尉李固和杜乔，天下都为他们呼冤。后来梁氏受到诛灭。

梁　冀　妻

汉桓帝元嘉中，京都妇女作愁眉、啼妆、堕马髻、折腰步、龋齿笑。愁眉者，细而曲折。啼妆者，薄拭目下，若啼处。堕马髻者，作一边。折腰步者，足不任体。龋齿笑者，若齿痛，乐不欣欣。始自大将军梁冀妻孙寿所为，京都翕然，诸夏效之。天戒若曰："兵马将往收捕，妇女忧愁，踧眉啼哭，吏卒掣顿，折其腰脊，令髻邪倾。虽强语笑，无复气味也。"到延熹二年，冀举宗合诛。

【译文】

汉桓帝永嘉年间，京都妇女描愁眉，作啼妆，梳堕马髻，迈折腰步，学龋齿笑。所谓愁眉，是把眉描得细而曲折。啼妆，是粉面以后将眼睛下边轻轻揩拭，好像哭泣过的一般。堕马髻，是把发髻歪向一边。折腰步，是做出一种脚好像支撑不住下体的姿势。龋齿笑，是装出好像牙痛一样的表情，像笑又并不欢欣。这些都是大将军梁冀的妻子孙寿首创的，京都流行一时，各地都加效仿。上天好像通过这些在规诫道："兵马就要到梁家去收捕了，所以妇女忧愁，蹙眉啼哭；吏卒前来牵掣她们，迫使她们弯腰曲脊；发髻被揪得歪在一边，虽然勉强说笑，不再有欢笑的气氛了。”到延熹二年，梁冀合族一起被诛。

牛 生 鸡

桓帝延熹五年，临沅县有牛生鸡，两头四足。

【译文】

汉桓帝延熹五年，临沅县有一头牛生下一只鸡，两个头，四只脚。

赤 厄 三 七

汉灵帝数游戏于西园中，令后宫采女为客舍主人，身为估服，行至舍间，采女下酒食，因共饮食，以为戏乐。是天子将欲失位，降在皂隶之谣也。其后天下大乱。

古志有曰：“赤厄三七。”三七者，经二百一十载，当有外戚之篡，丹眉之妖。篡盗短祚，极于三六，当有飞龙之秀，兴复祖宗。又历三七，当复有黄首之妖，天下大乱矣。自高祖建业，至于平帝之末，二百一十年而王莽篡，盖因母后之亲。十八年而山东贼樊子都等起，实丹其眉，故天下号曰“赤眉”。于是光武以兴祚，其名曰秀。至于灵帝中平元年而张角起，置三十六方，徒众数十万，皆是黄巾，故天下号曰“黄巾贼”。至今道服由此而兴。初起于邺，会于真定，诳惑百姓曰：“苍天已死，黄天立。岁名甲子年，天下大吉。”起于邺者，天下始业也，会于真定也。小民相向跪拜趋信，荆、扬尤甚。乃弃财产，流沉道路，死者无数。角等初以二月起兵，其冬十二月悉破。自光武中兴，至黄巾之起，未盈二百一十年，而天下大乱，汉祚废绝，实应三七之运。

【译文】

汉灵帝屡屡在西园中游戏，叫后宫采女做旅店主人，自己穿了行商的衣服，来到旅店中，采女端出酒食，就一起吃喝，以为戏乐。这是天子将要失位，下降为奴隶的预兆。后来天下大乱。

古书中记载说："赤厄三七。"所谓三七，是说经过二百十年，该有外戚篡位，赤眉危害。篡位窃国者年岁短，三六就到顶了。会有飞龙之秀，复兴祖宗。又经过三七，该有黄巾的危害，天下就大乱了。从高祖创业，到平帝末年，是二百十年，发生了王莽篡位，是倚仗着太后的亲属关系。十八年山东强徒樊子都等人起来，把眉毛染成红色的，所以天下称之为"赤眉"。接着光武帝复兴皇位，他名字就叫"秀"。到灵帝中平元年张角起来，置三十六方，徒众几十万，都戴黄色头巾，所以天下称之为"黄巾"。如今的道袍就是从这时兴起的。黄巾初起时在邺城，聚合在真定，欺骗蛊惑百姓说："苍天已死，黄天当立。岁名甲子年，天下大吉。"在邺城初起，象征天下始业；会合于真定，象征天下真正安定。小百姓们向他们跪拜，争相信奉，荆州、扬州一带尤其厉害。甚至于抛弃财产，流亡转展在道路上，死的人无法计算。张角等开始是二月起的兵，到冬天十二月全部被破灭。从光武中兴，到黄巾事起，没满二百十年；直到天下大乱，汉献帝被废，方应了"三七"的气数。

长 短 衣 裾

灵帝建宁中，男子之衣，好为长服，而下甚短。女子好为长裾，而上甚短。是阳无下而阴无上，天下未欲平也。后遂大乱。

【译文】

汉灵帝建宁年间，男人喜欢长款式的衣服，而下部却很短；女人喜欢长前襟的衣服，而上部却很短。这是阳没有下而阴没有上，天下没有平安的愿望。后来就发生了大动乱。

夫妇相食

灵帝建宁三年春，河内有妇食夫，河南有夫食妇。夫妇阴阳二仪，有情之深者也。今反相食，阴阳相侵，岂特日月之眚哉！灵帝既没，天下大乱。君有妄诛之暴，臣有劫弑之逆，兵革相残，骨肉为仇，生民之祸极矣，故人妖为之先作。恨而不遭辛有、屠乘之论，以测其情也。

【译文】

汉灵帝建宁三年春，河内郡发生了妻子吃丈夫的事，河南发生了丈夫吃妻子的事。夫妻一阴一阳，一天一地，感情是很深厚的，如今反而相食。阴阳相侵，难道只是日月的灾异吗？灵帝死了以后，天下大乱，皇帝有妄杀臣子的暴行，臣子有劫持和弑君的逆行。在战争中互相残杀，骨肉成为仇敌，人民遭受的灾难到了极点了。所以人妖为这一切先做出一点象征。周平王的时候，辛有到伊川去，看见有人披散着头发在野外祭祀，就说："不到一百年，这里要成为戎狄的地盘了，因为礼节已经先沦丧了。"晋国的太史屠黍，看见晋国乱，晋君骄，就预言说晋国要亡。遗憾的是，当时没有辛有、屠黍这样的议论，来预测情势的发展啊。

寺壁黄人

灵帝熹平二年六月，洛阳民讹言：虎贲寺东壁中有黄人，形容须眉良是。观者数万，省内悉出，道路断绝。到中平元年二月，张角兄弟起兵冀州，自号“黄天”，三十六方，四面出和，将帅星布，吏士外属。因其疲馁，牵而胜之。

【译文】

汉灵帝熹平二年六月，洛阳人民谣传：虎贲寺东面的墙壁上有个黄人，形体容貌胡须眉毛确实是个人样。前去观看的人有几万，官府中的人也都出来了，道路为之堵塞。到中平元年二月，张角兄弟在冀州起兵，自号“黄天”，置三十六方，四面外出联络，将帅多得犹如星斗分布在夜空，在他们统治区域之外的官吏也都归附他们。后来只是乘着他们又累又饿，这才牵制他们而战胜之。

木不曲直

灵帝熹平三年，右校别作中有两樗树，皆高四尺许。其一株宿昔暴长，长一丈余，粗大一围，作胡人状，头目鬓须发俱具。其五年十月壬午，正殿侧有槐树，皆六七围，自拔倒竖，根上枝下。又中平中，长安城西北六七里空树中，有人面，生鬓。其于《洪范》，皆为木不曲直。

【译文】

汉灵帝熹平三年，右军营分支作坊中有两棵樗树，都四尺来高，其中一株，一夜之间暴长，长度有一丈多，粗有一围，模样像个胡人，头部、眼睛、鬓发、胡须全有。熹平五年十月壬午日，正殿旁有几棵槐树，都六七围粗，自拔倒竖，根在上，枝在下。又中平年间，长安城西北六七里，一棵树的树洞里有人面的形象，两鬓有发。这些现象照《洪范五行传》的说法，都属于“木不曲直”这一类。

雌 鸡 欲 化

灵帝光和元年，南宫侍中寺雌鸡欲化为雄，一身毛皆似雄，但头冠尚未变。

【译文】

汉灵帝光和元年，南宫侍中寺有一只雌鸡将要化为雄鸡，一身羽毛都已经像雄的了，但头部的鸡冠还没变。

儿 生 两 头 汉灵帝时

灵帝光和二年，洛阳上西门外女子生儿，两头，异肩共胸，俱前向。以为不祥，堕地弃之。自是之后，朝廷霿乱，政在私门，上下无别，二头之象。后董卓戮太后，被以不孝之名放废天子，后复害之。汉元以来，祸莫逾此。

【译文】

汉灵帝光和二年，洛阳上西门外有个女人生下的孩子，两个头，肩部还各管各，胸部就连体了，脸对着脸，都朝着前方。以为不吉利，一生下地就扔弃了。从这之后，朝廷昏乱，政事取决于权豪之门。上下没有分别，这就是二头的象征。后来董卓杀戮何太后，用不孝的罪名加在她身上，废止和放逐少帝，最终还杀害了他。汉朝开始以来，灾祸没有超过这一次的。

梁伯夏后

光和四年，南宫中黄门寺有一男子，长九尺，服白衣。中黄门解步呵问："汝何等人？白衣妄入宫掖！"曰："我，梁伯夏后。天使我为天子。"步欲前收之，因忽不见。

【译文】

汉灵帝光和四年，南宫中黄门寺出现一个男子，高九尺，穿白衣。有个叫解步的中黄门呵叱着问他："你是什么人？穿着白衣胡乱闯进皇宫！"这人说："我是梁伯夏的后人，上天派我做天子。"解步想要上前逮捕他，随即就忽然不见了。

草作人状

光和七年，陈留济阳、长垣，济阴，东郡，冤句、离狐界中，路边生草，悉作人状，操持兵弩，牛马龙蛇鸟兽之形，白黑各如其色，羽毛、头目、足翅皆备，非但仿佛，像之尤纯。旧说曰："近草妖也。"是岁有黄巾贼起，汉遂微弱。

【译文】

汉灵帝光和七年，陈留郡的济阳县、长垣县，济阴郡，东郡，冤句和离狐边界地区，路边生的草都像人的模样，在操持武器和弓弩。还有牛、马、龙、蛇、鸟兽的形象，白、黑都像它们原来的颜色，羽、毛、头、眼、足、翅都具备，不只是有点儿像，简直就像真的一样。旧时的说法是：近于草妖。这一年有黄巾军起事，汉朝就此衰微了。

两头共身

灵帝中平元年六月壬申，洛阳男子刘仓居上西门外，妻生男，两头共身。至建安中，女子生男，亦两头共身。

【译文】

汉灵帝中平元年六月壬申日，洛阳有个男子叫刘仓，住在上西门外。他妻子生下个男孩，两个头，共有一个身子。到汉献帝建安年间，有个妇女生下个男孩，也是两头合一个身子。

怀陵雀

中平三年八月中，怀陵上有万余雀，先极悲鸣，已，因乱斗相杀，皆断头，悬着树枝枳棘。到六年，灵帝崩。夫陵者，高大之象也。雀者，爵也。天戒若曰：“诸怀爵禄而尊厚者，还自相害，至灭亡也。”

【译文】

汉灵帝中平三年八月中，怀陵上有一万多头雀，开始时极力悲鸣，后来就互相乱斗残杀，都断了头，挂在树枝枳棘丛中。到中平六年，灵帝就死了。陵是高大的形象，雀，古字通爵。天好像在通过这件事警戒说："那些享有爵位俸禄而高贵富有的人，还将自相杀害，直至灭亡。"

嘉会挽歌

汉时，京师宾婚嘉会，皆作《魁櫑》，酒酣之后，续以《挽歌》。《魁櫑》，丧家之乐；《挽歌》，执绋相偶和之者。天戒若曰："国家当急殄悴，诸贵乐皆死亡也。"自灵帝崩后，京师坏灭，户有兼尸虫而相食者。《魁櫑》、《挽歌》，斯之效乎？

【译文】

汉朝的时候，京师请客、结婚等喜庆宴会上，都演奏名叫《魁櫑》的乐曲，酒酣以后，又续之以《挽歌》。《魁櫑》，是丧家用的曲子；《挽歌》，是送葬的人手执牵引棺材的绳索时所齐声唱的歌。天好像在通过这件事警戒说："国家将很快陷入困苦，那些高贵快乐的人都将死亡。"从汉灵帝死去后，京师毁灭，一家之中，有吃亲人尸体的事发生。《魁櫑》、《挽歌》，不是应验在这些事上吗？

京师谣言

灵帝之末，京师谣言曰："侯非侯，王非王，千乘万骑上北邙。"到中平六年，史侯登蹑至尊，献帝未有爵号，为中常侍段珪等所执。公卿百僚，皆随其后，到河上，乃得还。

【译文】

汉灵帝末年，京师流传着这样的谣谚："侯非侯，王非王，千乘万骑上北邙。"到中平六年，史侯登上了代理皇帝行使权力的地位，汉献帝还没有爵号，被中常侍段珪所执持，公卿百僚都跟在后面，到黄河边上才得返回。

桓氏复生

汉献帝初平中，长沙有人姓桓氏，死。棺敛月余，其母闻棺中有声，发之，遂生。占曰："至阴为阳，下人为上。"其后曹公由庶士起。

【译文】

汉献帝初平年间，长沙有个人姓桓，死后，收殓在棺材里已有一月多，他母亲听得棺材里有声音，打开来看，死者就复活了。占筮说："死者复活是至阴为阳，象征着下位的人将登上位。"后来曹操是由军士起家的。

建安人妖

献帝建安七年，越巂有男子化为女子。时周群上言："哀帝时亦有此变，将有易代之事。"至二十五年，献帝封山阳公。

【译文】

汉献帝建安七年，越巂有个男子化为女子。当时周群上书说："哀帝时也有这种变化，后来王莽篡位，这象征着将发生改朝换代的事。”到建安二十五年，汉献帝被曹丕废天子位，封为山阳公。

荆州童谣

建安初，荆州童谣曰：“八九年间始欲衰，至十三年无孑遗。”言自中兴以来，荆州独全，及刘表为牧，民又丰乐，至建安九年当始衰。始衰者，谓刘表妻死，诸将并零落也。十三年无孑遗者，表又当死，因以丧败也。

是时华容有女子，忽啼呼曰：“将有大丧。”言语过差，县以为妖言，系狱。月余，忽于狱中哭曰：“刘荆州今日死。”华容去州数百里，即遣马吏验视，而刘表果死，县乃出之。续又歌吟曰：“不意李立为贵人。”后无几，曹公平荆州，以涿郡李立字建贤为荆州刺史。

【译文】

汉献帝建安初年，荆州流传着这样的童谣：“八九年间始欲衰，至十三年无孑遗。”说从光武帝中兴以来，荆州独能保全；刘表任州官时，人民又颇丰裕快乐。到建安九年，注定要开始衰败。“始欲衰”，是指刘表的妻子在这一年死去，几名将领也都零零落落了。“十三年无孑遗”，是指刘表又要死了，他的事业也就败亡了。

当时华容县有个女子，忽然哭叫道：“要有大丧亡！”话说得没头没脑，县里认为是妖言，把她抓起来关在狱中。过了一个多月，这个女子忽然在狱中哭道：“刘荆州今天死了。”华容县离开荆州州治几百里路，县令立刻派了马吏到州里去核验，刘表果然死了。县令就把这个女子放了出来。她又继续歌吟道：“想不到李立做了贵人。”后来没有多久，曹操平了荆州，任用涿郡李立字建贤的，为荆州刺史。

树 出 血

建安二十五年正月，魏武在洛阳起建始殿，伐濯龙树而血出。又掘徙梨，根伤而血出。魏武恶之，遂寝疾，是月崩。是岁为魏文帝黄初元年。

【译文】

汉献帝建安二十五年正月，曹操在洛阳兴建建始殿，伐濯龙园的树，有血流出来。又挖掘迁徙梨树，伤了树根，也有血流出来。曹操对此颇为厌恶，就病倒了，当月死去。这一年是魏文帝黄初元年。

燕 巢 生 鹰

魏黄初元年，未央宫中有鹰生燕巢中，口爪俱赤。至青龙中，明帝为凌霄阁，始构，有鹊巢其上。帝以问高堂隆，对曰："《诗》云：'惟鹊有巢，惟鸠居之。'今兴起宫室，而鹊来巢，此宫室未成，身不得居之象也。"

【译文】

魏文帝黄初元年，未央宫中发生了鹰生在燕巢中的奇事。鹰的喙和爪子都呈赤色。到青龙年间，魏明帝筑凌霄阁，才开始建造，有鹊在上面做巢。魏明帝拿这件事问高堂隆，高堂隆回答说："《诗经》说：'惟鹊有巢，惟鸠居之。'如今起造宫室，而鹊来做巢，这是宫室未成，自己不能居住的象征。"

妖马

魏齐王嘉平初，白马河出妖马，夜过官牧边鸣呼，众马皆应。明日，见其迹大如斛，行数里，还入河。

【译文】

魏嘉平初年，白马河出了一匹妖马，夜间来到皇室马厩边呼叫，众马都应。第二天，人们发现马的足迹像斛一般大，走了几里，返回到白马河去。

燕生巨鷇

魏景初元年，有燕生巨鷇于卫国李盖家，形若鹰，吻似燕。高堂隆曰："此魏室之大异，宜防鹰扬之臣于萧墙之内。"其后宣帝起，诛曹爽，遂有魏室。

【译文】

魏明帝景初元年，有一对燕子在卫国李盖家里生下一头巨大的燕雏，形状像鹰，嘴像燕子。高堂隆说："这是魏朝的一大怪异。应该防备掌管军队的臣子祸起于萧墙之内。"后来司马懿起来，诛杀了曹爽，就控制和据有了魏朝政权。

谯周书柱

蜀景耀五年，宫中大树无故自折。谯周深忧之，无所与言，乃书柱曰："众而大，期之会；具而授，若何复。”言曹者，众也；魏者，大也。众而大，天下其当会也。具而授，如何复有立者乎？蜀既亡，咸以周言为验。

【译文】

三国蜀后主景耀五年，宫中有棵大树无缘无故自己折断了。谯周深深地忧虑这件事，无法表达，就在柱上写道：“众而大，期之会。具而授，若何复。”曹，有“众”的意思，魏，有“大”的意思。“众而大”，指曹魏；“期之会”，是说可以预期它将是天下汇合之处。“具而授”，是说完全准备好了才授予，这是指的蜀后主刘阿斗；“若何复”，是说怎么还会有所建树呢？蜀国亡了以后，人们都认为谯周的话得到了验证。

孙权死征

吴孙权太元元年八月朔，大风。江海涌溢，平地水深八尺。拔高陵树二千株，石碑差动，吴城两门飞落。明年，权死。

【译文】

三国吴孙权太元元年八月初一，大风。长江水位上涨，海潮涌溢，平地水深八尺。大风吹倒高陵的树二千棵，石碑也几乎吹动，吴城的两扇城门吹落在地。第二年，孙权死了。

孙亮草妖

吴孙亮五凤元年六月，交阯稗草化为稻。昔三苗将亡，五谷变种，此草妖也。其后亮废。

【译文】

三国吴孙亮五凤元年六月，交趾的稗草化为稻。从前三苗将要灭亡的时候，五谷变种。这些都是草妖。这以后孙亮就被废了。

离里山大石

吴孙亮五凤二年五月，阳羡县离里山大石自立。是时，孙皓承废故之家，得复其位之应也。

【译文】

三国吴孙亮五凤二年五月，阳羡县离里山一块大石自己竖立起来。这时，孙皓继承了衰败之家，大石自立与他能够复位是相应的。

陈焦复生

吴孙休永安四年，安吴民陈焦死七日复生，穿冢出。乌程侯孙皓承废故之家，得位之祥也。

【译文】

三国吴孙休永安四年，安吴百姓陈焦死了七天复活，打穿坟墓而出。这是乌程侯孙皓继承衰败之家得位的预兆。

孙休服制

孙休后，衣服之制，上长下短。又积领五六，而裳居一二。盖上饶奢，下俭逼；上有余，下不足之象也。

【译文】

孙休在位的后期，衣服的款式上长下短，又把领叠起来，占了十分之五六，而下身的裳只占十分之一二。这是上面富裕奢侈，下面节俭窘迫，上面有余，下面不足的象征。

卷　七

开石文字

初，汉元、成之世，先识之士有言曰：“魏年有和，当有开石于西三千余里，系五马，文曰‘大讨曹’。”及魏之初兴也，张掖之柳谷有开石焉。始见于建安，形成于黄初，文备于太和。周围七寻，中高一仞。苍质素章，龙马、麟鹿、凤皇、仙人之象，粲然咸著。此一事者，魏、晋代兴之符也。

至晋泰始三年，张掖太守焦胜上言：“以留郡本国图校今石文，文字多少不同，谨具图上。”案其文有五马象：其一有人平上帻，执戟而乘之；其一有若马形而不成。其字有“金”，有“中”，有“大司马”，有“王”，有“大吉”，有“正”，有“开寿”；其一成行，曰“金当取之”。

【译文】

当初，在汉元帝、汉成帝时代，未卜先知的人有这样的话：“魏的年号有‘和’字的，会有开石出现在西方三千多里处，系着五匹马，文字是‘大讨曹’。”到三国魏初兴时，张掖郡的柳谷出现了开石，始见于汉献帝建安年间，形成于魏文帝黄初年间，图文全部显现出来，是在魏明帝太和年间。开石周围长计五十六尺，中间高有七尺，底色青黑色，图文白色，上面龙、马、麟、鹿、凤凰、仙人的形象，都分明显露出来。这一件事，是魏晋代兴的征兆。

晋武帝泰始三年，张掖太守焦胜上书说："用留郡的本国图校核现在的石文，文字多少不同。谨具图呈上。"案：开石上有五匹马的形象，其中一匹，有个人戴着平顶包头巾，拿着戟，乘着它；另有一匹，像马的形状而没有画成。开石上的文字，有"金"字，有"中"字，有"大司马"，有"王"字，有"大吉"，有"正"字，有"开寿"；有四个字成行，是"金当取之"。

西晋服妖

晋武帝泰始初，衣服上俭下丰，着衣者皆厌腰。此君衰弱、臣放纵之象也。至元康末，妇人出两裆，加乎交领之上，此内出外也。为车乘者，苟贵轻细，又数变易其形，皆以白篾为纯，盖古丧车之遗象。晋之祸征也。

【译文】

晋武帝泰始初年，衣服的款式上身束紧，下身宽大，穿衣的人都压腰。这是君衰弱、臣放纵的象征。到晋惠帝元康末年，妇女把背心穿在交领衫外，这是内出外的象征。乘车的人，都随随便便以轻车小车为贵，又屡次改变车的形状，流行用白篾饰边，这恐怕是古代丧车的遗像。这都是晋代有灾祸的征兆。

翟器翟食

胡床、貊槃，翟之器也；羌煮、貊炙，翟之食也。

自太始以来，中国尚之。贵人富室，必畜其器，吉享嘉宾，皆以为先。戎、翟侵中国之前兆也。

【译文】

胡床、貊盘，是北翟（狄）用的器具；羌煮、貊炙，是北翟人吃的食物。从晋武帝泰始年间以来，中原流行这些东西。贵人富室，必定收藏这些器具；请客喜宴，都用这些食物放在前面。这是戎狄侵犯中国的前兆。

蟛蜞化鼠

晋太康四年，会稽郡蟛蜞及蟹皆化为鼠。其众覆野，大食稻为灾。始成，有毛肉而无骨，其行不能过田畻。数日之后，则皆为牝。

【译文】

晋武帝太康年间，会稽郡蟛蜞和蟹都化为老鼠。数量多得覆盖田野，大食稻谷，成为灾害。刚变化成鼠时，只有毛、肉而没有骨头，行走不能过田埂。几天以后，就都成为母鼠。

太康二龙

太康五年正月，二龙见武库井中。武库者，帝王威御之器所宝藏也，屋宇邃密，非龙所处。是后七年，藩王相害。二十八年，果有二胡僭窃神器，勒、虎二逆，皆字曰“龙”。

【译文】

晋武帝太康五年正月，有两条龙出现在武库井中。武库是宝藏帝王威御之器的地方。屋宇深密，不是龙居住的地方。此后七年，藩王互相残害。二十八年以后，果然有两个胡人超越本分盗窃帝位，石勒、石虎两个逆贼，一个字世龙，一个字季龙，正好是两条龙。

两 足 虎

晋武帝太康六年，南阳获两足虎。虎者，阴精而居乎阳，金兽也。南阳，火名也。金精入火而失其形，王室乱之妖也。其七年十一月，四角兽见于河间。天戒若曰："角，兵象也；四者，四方之象。当有兵革起于四方。"后河间王遂连四方之兵，作为乱阶。

【译文】

晋武帝太康六年，南阳捕捉到两只脚的老虎。虎，是阴之精，而居于阳，在五行中属西方金的一种兽类。南阳，这名称里包含着火。金精进入火中，失去了它的本来形状，这是王室产生祸乱的妖征。太康七年十一月丙辰日，河间出现了一头四角兽。天好像在警戒道："角，是武器的象征；四，是四方的象征。要有战事起于四方。"后来河间王司马颙联合四方军队，迈出了八王之乱的第一步。

死 牛 头

太康九年，幽州塞北有死牛头语。时帝多疾病，深以后事为念，而付托不以至公，思瞀乱之应也。

【译文】

太康九年，幽州塞北有死牛头说话。当时晋武帝多生疾病，深以身后的事为念，但是他对后事的付托，不能用至公之心来对待。死牛头说话，就是与他思维混乱相对应的。

武库飞鱼

太康中，有鲤鱼二枚现武库屋上。武库兵府，鱼有鳞甲，亦是兵之类也。鱼既极阴，屋上太阳，鱼现屋上，象至阴以兵革之祸干太阳也。及惠帝初，诛皇后父杨骏，矢交宫阙。废后为庶人，死于幽宫。元康之末，而贾后专制，谤杀太子，寻亦诛废。十年之间，母后之难再兴，是其应也。自是祸乱构矣。京房《易妖》曰：“鱼去水，飞入道路，兵且作。”

【译文】

太康年间，武库屋上发现两条鲤鱼。武库是存放武器的仓库，鱼有鳞甲，也是武器之类。鱼既然是至阴，屋上则是太阳，所以鱼出现在屋上，象征着至阴用兵革之祸来干扰太阳。到惠帝接位之初，诛杀皇后的父亲杨骏，箭相交于宫阙之内。皇后被废为庶人，死在冷宫中。元康末年，贾后专制，诬蔑、杀害太子，不久自己也遭到废除和诛杀。十年之间，母后的灾祸一再发生，飞鱼上屋就与此相应。从此以后，祸乱就造成了。京房《易妖》说：“鱼离开水，飞上道路，战争将要发生。”

方头屐

初作屐者，妇人圆头，男子方头，盖作意欲别男女也。至太康中，妇人皆方头屐，与男无异，此贾后专妒之征也。

【译文】

屐开始时女式是圆头，男式是方头。这样制作，原意是想区别男女。到晋武帝太康年间，妇女都穿方头屐，与男子没有两样。这是贾后专妒的征兆。

撷子髻

晋时妇人结发者，既成，以缯急束其环，名曰撷子髻。始自宫中，天下翕然化之也。其末年，遂有怀、惠之事。

【译文】

晋朝的时候，妇女结发的，结好以后用缯紧紧地束成一个环，名叫撷子髻。从宫中开始，天下很快流行起来。到西晋末年，就有怀帝、愍帝的事发生。

晋世宁舞

太康中，天下为《晋世宁》之舞。其舞，抑手以执杯盘而反覆之，歌曰："晋世宁，舞杯盘。"反覆，至危也。杯盘，酒器也。而名曰"晋世宁"者，言时人苟且饮食之间，而其智不可及远，如器在手也。

【译文】

太康年间，天下都跳《晋世宁》舞。这种舞，垂下手接过杯盘，舞动手臂，使杯盘在掌中反覆而不堕地。歌唱道："晋世宁，舞杯盘。"反覆，是至为危险的。杯盘，是饮酒用的器皿。而名之为《晋世宁》，是说当时人们苟且于饮食之间，智力不能达到远方，就像器皿在手里一样。

毡 绡 头

太康中，天下以毡为绡头及络带、袴口。于是百姓咸相戏曰："中国其必为胡所破也。"夫毡，胡之所产者也，而天下以为绡头、带身、袴口。胡既三制之矣，能无败乎？

【译文】

太康年间，天下用毡做头巾、络带和裤口，于是百姓都互相开玩笑说："中国一定要被胡人打败了。"毡是胡人的产品，而天下用它来做头巾、络带和裤口，头、颈、脚三者都已被胡人控制了，能不败吗？

折 杨 柳 歌

太康末，京洛为《折杨柳》之歌，其曲始有兵革苦辛之辞，终以擒获斩截之事。自后杨骏被诛，太后幽死，杨柳之应也。

【译文】

太康末年，洛阳流行《折杨柳》歌，这曲子开始有关于战争、苦难的歌词，最后以擒获、斩截作结。从这以后，杨骏被诛杀，太后被软禁至死，就是《折杨柳》歌的应验了。

辽 东 马

晋武帝太熙元年，辽东有马生角，在两耳下，长三寸。及帝晏驾，王室毒于兵祸。

【译文】

晋武帝太熙元年，辽东有匹马生出了角，在两只耳朵下面，长三寸。等晋武帝死了以后，皇室内部兵祸成患。

妇 人 兵 饰

晋惠帝元康中，妇人之饰有五佩兵。又以金、银、象角、玳瑁之属为斧、钺、戈、戟而载之，以当笄。男女之别，国之大节，故服食异等。今妇人而以兵器为饰，盖妖之甚者也。于是遂有贾后之事。

【译文】

晋惠帝元康年间，妇女的装饰有五种武器佩戴物。又用金、银、象牙、角、瑇瑁之类，做成斧、钺、戈、戟，戴上它当做笄。

男女的区别，是一国的大节，所以服饰不一样。如今妇女竟以武器为装饰，实在是妖中厉害的。于是就有贾后的事。

钟出涕

晋元康三年闰二月，殿前六钟皆出涕，五刻乃止。前年贾后杀杨太后于金墉城，而贾后为恶不悛，故钟出涕，犹伤之也。

【译文】

晋惠帝元康三年闰二月，宫殿前六口钟都流泪，到五刻才止。前一年贾后把杨太后杀死在金镛城，而贾后作恶并不停止，所以钟流泪水，还在为之伤心。

一身二体

惠帝之世，京洛有人一身而男女二体，亦能两用人道，而性尤好淫。天下兵乱，由男女气乱而妖形作也。

【译文】

晋惠帝的时候，洛阳有个人一身兼具男女二体，既能与男子性交，也能与女子性交，而本性格外好淫。天下兵乱，就是由男女气乱而产生妖形引起的。

安丰女子

惠帝元康中，安丰有女子曰周世宁，年八岁，渐化为男。至十七八，而气性成。女体化而不尽，男体成而不彻，畜妻而无子。

【译文】

晋惠帝元康年间，安丰有个女子叫周世宁，八岁的时候，渐渐变为男性。到十七八岁，气质、性情都已变化完成了。但是女体没有化尽，男体又没有完全化成，娶了妻子，却没有儿子。

临淄大蛇

元康五年三月，临淄有大蛇，长十许丈，负二小蛇，入城北门，径从市入汉阳城景王祠中，不见。

【译文】

元康五年三月，临淄有一条大蛇，长十丈左右，背肩两条小蛇，进了城北门，一直从市上经过，进入汉代的阳城景王庙中，才不见了。

吕县流血

元康五年三月，吕县有流血，东西百余步。其后八载，而封云乱徐州，杀伤数万人。

【译文】

元康五年三月，吕县出现一条血流，东西宽一百余步。这以后八年，封云在徐州作乱，杀伤几万人。

雷破高禖石

元康七年，霹雳破城南高禖石。高禖，宫中求子祠也。贾后妒忌，将杀怀、愍，故天怒贾后，将诛之应也。

【译文】

元康七年，霹雳一声，击破了洛阳城南的高禖坛石。高禖，是宫中求子的神庙。贾后妒忌，打算杀害怀帝、愍帝，上天生贾后的气，这件事是与将要诛死她相应的。

乌杖柱掖

元康中，天下始相效为乌杖以柱掖。其后稍施其镦，住则植之。及怀、愍之世，王室多故，而中都丧败。元帝以藩臣树德东方，维持天下，柱掖之应也。

【译文】

元康年间，天下开始流行乌杖，用来支撑在胳肢窝下。这以后又在乌杖下端稍微做成一个底座，坐下时可以把它竖立在那儿。到怀帝、愍帝的时候，皇室多难，洛阳也沦陷了。晋元帝原来是个藩臣，由于他在东方树立了威信，才由他维持了天下。支撑胳肢窝的乌杖，就是与此相应的。

贵游倮身

元康中，贵游子弟相与为散发倮身之饮，对弄婢妾。

逆之者伤好，非之者负讥，希世之士，耻不与焉。胡、狄侵中国之萌也。其后遂有二胡之乱。

【译文】

元康年间，那些不担任官职的王公贵族子弟们，聚在一起饮酒，披头散发，赤身裸体，相对玩弄婢妾。反对他们的伤了友情，批评他们的遭到讥笑，一般讲究礼法的人士认为这种伤风败俗的行为可耻，不去参加。这种行为，是胡、狄入侵中国的先兆。这以后，就有二胡之乱。

浮石登岸

惠帝太安元年，丹阳湖熟县夏架湖，有大石浮二百步而登岸。百姓惊叹，相告曰："石来!"寻而石冰入建邺。

【译文】

晋惠帝太安元年，丹阳郡湖熟县夏架湖中，有一块大石头，浮了二百来步远，登上了岸。百姓惊叹，相告说："石来了!"不久，张昌起义军的将领石冰进入建业。

贱人入禁

太安元年四月，有人自云龙门入殿前，北面再拜曰："我当作中书监。"即收斩之。禁庭尊秘之处，今贱人竟入，而门卫不觉者，宫室将虚，下人逾上之妖也。是后帝迁长安，宫阙遂空焉。

【译文】

太安元年四月，有个人从云龙门进入大殿前，向北拜了又拜说："我该任中书监。"当即把他逮捕杀了头。宫廷是高贵隐秘的地方，如今卑贱的人竟进去了，而门卫不知道，这是宫室将虚，下人越上的妖象。这以后晋怀帝被匈奴所俘，晋愍帝迁徙到长安即位，洛阳宫阙因而空虚。

牛能言

太安中，江夏功曹张骋所乘牛忽言曰："天下方乱，吾甚极焉，乘我何之？"骋及从者数人皆惊怖，因绐之曰："令汝还，勿复言。"乃中道还。至家，未释驾，又言曰："归何早也？"骋益忧惧，秘而不言。安陆县有善卜者，骋从之卜。卜者曰："大凶。非一家之祸。天下将有兵起，一郡之内，皆破亡乎！"骋还家，牛又人立而行，百姓聚观。

其秋，张昌贼起，先略江夏，诳曜百姓，以汉祚复兴，有凤皇之瑞，圣人当世。从军者皆绛抹头，以彰火德火祥。百姓波荡，从乱如归。骋兄弟并为将军都尉，未几而败。于是一郡破残，死伤过半，而骋家族矣。京房《易妖》曰："牛能言，如其言，占吉凶。"

【译文】

太安年间，江夏郡功曹张骋所乘的牛忽然说话道："天下正乱，我很疲乏，乘我到哪里去？"张骋和几个随从人员都感到惊恐，就哄它说："让你回去，不要再说话。"就半路上回去了。到了家里，还没解下牛车，牛又说："回来得怎么这样早啊？"张骋更忧惧了，把这件事隐瞒着，不告诉人。安陆县有个善于占卜的人，张骋到他那儿去占一卦，占卜的人说："大不吉利。不是你一家的祸，天下将要发生战争，一郡之内，都要败亡。"张骋回到家里，牛又像人一样用后腿站立起来走路，百姓围聚拢来观看。

这年秋天，张昌造反，先侵占江夏郡，用汉祚复兴、有凤凰之瑞、圣人出世等流言欺骗百姓，从军的人都戴上红色抹额，以彰明火德的祥瑞。百姓处于大动荡中，追随作乱者就像回家似的，张骋兄弟都做到将军都尉。没多久，张昌失败了。于是一郡破残，死伤过半，张骋的家也被灭族。京房《易妖》说："牛能说话，照它所说的占吉凶。"

败 屩 聚 道

元康、太安之间，江淮之域有败屩自聚于道，多者至四五十量。人或散去之，投林草中。明日视之，悉复如故。或云见狸衔而聚之。世之所说："屩者，人之贱服，而当劳辱，下民之象也。败者，疲弊之象也。道者，地理四方所以交通，王命所由往来也。今败屩聚于道者，象下民疲病，将相聚为乱，绝四方而壅王命也。"

【译文】

晋惠帝元康、太安之间，在江淮一带，有破草鞋自行聚集在道路上，多的达四五十双。有人把它散开，投在林间草丛中，第二天去看，又都聚集在路上了。有人说，看见是野猫衔了聚在一起的。当时人们说：草鞋是一种卑贱的东西，是劳作役使的时候穿的，象征下民。破的草鞋，是下民疲弊的象征。道路，是地上的条理，四方靠着它得以交通，王命通过它得以往来。如今破草鞋聚集在道路上，象征下民疲病，将要相聚作乱，隔绝四方，阻塞王命。

戟锋火

晋惠帝永兴元年，成都王之攻长沙也，反军于邺，内外陈兵。是夜，戟锋皆有火光，遥望如悬烛，就视则亡焉。其后终以败亡。

【译文】

晋惠帝永兴元年，成都王司马颖攻长沙，还军到邺县，在城内外都布下了军阵。这一夜，戟锋都有火光，遥望好像挂烛，走近一看就没有了。这以后，司马颖终于因失败而灭亡。

万详婢

晋怀帝永嘉元年，吴郡吴县万详婢生一子，鸟头，两足马蹄，一手无毛，尾黄色，大如碗。

【译文】

晋怀帝永嘉元年，吴郡吴县万详家的婢女生下一个孩子，鸟头，两只脚好像马蹄，一只手，没有毛，有一根黄色尾巴，像碗一样大。

婢产异物

永嘉五年，抱罕令严根婢产一龙、一女、一鹅。京房《易传》曰："人生他物，非人所见者，皆为天下大兵。”时帝承惠帝之后，四海沸腾，寻而陷于平阳，为逆胡所害。

【译文】

永嘉五年，枹罕县县令严根家的婢女生下一条龙，一个女孩，一头鹅。京房《易传》说：“人生下其他物种，不是人们所常见的，都是天下要有大的战争的征兆。”当时晋怀帝承惠帝之后，四海不得太平，不久他就被俘虏到平阳，为叛逆的匈奴军所杀害。

狗作人言

永嘉五年，吴郡嘉兴张林家有狗，忽作人言云：“天下人俱饿死。”于是果有二胡之乱，天下饥荒焉。

【译文】

永嘉五年，吴郡嘉兴县张林家中，有条狗忽然说起人话来：“天下人都要饿死。”后来果然有二胡之乱，各地都闹饥荒。

蝘鼠

永嘉五年十一月，有蝘鼠出延陵。郭璞筮之，遇“临”之“益”，曰：“此郡之东县，当有妖人欲称制者，寻亦自死矣。”

【译文】

永嘉五年十一月，延陵出现了蝘鼠。郭璞占了一筮，遇到“临”之“益”卦。他说：“吴郡东部的县里，要有妖人称帝。用不了多久，他也就自己死亡了。”

徐馥作乱

永嘉六年正月，无锡县欻有四枝茱萸树相樛而生，状若连理。先是，郭璞筮延陵蝘鼠，遇“临”之“益”，曰：“后当复有妖树生，若瑞而非，辛螫之木也。倘有此，东西数百里必有作逆者。”及此生木，其后吴兴徐馥作乱，杀太守袁琇。

【译文】

永嘉六年正月，无锡县忽然有四棵茱萸树互相绞结在一起生长出来，形状好像连理树。在此之前，郭璞在延陵对蝘鼠占了一筮，遇到“临”之“益”卦，说：“以后会再生出妖树来，好像是祥瑞，实际上不是，而是长刺人的毒虫的树。如果生出了这样的树，东西几百里间，必定有造反的。”等到生出这四棵茱萸树，后来吴兴徐馥果然制造暴乱，杀死了太守袁琇。

豕生人两头

永嘉中，寿春城内有豕生人，两头，而不活。周馥取而观之。识者云：“豕，北方畜，胡、狄象。两头者，无上也。生而死，不遂也。天戒若曰：‘易生专利之谋，将自致倾覆也。’”俄为元帝所败。

【译文】

永嘉年间，寿春城内有一头猪生了个人，两个头，没活下来。

周馥把他拿来看。有识之士说："猪是北方的牲畜，是胡、狄的象征。两个头，是有人不把皇上放在眼里。生下来就死，是他的目的实现不了。天好像在警戒说：轻率地产生专权擅利的图谋，将要自己招致倾覆。"不久，周馥就被晋元帝打败了。

生笺单衣

永嘉中，士大夫竞服生笺单衣。识者怪之，曰："此古缌衰之布，诸侯所以服天子也。今无故服之，殆有应乎?"其后怀、愍晏驾。

【译文】

永嘉年间，士大夫争相穿着生笺布做的单衣。有识之士对此感到奇怪，说："这是古代做丧服的布，诸侯用来吊唁天子穿的。如今无缘无故穿起来；恐怕有什么不祥之兆吧?"后来晋怀帝、晋愍帝相继死亡。

无颜帢

昔魏武军中，无故作白帢，此缟素凶丧之征也。初，横缝其前以别后，名之曰"颜帢"，传行之。至永嘉之间，稍去其缝，名"无颜帢"。而妇人束发，其缓弥甚，紒之坚不能自立，发被于额，目出而已。无颜者，愧之言也。覆额者，惭之貌也。其缓弥甚者，言天下亡礼与义，放纵情性，及其终极，至于大耻也。其后二年，永嘉之乱，四海分崩，下人悲难，无颜以生焉。

【译文】

从前曹操的部队里无缘无故做了白便帽戴。穿白是不吉利、死亡的象征。起初，前面横着缝一块布，与后面相区别，前面覆额的部分就叫“颜”。到永嘉年间，把前面横缝的一块布去掉了，叫做“无颜帢”。妇女束发，十分松散，发髻不能牢固地耸立在头上，头发披在额上，只露出眼睛罢了。“无颜”，可以解释作惭愧。头发披在额上，也正是惭愧的模样。十分松散，象征着天下丧失了礼与义，放纵情性，待到最后，就到了大耻大辱的地步。这以后二年，发生了永嘉之乱，四海之内，分崩离析，下层的民众悲痛艰难，无颜再活下去了。

任乔妻

晋愍帝建兴四年，西都倾覆，元皇帝始为晋王，四海宅心。其年十月二十二日，新蔡县吏任乔妻胡氏，年二十五，产二女，相向，腹心合，自腰以上，脐以上，各分。此盖天下未一之妖也。时内史吕会上言：“按《瑞应图》云：‘异根同体，谓之连理；异亩同颖，谓之嘉禾。’草木之属，犹以为瑞，今二人同心，天垂灵象，故《易》云：‘二人同心，其利断金。’休显见生于陕东之国，盖四海同心之瑞。不胜喜跃，谨画图上。”时有识者哂之。

君子曰：“知之难也。以臧文仲之才，犹祀爰居焉。布在方册，千载不忘。故士不可以不学。古人有言：‘木无枝谓之瘣，人不学谓之瞽。’当其所蔽，盖阙如也。可不勉乎！”

【译文】

晋愍帝建兴四年，洛阳陷落，元帝开始即晋帝位，四海归心。那一年十月二十二日，新蔡县县吏任乔的妻子胡氏，二十五岁，生下两个女婴，面对面，心腹部连体，腰以上，脐以下，各自分开。这是天下没有统一的妖象。当时内史吕会上书说："据《瑞应图》说：'树连根同体，称之为连理；谷异株同穗，称之为嘉禾。'草木之类，尚且以为祥瑞，如今两人同心，是天降下灵象，所以《易经》说：'二人同心，其利断金。'喜庆显现在陈东地方，是四海同心的好兆头。臣子不胜欣喜欢跃，谨把连体婴儿画图呈上。"当时有识之士都嘲笑他。

君子说："明白事理是难的。以臧文仲的才干，尚且祭祀海鸟，做了无知的事，记载在《国语》上，千载不忘。所以身为读书人，不可以不学习。古人有话说：'树没有枝桠称之为病木，人不学习称之为睁眼瞎。'当人受到蒙蔽，就是他缺少知识的时候。能不努力么！"

淳于伯

晋元帝建武元年六月，扬州大旱。十二月，河东地震。去年十二月，斩督运令史淳于伯，血逆流，上柱二丈三尺，旋复下流四尺五寸。是时淳于伯冤死，遂频旱三年。刑罚妄加，群阴不附，则阳气胜之。罚又冤气之应也。

【译文】

晋元帝建武元年六月，扬州大旱。十二月，河东地震。在这前一年，斩杀了督运令史淳于伯，鲜血倒流，直溅到柱上二丈三尺处，随即又淌下四尺五寸。当时淳于伯冤死，连旱三年。妄加刑罚，使群阴不来依附，阳气就盛，所以要旱。罚又是冤气的征兆。

牛生子二首

晋元帝建武元年七月，晋陵东门有牛生犊，一体两头。京房《易传》曰：“牛生子，二首一身，天下将分之象也。”

【译文】

晋元帝建武元年七月，晋陵东门有一头牛生下小牛犊，一个身体两个头。京房《易传》说：“牛生犊子，两头一身，是天下将要分裂的象征。”

地震涌水

元帝太兴元年四月，西平地震，涌水出。十二月，庐陵、豫章、武昌、西陵地震，涌水出，山崩。此王敦陵上之应也。

【译文】

晋元帝太兴元年四月，西平地震，有水向上喷出。十二月，庐陵、豫章、武昌、西陵地震，有水向上喷出，山崩塌。这是王敦欺凌皇上的兆应。

一足三尾牛

太兴元年三月，武昌太守王谅有牛生子，两头八足，两尾共一腹。不能自生，十余人以绳引之。子死，母活。其三年，后苑中有牛生子，一足三尾，生而即死。

【译文】

太兴元年三月，武昌太守王谅有一头牛生下牛犊，两个头，八条腿，两根尾巴，合一个身子。母牛难产，十几个人用绳把犊子拉出来，犊子死了，母牛活下来。太兴三年，后苑中有头牛生下牛犊，一条腿，三根尾巴，生下就死了。

驹两头

太兴二年，丹阳郡吏濮阳演马生驹，两头，自项前别，生而死。此政在私门，二头之象也。其后王敦陵上。

【译文】

太兴二年，丹阳郡吏濮阳演家里的马生下马驹子，两个头，从颈项前分开来，生下就死了。这是政事受到权豪之家专断，两个首脑的象征。这以后就有王敦欺凌皇上的事。

太兴初女子

太兴初，有女子其阴在腹，当脐下。自中国来至江东，其性淫而不产。又有女子，阴在首，居在扬州，亦性好淫。京房《易妖》曰："人生子，阴在首，则天下大乱；若在腹，则天下有事；若在背，则天下无后。"

【译文】

太兴初年，有个女子，阴户长在肚子上，正当脐下。从中原来到江东，性格淫荡，却不生孩子。还有个女子，阴户长在头上，住在扬州，也性格淫荡。京房《易妖》说："人生下女孩，阴户在头上，则天下大乱；如果在肚子上，则天下有事故；如果在背上，则天下没有后继者。"

武昌火

太兴中，王敦镇武昌，武昌灾，火起。兴众救之，救于此而发于彼，东西南北数十处俱应，数日不绝。旧说所谓"滥灾妄起，虽兴师不能救之"之谓也。此臣而行君，亢阳失节。是时王敦陵上，有无君之心，故灾也。

【译文】

太兴年间，王敦镇守武昌，一次起火，发动大家救火，救了这里，烧到那里，东南西北几十个地方都出现火情，几天不断。旧时的说法："滥灾妄起，虽兴师不能救。"就是说的这情况。这是臣子施行君王的职责，亢阳失去了节制。当时王敦欺凌皇上，心里没有君王，所以出现了火灾。

绛囊缚紒

太兴中，兵士以绛囊缚紒。识者曰："紒在首为乾，君道也。囊者为坤，臣道也。今以朱囊缚紒，臣道侵君之象也。"为衣者，上带短，才至于掖；着帽者，又以带缚项：下逼上，上无地也。为袴者，直幅为口，无杀，下大之象也。寻而王敦谋逆，再攻京师。

【译文】

太兴年间，兵士用红色的布袋缚住发髻。有见识的人说："髻在头上，八卦中属于乾，象征君道。布袋在八卦中属于坤，象征臣道。如今用红袋缚髻，象征臣道侵君。"当时做的衣服，上面带短，才到腋部；戴的帽子，又用带缚住头颈：这是下逼上，上没有地位的象征。做的裤子，直统裤口，不缩小，这是下边大的象征。不久王敦图谋不轨，再次进攻京师。

仪仗生花

太兴四年，王敦在武昌，铃下仪仗生花，如莲花，五六日而萎落。说曰："《易》说：'枯杨生花，何可久也？'今狂花生枯木，又在铃阁之间，言威仪之富，荣华之盛，皆如狂花之发，不可久也。"其后王敦终以逆命，加戮其尸。

【译文】

太兴四年，王敦在武昌，檐铃下仪仗生花，好像莲花，五六天就萎落了。有人解释说："《易经》说：'枯杨生花，怎么能长久呢？'如今枯木上生长出疯狂的花，又在将帅居地，是说威仪之富，荣华之盛，都像狂花之发，不可能长久的。"这以后王敦终于因为谋反而被戮尸。

长柄羽扇

旧为羽扇柄者，刻木象其骨形，列羽用十，取全数也。初，王敦南征，始改为长柄，下出可捉，而减其羽，用八。识者尤之曰："夫羽扇，翼之名也。创为长柄，将执其柄，以制其羽翼也；改十为八，将未备夺已备也。此殆敦之擅权，以制朝廷之柄，又将以无德之材，欲窃非据也。"

【译文】

过去做羽扇柄的，把木头刻成鸟骨的形状，排列十根羽毛，取一个全数。当初王敦南征，才开始改为长柄，下面的柄可以握住，把羽毛的数目减少，用八根。有见识的人责怪说："羽扇，这名字有羽翼的意思。创造出用长柄，是要执仗权柄，来制服羽翼。把十根改为八根，是要拿不完备的夺取完备的。这恐怕是王敦擅权，控制朝廷的权柄，又想以无德之身，来窃取不是他应该占有的东西。"

武昌大蛇

晋明帝太宁初，武昌有大蛇，常居故神祠空树中，每出头从人受食。京房《易传》曰："蛇见于邑，不出三年，有大兵，国有大忧。"寻有王敦之逆。

【译文】

晋明帝太宁初年，武昌有一条大蛇，常盘踞在旧神庙的树洞中。常常探出头来，接受人们喂的食物。京房《易传》说："蛇出现在城邑中，不出三年，有大的战事，国家有大的忧患。"不久，就有王敦的谋逆。

卷　八

舜手握褒

虞舜耕于历山，得玉历于河际之岩。舜知天命在己，体道不倦。舜龙颜大口，手握褒。宋均注曰：“握褒，手中有‘褒’字。喻从劳苦，受褒饬，致大祚也。”

【译文】

虞舜在历山耕种，从河边的岩石里得到了一本玉历。舜知道天命降在自己身上，不倦地体察天道。相传舜额头像龙，大嘴，手握褒。宋均解释道：“握褒，就是手心里有个‘褒’字。这是说他出身劳苦，受到赞扬，得到了大位。”

汤　祷　雨

汤既克夏，大旱七年，洛川竭。汤乃以身祷于桑林，剪其爪发，自以为牺牲，祈福于上帝。于是大雨即至，洽于四海。

【译文】

商汤战胜了夏桀以后，大旱七年，洛水都干涸了。商汤就亲身在桑林里向天祈祷，剪下了自己的指甲和头发，把自己当作祭神的牺牲，向上帝求福。于是大雨立刻就到，四海都得到霑润。

吕　望

吕望钓于渭阳，文王出游猎。占曰：“今日猎得一兽，非龙非螭，非熊非罴，合得帝王师。”果得太公于渭之阳。与语，大悦，同车载而还。

【译文】

吕望在渭水北岸垂钓。周文王外出游猎，他占了一筮，说：“今天猎得一兽，不是龙，不是螭，不是熊，不是罴。该当得到帝王之师。”果然在渭水北岸得到了姜太公。与他谈话，大为愉快，把他同车载了回来。

武　王

武王伐纣，至河上。雨甚，疾雷晦冥，扬波于河。众甚惧，武王曰：“余在，天下谁敢干余者！”风波立济。

【译文】

周武王伐纣，到了黄河上。雨下得猛，霹雳交加，天色昏暗，黄河起了大浪。大家很害怕，武王说：“有我在，天下谁敢触犯我！”风浪立刻就停了。

孔子梦

鲁哀公十四年，孔子夜梦三槐之间，丰、沛之邦，有赤氤气起，乃呼颜回、子夏同往观之。驱车到楚西北范氏街，见刍儿打麟，伤其左前足，束薪而覆之。孔子曰："儿来，汝姓为谁？"儿曰："吾姓为赤松，名时乔，字受纪。"孔子曰："汝岂有所见乎？"儿曰："吾所见一禽，如麕，羊头，头上有角，其末有肉，方以是西走。"孔子曰："天下已有主也，为赤刘，陈、项为辅。五星入井，从岁星。"儿发薪下麟，示孔子，孔子趋而往。麟向孔子，蒙其耳，吐三卷图，广三寸，长八寸，每卷二十四字。其言："赤刘当起日周亡。赤气起，火耀兴，玄丘制命，帝卯金。"

【译文】

鲁哀公十四年，孔子夜间梦见三棵槐树之间，沛县丰邑之地，有赤色云气升起，就叫了颜回、子夏一起前去观看。驱车到楚地西北范氏街，看见一个割草的孩子打到一只麒麟，伤了它的左前腿，用一捆柴草盖住它。孔子说："孩子你来，你姓什么？"那孩子说："我姓赤松，名时乔，字受纪。"孔子说："你莫非看见了什么？"孩子说："我看见一只野兽，好像獐，羊头，头上有角，角的末端有肉，正在向西奔跑。"孔子说："天下已经有主了，是赤刘。姓陈的、姓项的是他的助手。金、木、水、火、土五颗行星进入了井宿，跟随着木星。"孩子掀开柴草，把受伤的麒麟给孔子看。孔子快步上前，那麒麟向孔子贴紧了耳朵，吐出三卷图书来，阔三寸，长三寸，每卷二十四个字。上面写着："赤刘当起日周亡。赤气起，火耀兴，玄丘制命，帝卯金。"

赤虹化玉

孔子修《春秋》，制《孝经》，既成，斋戒，向北辰而拜，告备于天。天乃洪郁起白雾，摩地，赤虹自上而下，化为黄玉，长三尺，上有刻文。孔子跪受而读之，曰："宝文出，刘季握。卯金刀，在轸北。字禾子，天下服。"

【译文】

孔子撰写《春秋》，著作《孝经》，完成以后，沐浴更衣，整洁心身，向北极星跪拜，报告上天。天就广布白色的浓雾，迫近地面，一道赤虹，自上而下，化为黄玉，长三尺，上面刻着字。孔子跪着接受，读道："宝文出，刘季握。卯金刀，在轸北。字禾子，天下服。"

陈　仓　祠

秦穆公时，陈仓人掘地得物，若羊非羊，若猪非猪。牵以献穆公，道逢二童子。童子曰："此名为媪，常在地食死人脑。若欲杀之，以柏插其首。"媪曰："彼二童子名为陈宝，得雄者王，得雌者伯。"陈仓人舍媪，逐二童子。童子化为雉，飞入平林。陈仓人告穆公，穆公发徒大猎，果得其雌。又化为石，置之汧、渭之间。至文公时，为立祠名陈宝。其雄者飞至南阳，今南阳雉县是其地也。秦欲表其符，故以名县。每陈仓祠时，有赤光长十余丈，从雉县来，入陈仓祠中，有声殷殷如雄雉。其后光武起于南阳。

【译文】

秦穆公的时候，陈仓有个人掘地得到一个动物，似羊非羊，似猪非猪。就牵着它献给穆公。路上遇见两个童子，童子说："这东西名叫媪，常在地底下吃死人的脑子。如果要杀死它，用柏树枝插在它头上就行了。"媪说道："那两个童子名叫陈宝，得到雄的可以做王，得到雌的也可以称霸。"陈仓人就丢下媪，去追两个童子。童子化为雉，飞进了林中。陈仓人报告了秦穆公，穆公发兵大事围猎，结果得到一只雌的，又变化成一块石头。就把它放在汧水、渭水之间，到文公时，为它建立了陈宝庙。那只雄的飞到南阳，如今南阳郡的雉县就是那地方。秦国想宣扬它的瑞应，所以给县这样命名。每当陈仓庙祭祀时，有赤光长十几丈，从雉县飞来，进入陈仓庙中，发出殷殷的声音，好像雄雉啼鸣。以后，汉光武帝就是在南阳起事的。

邢史子臣

宋大夫邢史子臣明于天道。周敬王之三十七年，景公问曰："天道其何祥？"对曰："后五十年，五月丁亥，臣将死。死后五年，五月丁卯，吴将亡。亡后五年，君将终。终后四百年，邾王天下。"俄而皆如其言。所云"邾王天下"者，谓魏之兴也。邾，曹姓，魏亦曹姓，皆邾之后。其年数则错。未知邢史失其数耶？将年代久远，注记者传而有谬也？

【译文】

宋国大夫邢史子臣对于天道很明白。周敬王三十七年，宋景公问他："天道有些什么预兆？"邢史子臣回答说："五十年以后，五月丁亥日，我将要去世。我去世以后五年，五月丁卯日，吴国将要灭亡。吴国灭亡以后五年，您将要去世。您去世以后四百年，邾国将要称王天下。"后来都像他所说的那样。所谓"邾国要称王天下"，是说三国时的魏国要兴起。邾国，姓曹；魏国也姓曹，是邾国的后人。他说的年数却错了。不知是邢史子臣失算了，还是年代久远，记录这件事的人传说有错。

荧惑星

吴以草创之国，信不坚固，边屯守将，皆质其妻子，名曰“保质”。童子少年，以类相与娱游者，日有十数。

孙休永安二年三月，有一异儿，长四尺余，年可六七岁，衣青衣，忽来从群儿戏。诸儿莫之识也，皆问曰：“尔谁家小儿，今日忽来?”答曰：“见尔群戏乐，故来耳。”详而视之，眼有光芒，爚爚外射。诸儿畏之，重问其故，儿乃答曰：“尔恐我乎？我非人也，乃荧惑星也。将有以告尔：三公归于司马。”诸儿大惊。或走告大人，大人驰往观之。儿曰：“舍尔去乎!”耸身而跃，即以化矣。仰而视之，若曳一匹练以登天。大人来者，犹及见焉。飘飘渐高，有顷而没。时吴政峻急，莫敢宣也。后四年而蜀亡，六年而魏废，二十一年而吴平。是归于司马也。

【译文】

三国时吴国初建的时候，威信还不牢固，边防守将，都把妻子、儿女作为人质，名叫“保质”。儿童少年，同样身份在一起娱乐游戏的，每天有十来个。

孙休永安二年三月，有一个与众不同的孩子，长四尺有余，年龄大约六七岁，穿青衣，忽然前来与众儿童一起玩，众儿童不认识他，都问道：“你是谁家的小孩，今天忽然到这儿来?”那孩子回答道：“我看见你们一起玩得很快活，所以也来了。”大家仔细端详他，只见他眼睛里有光芒，烨烨外射。众儿童怕他，重新又问他从哪儿来，那孩子就回答说：“你们怕我吗？我不是人，是荧惑星。我有点事要告诉你们：三公将要锄掉，司马氏将要如意。”众儿童大惊，有的就跑去告诉大人。大人急忙赶去观看，那孩子说：“我要离开你们走了！”耸身一跳，人就不见了。仰头看时，好像一匹白色的熟绢飘曳着上天而去。大人来的，还赶上看到。渐飘渐高，过了一会儿就消失了。当时吴国施政很严，没有人敢声张。四年后蜀国亡，六年后魏国皇位废止，二十一年后吴国被扫平，天下归于司马氏。

戴　洋

都水马武举戴洋为都水令史。洋请急还乡。将赴洛，梦神人谓之曰：“洛中当败，人尽南渡。后五年，扬州必有天子。”洋信之，遂不去。既而皆如其梦。

【译文】

都水使者马武，推荐戴洋任都水令史。戴洋请假回乡，将到洛阳，梦见神人对他说：“洛阳城就要沦陷，人都要南渡长江，五年以后，扬州一定会出一个皇帝。”戴洋相信这个梦，就不到洛阳去。后来一切都像他梦中所听说的一样。

卷　九

应　妪

后汉中兴初，汝南有应妪者，生四子而寡。见神光照社。妪见光，以问卜人。卜人曰："此天祥也，子孙其兴乎？"乃探得黄金。自是子孙宦学，并有才名。至玚，七世通显。

【译文】

后汉中兴之初，汝南郡有个应老太，生了四个儿子后成了寡妇，白昼看见神光照在土地庙上。老太看到光以后，去问占卜的人。占卜的人说："这是上天降给你的祥瑞，你的子孙恐怕要兴旺了。"后来她寻找到了黄金。从此子孙读书做官，都有才名。到应玚，七世都通达显贵。

冯　绲

车骑将军巴郡冯绲，字鸿卿。初为议郎，发绶笥，有二赤蛇，可长二尺，分南北走，大用忧怖。许季山孙宪，字宁方，得其先人秘要。绲请使卜。云："此吉祥也。君后三岁当为边将，东北四五千里，官以东为名。"后五年，从大将军南征。居无何，拜尚书郎、辽东太守、南征将军。

【译文】

车骑将军巴郡人冯绲，字鸿卿，开始任议郎时，打开放绶带的竹盒，有两条赤蛇，大约二尺长，分头向南北游走了。冯绲为此大为忧虑害怕。许季山的孙子许宪，字宁方，得到祖上的秘传，冯绲请他卜一卦。许宪说："这是吉利的兆头。你三年后要当边将，东北四五千里土地归你管辖，你的官名中有个'东'字。"五年以后，冯绲随大将军南征，不多久，官拜为尚书郎、辽东太守、征南将军。

张　颢

常山张颢为梁相。天新雨后，有鸟如山鹊，飞翔入市，忽然坠地。人争取之，化为圆石。颢椎破之，得一金印，文曰"忠孝侯印"。颢以上闻，藏之秘府。后议郎汝南樊衡夷上言："尧舜时旧有此官，今天降印，宜可复置。"颢后官至太尉。

【译文】

常山张颢，任梁相。有一天，刚下过雨，有一只好像山鹊一般的鸟，飞翔到市内，忽然坠落在地上，人们争着去捉它，它变成了一块圆石。张颢把圆石拿来，用椎击破，里面有颗金印，上面有"忠孝侯印"几个字。张颢把这件事报告上去，金印收藏在皇宫秘府里。后来议郎汝南樊衡夷向皇帝说："从前尧舜的时候有过这个官，如今天降金印，应该重新设置。"张颢后来官做到太尉。

张氏钩

京兆长安有张氏，独处一室。有鸠自外入，止于床。张氏祝曰："鸠来。为我祸也，飞上承尘；为我福也，即入我怀。"鸠飞入怀。以手探之，则不知鸠之所在，而得一金钩，遂宝之。自是子孙渐富，资财万倍。蜀贾至长安，闻之，乃厚赂婢。婢窃钩与贾。张氏既失钩，渐渐衰耗。而蜀贾亦数罹穷厄，不为己利。或告之曰："天命也，不可力求。"于是赍钩以反张氏，张氏复昌。故关西称"张氏传钩"云。

【译文】

京兆长安，有个姓张的人，一天，独处一室时，有只鸠鸟从外面飞进来，停在床上。姓张的祝告说："鸠鸟飞来，如果因为我有祸事，就飞到天花板上；如果因为我有福事，就飞到我怀中来。"鸠鸟飞进了他的怀中。他用手去摸，鸠鸟已经不知踪影了，只得到一枚金钩。姓张的就把金钩宝藏起来。从此，张家子孙渐渐富起来，资财是原先的万倍。四川一商人来到长安，听说这件事，就用重金贿赂张家婢女，婢女就把金钩偷出来给了商人。张家失了金钩，家产渐渐耗尽。而四川商人也屡次遭到坏运，并未因为有了金钩而得利。有人告诉他："这是天命，不可力求。"他于是把金钩还给了张家，张家重新昌盛起来。所以关西一带，都盛称张家传钩。

何比干

汉征和三年三月，天大雨，何比干在家，日中，梦贵客车骑满门。觉以语妻。语未已，而门有老妪，可八十余，头白，求寄避雨。雨甚而衣不沾渍。雨止，送至门。乃谓比干曰："公有阴德，今天锡君策，以广公之子孙。"因出怀中符策，状如简，长九寸，凡九百九十枚，以授比干，曰："子孙佩印绶者，当如此算。"

【译文】

汉武帝征和三年三月，下大雨。何比干在家里，中午时分，梦见贵客车骑满门。醒来对妻子说。话还没说完，门外有个老太，大约八十多岁，头发都白了，要求寄身避雨。雨很大，可是她衣服上一点也没沾湿。雨停以后，何比干送她到门外，她就对何比干说："你积了阴德，如今上天赐给你命官授爵的策书，使你的子孙繁衍昌盛。"说着拿出怀中的符策，形状好像书简，九寸长，共有九百九十枚，交给何比干，说："你的子孙佩印绶做官的，该有这个数目。"

魏　舒

魏舒，字阳元，任城樊人也。少孤。尝诣野王，主人妻夜产，俄而闻车马之声，相问曰："男也？女也？"曰："男。""书之，十五以兵死。"复问："寝者为谁？"曰："魏公。"舒后十五载，诣主人，问所生儿何在。曰："因条桑，为斧伤而死。"舒自知当为公矣。

【译文】

魏舒字阳元，是任城县樊邑人。从小死了父亲。曾经到野王县去，所住处的主人的妻子夜间生产。不一会儿魏舒听到门外车马的声音，有人在问："是男？是女？"有人回答："是男。""写下来：十五岁因为碰上武器而死。"接着又问："睡在那儿的是谁？"回答说："魏公。"十五年后，魏舒又到野王县主人家去，问当年所生的男孩在哪儿，主人说："因为采桑叶，被斧砍伤，死了。"魏舒就知道自己要做到三公了。

鹏鸟赋

贾谊为长沙王太傅，四月庚子日，有鹏鸟飞入其舍，止于坐隅，良久乃去。谊发书占之，曰："野鸟入室，主人将去。"谊忌之，故作《鹏鸟赋》，齐死生而等祸福，以致命定志焉。

【译文】

贾谊任长沙王的太傅，四月庚子日，有一只鹏鸟，俗称猫头鹰，飞到他的房间里，停在他坐的地方，好久才飞走。贾谊翻书占卜，书上说："野鸟入室，主人将去。"贾谊很忌讳，所以作了一篇《鹏鸟赋》，把生死、祸福看成没有什么分别，以此表达舍命定志的决心。

翟宣

王莽居摄。东郡太守翟义知其将篡汉，谋举义兵。兄宣，教授，诸生满堂。群鹅雁数十在中庭，有狗从外入，啮之，皆死。惊救之，皆断头。狗走出门，求不知处。宣大恶之。数日，莽夷其三族。

【译文】

王莽摄政，东郡太守翟义知道他将要篡夺汉帝之位，计划举义兵讨伐他。翟义的哥哥翟宣，是个教书的，学生满堂。有一群鹅，有几十只，在庭院中。忽然有条狗从外面进来，把鹅都咬死了。翟宣很吃惊，急忙去救，鹅的头都已咬断。狗跑出门外，找也找不着。翟宣觉得真倒霉极了。几天以后，王莽杀戮了翟家的三族。

公 孙 渊

魏司马太傅懿平公孙渊，斩渊父子。先时，渊家数有怪，一犬着冠帻绛衣上屋，欻有一儿蒸死甑中。襄平北市生肉，长围各数尺，有头目口喙，无手足而动摇。占者曰："有形不成，有体无声，其国灭亡。"

【译文】

三国魏太傅司马懿平定了公孙渊，杀了公孙渊父子。在这之前，公孙渊家屡次出现怪事，一只狗戴了帽子穿了红衣上屋，忽然有一个小孩蒸死在甑里。襄平县北市发现一块肉，长、周围各有数尺，有头，有眼，有嘴，没有手脚，会自己摇动。占卜的人说："有形不成，有体无声，其国灭亡。"

诸 葛 恪

吴诸葛恪征淮南归，将朝会之夜，精爽扰动，通夕不寐。严毕趋出，犬衔引其衣。恪曰："犬不欲我行耶！"出仍入坐。少顷复起，犬又衔衣，恪令从者逐之。及入，果被杀。

其妻在室，语使婢曰："尔何故血臭?"婢曰："不也。"有顷，愈剧。又问婢曰："汝眼目瞻视，何以不常?"婢蹶然起跃，头至于栋，攘臂切齿而言曰："诸葛公乃为孙峻所杀。"于是大小知恪死矣，而吏兵寻至。

【译文】

三国吴诸葛恪出征淮南，班师回京。将要上朝那一夜，只觉得心绪不宁，通宵没睡着。夜间戒严结束以后，他快步外出，狗咬他的衣襟把他拉住。诸葛恪说："狗不让我走啊。"出去了仍然进来坐下。过了一会儿又起身，狗还是衔住他衣服，诸葛恪叫随从人员把狗赶开。等他进了朝廷，果然被杀了。

他的妻子在内室，对婢女说："你身上为什么有血腥臭?"婢女说："没有啊。"过了一会，血腥气更重了，又问婢女说："你眼睛看东西，为什么跟平常不一样?"婢女突然跳起来，头碰到了栋梁，捋衣出臂，咬牙切齿地说："诸葛公竟然被孙峻所杀。"于是家中大小都知道诸葛恪死了。很快，捉拿他们的官吏兵卒也到了。

邓　喜

吴戍将邓喜，杀猪祠神，治毕悬之。忽见一人头，往食肉。喜引弓射，中之，咋咋作声，绕屋三日。后人白喜谋叛，合门被诛。

【译文】

三国吴的戍边将领邓喜，杀猪祭神，猪杀好以后，挂在那里。忽然看见一颗人头前去吃肉。邓喜拉弓射它，中了，那颗头咋咋作声，在屋外绕了三天。后来，有人汇报邓喜谋叛，全家被杀。

贾　充

贾充伐吴时，常屯项城，军中忽失充所在。充帐下都督周勤时昼寝，梦见百余人录充，引入一径。勤惊觉，闻失充，乃出寻索。忽睹所梦之道，遂往求之，果见充。行至一府舍，侍卫甚盛，府公南面坐，声色甚厉，谓充曰："将乱吾家事者，必尔与荀勖。既惑吾子，又乱吾孙。间使任恺黜汝而不去，又使庾纯詈汝而不改。今吴寇当平，汝方表斩张华。汝之暗戆，皆此类也。若不悛慎，当旦夕加诛。"充因叩头流血。府公曰："汝所以延日月而名器若此者，是卫府之勋耳。终当使系嗣死于钟虡之间，大子毙于金酒之中，小子困于枯木之下。荀勖亦宜同，然其先德小浓，故在汝后。数世之外，国嗣亦替。"言毕命去。

充忽然得还营，颜色憔悴，性理昏错，经日乃复。至后，谧死于钟下，贾后服金酒而死，贾午考竟，用大杖终。皆如所言。

【译文】

贾充伐吴的时候，曾经屯兵在项城。军中忽然找不到贾充在哪儿。贾充部下有个都督叫周勤，当时白天睡着了，梦见一百多个人逮捕贾充，把他带进一条小路。周勤惊醒过来，听说贾充不见了，就出去寻找。忽然看到梦中的小路，就顺着小路去探寻，果然看到了贾充。他走到一处府第，侍卫人员很多，府第的主人朝南坐着，正声色俱厉地对贾充说："将要搅乱我们事业的，必定是你和荀勖。

你既蛊惑了我的儿子，又搞昏了我的孙子。近来我让任恺贬你你不去，又让庾纯骂你你也不改。如今吴寇该当平定，你却上表斩了张华。你的愚昧，都像这一类。如果不悔悟谨慎，早晚要诛杀了你。”贾充忙叩头不止，直至流血。主人又说：“你所以拖延了些日子而有这样的名气地位，是你卫护皇室有功劳罢了。你终究要使你的儿子死在钟架之间，大女儿死在金酒之中，小女儿死在枯木之下。荀勖也该相同。但是他祖上积德稍为多些，所以要在你之后。几代以后，国家的继承人也要改变了。”说完，叫他走。

贾充忽然回到营里，面容憔悴，神智昏乱，过了一天才恢复。到后来，贾谧死在钟下，贾后饮金酒而死，贾午在狱中受到拷问，被大杖打死，都像所说的一样。

庾　亮

庾亮，字文康，鄢陵人，镇荆州。登厕，忽见厕中一物，如方相，两眼尽赤，身有光耀，渐渐从土中出。乃攘臂以拳击之，应手有声，缩入地，因而寝疾。术士戴洋曰：“昔苏峻事，公于白石祠中祈福，许赛其牛，从来未解，故为此鬼所考。不可救也。”明年，亮果亡。

【译文】

庾亮字文康，是鄢陵人。他镇守荆州时，上厕所，忽然看见厕所中有个东西，模样像驱疫避邪的神道方相，两只眼睛全是红色的，身上有光芒闪射，渐渐从土中出来。庾亮就捋袖出臂，挥拳打去，应手有声，那东西就缩回到地里去了。庾亮因此病倒了。术士戴洋说：“从前苏峻造反的时候，你在白石庙中祈求福祐，曾许愿酬谢神杀一头牛，但你从来不曾还过愿，所以被这个鬼追究了，没法可以解救。”第二年，庾亮果然死了。

刘　宠

东阳刘宠，字道弘，居于湖熟。每夜，门庭自有血数升，不知所从来，如此三四。后宠为折冲将军，见遣北征。将行，而炊饭尽变为虫。其家人蒸炒，亦变为虫，其火愈猛，其虫愈壮。宠遂北征。军败于坛丘，为徐龛所杀。

【译文】

东阳刘宠，字通和，住在湖孰县。每天夜间，他家门庭无缘无故会出现几升血，不知从哪里来的。这样有三四次了。后来刘冲任折冲将军，被派北征。将要出发之际，烧的饭全都变成虫。他家里的人蒸砂糖，也变成虫。火越大，虫越粗。刘宠于是北征了，他的部队在坛丘吃了败仗，被徐龛所杀。

卷 十

和熹邓后

汉和熹邓皇后尝梦登梯以扪天，体荡荡正清滑，有若钟乳状，乃仰吸饮之。以讯诸占梦，言："尧梦攀天而上，汤梦及天舐之，斯皆圣王之前占也。吉不可言。"

【译文】

东汉的和熹邓皇后，曾经梦见登梯而上，抚摸到天，天体广大平坦，端正清滑，好像钟乳一般，就仰面吸饮它。醒来问占梦的，占梦的说："尧梦见攀天而上，商汤梦见碰到天舔它，这些都是过去圣王的梦兆，吉利得不能说了。"

孙坚夫人

孙坚夫人吴氏，孕而梦月入怀，已而生策。及权在孕，又梦日入怀。以告坚曰："妾昔怀策，梦月入怀；今又梦日，何也?"坚曰："日月者，阴阳之精，极贵之象。吾子孙其兴乎!"

【译文】

孙坚的夫人吴氏，怀孕时梦见月亮进入怀中，后来生下孙策。

到孙权在肚子里的时候，又梦见太阳进入怀中。她就告诉孙坚说："我以前怀着策儿的时候，梦见月亮进入怀中；如今又梦见太阳，是怎么回事啊?"孙坚说："太阳是阳之精，月亮是阴之精，都是极贵之像。我的子孙大概要兴旺了。"

禾三穗

汉蔡茂，字子礼，河内怀人也。初在广汉，梦坐大殿，极上有禾三穗。茂取之，得其中穗，辄复失之。以问主簿郭贺，贺曰："大殿者，官府之形象也；极而有禾，人臣之上禄也；取中穗，是中台之象也。于字，'禾'、'失'为'秩'，虽曰失之，乃所以禄也。衮职有阙，君其补之。"旬月而茂征焉。

【译文】

东汉蔡茂，字子礼，是河内郡怀县人。早先在广汉，梦见坐在大殿里，屋脊的栋梁上有三穗禾，蔡茂去拿，得到中间的一穗，一会儿又失去了。他把这个梦问主簿郭贺，郭贺说："大殿，是官府的形象。屋脊的栋上有禾，代表臣子的高级俸禄。拿到中间的一穗，是中台的象征。从字形来说，禾失合起来是个'秩'字，'秩'字的意思就是俸禄，虽说失去了禾，实际上正是得到俸禄。三公的职位如果有缺，你恐怕会补上去。"十天半月以后，蔡茂就被调去做京官了。

张车子

周擥啧者，贫而好道。夫妇夜耕，困息卧，梦天公过而哀之，敕外有以给与。司命按录籍云：“此人相贫，限不过此，惟有张车子应赐钱千万。车子未生，请以借之。”天公曰：“善。”曙觉，言之。于是夫妇戮力，昼夜治生，所为辄得，资至千万。

先时有张妪者，尝往周家佣赁，野合有身。月满当孕，便遣出外，驻车屋下，产得儿。主人往视，哀其孤寒，作粥糜食之，问：“当名汝儿作何?”妪曰：“今在车屋下而生，梦天告之，名为车子。”周乃悟曰：“吾昔梦从天换钱，外白以张车子钱贷我，必是子也。财当归之矣。”自是居日衰减。车子长大，富于周家。

【译文】

周犨啧这个人，贫而好道。夫妻两个夜间耕种，疲乏了，躺着休息，梦见天公经过，天公可怜他，下令额外给他一点什么。司命神翻开簿籍说：“这个人命里贫穷，注定不过如此了。只有张车子应该赐钱千万，张车子还没有生，建议先借给他。”天公说：“好吧。”天亮时醒来，他把梦对妻子说了。于是夫妻两个同心合力，日夜干活，做什么事都得到收获，逐渐家产多达千万。

原先有个张婆，曾到周家做佣工，与人野合，有了身孕，产期到了，要生了，便打发她到外边去，住在车房里，生下了一个孩子。主人前去探视，可怜她孤苦伶仃，做了稀饭给她吃。问她：“你的儿子要起什么名字呢?”张婆说：“如今他生在车房里，我梦见天公告之，给他起名车子。”周犨啧这才明白：“我以前梦见从天公那里换钱，另外告诉过用张车子的钱借给我，张车子一定是这个孩子了。我的财产要归属于他了。”从此，周家储存一天天减少。张车子长大以后，比周家还富。

审 雨 堂

夏阳卢汾，字士济，梦入蚁穴，见堂宇三间，势甚危豁。题其额曰“审雨堂”。

【译文】

夏阳县卢汾，字士济，做梦进入蚁穴，看见堂屋有三间，态势很是高大。他就题了一块匾额，名叫“审雨堂”。

火 浣 衫

吴选曹令史刘卓病笃，梦见一人，以白越单衫与之，言曰：“汝着衫污，火烧便洁也。”卓觉，果有衫在侧，污辄火浣之。

【译文】

三国吴有个选曹令史，叫刘卓，病得很重，梦见一个人，把一件白越布做的单衫给他，说道：“这件衣服你穿脏了，放在火里一烧就干净了。”刘卓醒来，果然有一件单衫在身边。穿脏了，就放在火里洗。

刘 雅

淮南书佐刘雅，梦见青蜥蜴从屋落其腹内，因苦腹痛病。

【译文】

淮南书佐刘雅，梦见一只青蜥蜴，从屋上落到他腹中。从此他就为腹痛病所苦。

张 奂 妻

后汉张奂为武威太守。其妻梦带奂印绶，登楼而歌。觉以告奂。奂令占之，曰："夫人方生男，后临此郡，命终此楼。"后生子猛。建安中，果为武威太守。杀刺史邯郸商。州兵围急，猛耻见擒，乃登楼自焚而死。

【译文】

东汉张奂任武威太守。他的妻子梦见自己带着丈夫的印绶登楼唱歌。醒来把梦告诉了张奂。张奂叫人占卜，占卜的人说："夫人正好要生个男孩，这孩子以后要统管这个郡，命终在这座楼上。"后来生下的儿子名叫张猛，建安年间，果然做了武威太守。他杀死了刺史邯郸商，州兵把他团团围困，他耻于被擒，就登楼自焚而死。

灵 帝 梦

汉灵帝梦见桓帝怒曰："宋皇后有何罪过，而听用邪孽，使绝其命？勃海王悝既已自贬，又受诛毙。今宋氏及悝，自诉于天，上帝震怒，罪在难救。"梦殊明察。帝既觉而恐，寻亦崩。

【译文】

汉灵帝梦见汉桓帝怒容满面地说："宋皇后有什么罪过，你却听信奸邪，使她断送了性命？渤海王刘悝既然已经自贬，又受到你的诛杀。如今宋氏和刘悝向天上诉，天帝震怒，你的罪已经难救了。”梦境特别清晰。汉灵帝醒来以后害怕了，不久他就死了。

吕石梦

吴时，嘉兴徐伯始病，使道士吕石安神座。石有弟子戴本、王思二人，居住海盐，伯始迎之以助。石昼卧，梦上天北斗门下，见外鞍马三匹，云：“明日当以一迎石，一迎本，一迎思。”石梦觉，语本、思云：“如此，死期至。可急还，与家别。”不卒事而去。伯始怪而留之。曰：“惧不得见家也。”间一日，三人同时死。

【译文】

三国吴的时候，嘉兴徐伯始生病，就叫道士吕石安装神座。吕石有两个徒弟，一个叫戴本，一个叫王思，住在海盐，徐伯始就把他们请来帮忙。吕石白天睡觉，梦中上天到了北斗门下，看见外面有三匹马，已经备好了鞍，有个当差的说：“明天要用一匹马迎接吕石，一匹马迎接戴本，一匹马迎接王思。”吕石梦醒，对戴本、王思说：“这样看来，死期到了。你们赶快回家，还可与家人告别。”神座没安装完毕他们就要走了。徐伯始怪他们半途而废，想留住他们。吕石等人说：“我们是怕见不到家里人了。”隔了一天，三个人同时死了。

谢郭同梦

会稽谢奉与永嘉太守郭伯猷善。谢忽梦郭与人于浙江上争樗蒲钱，因为水神所责，堕水而死，已营理郭凶事。及觉，即往郭许，共围棋。良久，谢云：“卿知吾来意否？”因说所梦。郭闻之怅然，云：“吾昨夜亦梦与人争钱，如卿所梦，何期太的的也！”须臾如厕，便倒气绝。谢为凶具，一如其梦。

【译文】

会稽谢奉与永嘉太守郭伯猷友情很好。谢奉忽然梦见郭伯猷在浙江上与人争赌博的钱，因而受到水神责怪，掉在水中而死，自己为他料理后事。醒来以后，就到郭伯猷那儿去，一起下围棋。过了好一会儿，谢奉说：“你知道我的来意吗？”就说起了自己的梦。郭伯猷听了很感怅惘，说：“我昨夜也梦见与人争钱，像你梦见的一样，为什么相合得这么分明呢？”不一会儿他去上厕所，就倒地而死。谢奉为他安排丧具，一切与梦中一样。

徐泰梦

嘉兴徐泰幼丧父母，叔父隗养之，甚于所生。隗病，泰营侍甚勤。是夜三更中，梦二人乘船持箱，上泰床头，发箱，出簿书示曰：“汝叔应死。”泰即于梦中叩头祈请。良久，二人曰：“汝县有同姓名人否？”泰思得，语二人云：“有张隗，不姓徐。”二人云：“亦可强逼。念汝能事叔公，当为汝活之。”遂不复见。泰觉，叔病乃差。

【译文】

嘉兴徐泰，幼年死了父母，叔父徐隗养育他，待他比亲生的还好。徐隗生病，徐泰服侍他，十分勤快。这一夜三更时分，徐泰梦见两个人乘船而来，手里捧着箱子，到自己床头，打开箱子，拿出簿籍给他看，说：“你的叔父应该死了。”徐泰就在梦中叩头祈求。好久，两个人说：“你县里有同名同姓的人吗？”徐泰想出了一个，说：“有个张隗，不姓徐。”两个人说：“也可以勉强对付过去。考虑到你能侍奉叔父，我们要为了你使他活下去。”说完就不再现形了。徐泰醒来，叔父的病就好了。

卷十一

熊渠子

楚熊渠子夜行，见寝石，以为伏虎，弯弓射之，没金铩羽。下视，知其石也，因复射之，矢摧无迹。汉世复有李广，为右北平太守，射虎得石，亦如之。刘向曰："诚之至也，而金石为之开，况于人乎？夫唱而不和，动而不随，中必有不全者也。夫不降席而匡天下者，求之己也。"

【译文】

楚国的熊渠子夜间行路，看见一块横躺着的大石，以为是一头蹲伏着的老虎，弯弓就射，箭头没入石中，箭杆上的羽毛也打着了。熊渠子朝下细看，才知道是石头。就重新射它，箭射折了，石头上连个痕迹都没有。汉代还有个李广，任右北平太守，他一次射老虎，原来也是块石头，情况与熊渠子相似。刘向说："精诚所至，金石为开，何况在人呢。凡是唱歌没有人应和，行动没有人跟从的，内心必定有不健全的因素。凡是不离开席位而能扶正天下的，必定先求之于自己才行。"

魏更羸

楚王游于苑，白猿在焉，王令善射者射之。矢数发，猿搏矢而笑。乃命由基。由基抚弓，猿即抱木而号。及六国时，更嬴谓魏王曰："臣能为虚发而下鸟。"魏王曰："然则射可至于此乎？"嬴曰："可。"有顷，闻雁从东方来，更嬴虚发而鸟下焉。

【译文】

楚王在园苑中游赏，有只白猿在那里。楚王叫善射的人射它。箭射了好几发，白猿都把箭抓住了笑。楚王就叫神射手养由基来射。养由基拿起弓来抚摸，白猿就抱着树哀叫起来。到六国时，更嬴对魏王说："我能空弦做出射的样子，把鸟射下来。"魏王说："射的技术能到达这个地步吗？"更嬴说："能。"过了一会儿，听到有雁从东方飞来，更嬴虚射一下，那雁就掉下来了。

古 冶 子

齐景公渡于江沅之河，鼋衔左骖没之，众皆惊惕。古冶子于是拔剑从之，邪行五里，逆行三里，至于砥柱之下。杀之，乃鼋也。左手持鼋头，右手挟左骖，燕跃鹄踊而出。仰天大呼，水为逆流三百步，观者皆以为河伯也。

【译文】

齐景公渡过江沅河，有一头鼋把他左边的一匹马衔住了，马沉没在河里。大家都感到惊愕。古冶子这时就拔剑跟踪，在河中斜行五里，倒走三里，到了砥柱之下，把衔马的东西杀了，才知道是一头鼋。他左手举着鼋头，右手挟着那匹马，像轻燕、像天鹅一样，从河中踊跃而出，仰天大呼，河水为之倒流三百步。看到的人都以为他是河神。

三 王 墓

楚干将、莫邪为楚王作剑，三年乃成。王怒，欲杀之。剑有雌雄。其妻重身当产，夫语妻曰：“吾为王作剑，三年乃成。王怒，往必杀我。汝若生子是男，大，告之曰：‘出户望南山，松生石上，剑在其背。’”于是即将雌剑往见楚王。王大怒，使相之：“剑有二，一雄一雌。雌来，雄不来。”王怒，即杀之。

莫邪子名赤比，后壮，乃问其母曰：“吾父所在?”母曰：“汝父为楚王作剑，三年乃成。王怒杀之。去时嘱我：‘语汝子：出户望南山，松生石上，剑在其背。’”于是子出户南望，不见有山，但睹堂前松柱下，石低之上，即以斧破其背，得剑。日夜思欲报楚王。

王梦见一儿，眉间广尺，言欲报仇。王即购之千金。儿闻之，亡去，入山行歌。客有逢者，谓：“子年少，何哭之甚悲耶?”曰：“吾干将、莫邪子也。楚王杀吾父，吾欲报之!”客曰：“闻王购子头千金，将子头与剑来，为子报之。”儿曰：“幸甚!”即自刎，两手捧头及剑奉之，立僵。客曰：“不负子也。”于是尸乃仆。

客持头往见楚王，王大喜。客曰：“此乃勇士头也。当于汤镬煮之。”王如其言。煮头三日三夕，不烂。头踔出汤中，踬目大怒。客曰：“此儿头不烂，愿王自往临视之，是必烂也。”王即临之。客以剑拟王，王头随堕汤中。客亦自拟己头，头复堕汤中。三首俱烂，不可识别。

乃分其汤肉葬之，故通名“三王墓”。今在汝南北宜春县界。

【译文】

楚国的干将、莫邪夫妻俩为楚王造剑，三年才成功。楚王发怒了，要杀他们。造好的剑有雌雄两柄。妻子当时正怀孕要生产，丈夫就对她说：“我为楚王造剑，三年才成功，楚王发怒了，我去，他一定要杀我。你生下的孩子如果是男的，长大以后，告诉他说：‘出门望见南边的山，有棵松树生长在石头上，剑就在它的背后。’”于是就拿着雌剑去见楚王。楚王大怒，叫人仔细观看，得知剑有两把，一把雄剑，一把雌剑，雌剑来了，雄剑没有送来。楚王一怒之下，就把干将杀了。

莫邪生下个儿子，名叫赤比，后来长大了，就问母亲说：“我父亲在什么地方?”莫邪说：“你父亲为楚王造剑，三年才成功，楚王发怒，把你父亲杀了。你父亲临走时嘱咐我：‘对你的儿子说：出了门，望见南边的山，有棵松树生长在石头上，剑就在它背后。’”于是赤比出门向南望，不见有什么山，只看到堂前松木柱子下有一块石头顶着它，就用斧头劈开柱子的后背，得到了一柄剑。从此他日夜想要向楚王报仇。

楚王做梦看见一个小孩子，双眉之间宽有一尺，说：“要报仇!”楚王醒来就出千金要买他的头。赤比听说，就逃走了。他进了山，边走边唱着伤心的歌。有个侠客遇到了他，对他说：“你年纪还轻，为什么哭得很悲伤?”赤比说：“我是干将、莫邪的儿子。楚王杀了我父亲，我要报仇。”侠客说：“听说楚王用千金买你的头。拿你的头和剑来，我为你报仇。”赤比说：“太幸运了!”马上就自刎，双手捧着头和剑送给侠客，身子僵立着。侠客说：“我不会辜负你的。”尸体这才倒下。

侠客拿着头去见楚王，楚王大喜。侠客说：“这是勇士的头，要在汤锅中煮它。”楚王照他所说，备好了锅。头煮了三天三夜不烂，还从汤中蹦出来，瞪着眼睛，怒容满面。侠客说：“这孩子的头煮不烂，愿大王亲自到锅边来看，这样就一定烂了。”楚王就走近汤锅去看。侠客用剑往楚王颈项上一比划，楚王的头随即落到了汤中。侠客朝自己头颈里也比划了一下，头也落到了汤中。三颗首级都烂了，不能识别。只好从汤中把肉捞出来一起埋葬，所以大家叫它三王墓。这墓如今还在汝南郡北宜春县境内。

贾　雍

汉武时，苍梧贾雍为豫章太守，有神术。出界讨贼，为贼所杀，失头，上马回营，营中咸走来视雍。雍胸中语曰：“战不利，为贼所伤。诸君视有头佳乎？无头佳乎？”吏涕泣曰：“有头佳。”雍曰：“不然，无头亦佳。”言毕，遂死。

【译文】

汉武帝的时候，苍梧郡的贾雍做了豫章太守，他有神异的法术。一次到境外讨伐叛贼，被叛贼杀了，丢了脑袋，他仍然上马回到军营里。营中的将士都来看他。他胸中发出声音道：“打仗失利，被叛贼伤害了。诸位看，是有头好啊，还是没有头好？”将士们哭泣着说：“有头好。”贾雍说：“不见得，没有头也好。”说完，就死了。

头　语

渤海太守史良好一女子，许嫁而不果。良怒，杀之，断其头而归，投于灶下，曰：“当令火葬。”头语曰：“使君，我相从，何图当尔！”后梦见曰：“还君物。”觉而得昔所与香缨金钗之属。

【译文】

渤海太守史良喜欢一个女子。她答应嫁给他，却没有成。史良发怒了，把她杀死，割下头带回家，扔在灶下，说："该叫你火葬。"那颗头说："太守先生，我跟从你，哪里想到会这样！"后来，史良梦见那女子说："还你东西。"醒来，得到了过去给她的香缨带、金钗之类的东西。

苌 弘

周灵王时，苌弘见杀。蜀人因藏其血，三年乃化而为碧。

【译文】

周灵王的时候，苌弘被杀。蜀地的人就把他的血藏起来。过了三年，变成了碧玉。

酒 消 患

汉武帝东游，未出函谷关，有物当道，身长数丈，其状像牛，青眼而曜睛，四足入土，动而不徙。百官惊骇。东方朔乃请以酒灌之。灌之数十斛而物消。帝问其故，答曰："此名为患，忧气之所生也。此必是秦之狱地，不然，则罪人徒作之所聚。夫酒忘忧，故能消之也。"帝曰："吁！博物之士，至于此乎！"

【译文】

汉武帝到东方巡游，还没出函谷关，有一样东西挡住了去路：

身子有几丈长，形状像牛，青色的眼睛闪动着眼珠子，四只脚在土中，只在原地活动，并不迁移位置。百官们吃了一惊。东方朔就请汉武帝用酒浇灌它。浇了几百斗酒以后，那东西就消失了。汉武帝问它的究竟，东方朔回答说："这东西名叫患，是忧气所生成的。这地方一定是秦代的大狱，不然的话，就是囚犯们集中劳动的场所。酒能忘忧，所以能消解它。"汉武帝说："唉，博物的人，知识广到这个地步！"

谅　辅

后汉谅辅，字汉儒，广汉新都人。少给佐吏，浆水不交。为从事，大小毕举，郡县敛手。时夏枯旱，太守自曝中庭，而雨不降。辅以五官掾出祷山川，自誓曰："辅为郡股肱，不能进谏纳忠，荐贤退恶，和调百姓，至令天地否隔，万物枯焦。百姓喁喁，无所控诉，咎尽在辅。今郡太守内省责己，自曝中庭，使辅谢罪，为民祈福。精诚恳到，未有感彻。辅今敢自誓，若至日中无雨，请以身塞无状。"乃积薪柴，将自焚焉。至日中时，山气转黑起，雷雨大作，一郡沾润。世以此称其至诚。

【译文】

东汉谅辅，字汉儒，是广汉郡新都县人。年轻时做佐吏，不受人一茶一酒。做从事时，事无论大小，他都处理得很好，郡县的主管不用操心。一次夏天久旱不雨，太守在庭中用暴晒自己的方式求雨，雨还是不下。谅辅就以五官掾的身份出来向山川之神祈祷，自己发下誓言说："谅辅身为郡守的左右手，不能进谏奉献忠心，推荐贤德，摈退邪恶，协调百姓，以至于使天地隔绝不通，万物枯焦，百姓暗底下有话要说，却没有地方控诉，这都是谅辅的罪过。

如今郡太守已经反省思过，责备自己，在庭中暴晒，又叫谅辅谢罪，为人民祈求幸福，虽然精诚恳切，还没能感动上苍。谅辅如今敢于自誓，如果到中午还不下雨，请求让我用身体来补偿这一场无效的祈求。”说完，就积聚柴草，打算自焚。到中午时，山后升起了乌云，雷雨倾盆而下，一郡得到了沾润。人们都称赞谅辅的至诚。

何　敞

何敞，吴郡人。少好道艺，隐居。里以大旱，民物憔悴。太守庆洪遣户曹掾致谒，奉印绶，烦守无锡。敞不受，退，叹而言曰：“郡界有灾，安能得怀道?”因跋涉之县，驻明星屋中。蝗蝝消死，敞即遁去。后举方正、博士，皆不就，卒于家。

【译文】

何敞是吴郡人，年轻时喜好学方术，隐居不出。他居住的地方因为遭逢大旱，人和所有的生物都显得憔悴了。太守庆洪派了户曹掾上门拜见他，给他送上官印和绶带，烦他担任无锡县令。何敞不接受。可是他退下以后，又叹息着说：“郡境之内有灾，我怎么能光想着道术呢!”于是就跋山涉水，走到县里，住在祭祀南斗明星的屋子里。蝗灾消灭以后，他就隐遁而去。后来被推举作方正、博士，他都不去。最后死在家里。

小 黄 令

后汉徐栩，字敬卿，吴由拳人。少为狱吏，执法详平。为小黄令。时属县大蝗，野无生草，过小黄界，飞逝不集。刺史行部，责栩不治。栩弃官，蝗应声而至。刺史谢，令还寺舍，蝗即飞去。

【译文】

东汉徐栩，字敬卿，是吴郡由拳县人。年轻时做过狱吏，执法很细致公平。后来做了小黄县县令，有个时期邻近的县里发生严重的蝗灾，田野连棵草都不剩。蝗群过小黄县地界时，都飞走不停下来。刺史来巡视，看到小黄县一点治蝗的措施也没有，责备徐栩办事不力。徐栩就辞官而去。他前脚走，后脚蝗虫就飞来了。刺史向他赔了不是，请他回到官舍，蝗虫就飞掉了。

白虎墓

王业，字子香，汉和帝时为荆州刺史。每出行部，沐浴斋素，以祈于天地，当启佐愚心，无使有枉百姓。在州七年，惠风大行，苛慝不作，山无豺狼。卒于枝江，有二白虎低头曳尾，宿卫其侧。及丧去，虎逾州境，忽然不见。民共为立碑，号曰“枝江白虎墓”。

【译文】

王业字子香，汉和帝时任荆州刺史。他每次出去巡视，都沐浴吃素，祈求天地开启自己愚昧的心智，不要办冤枉百姓的事。在荆州七年，仁惠之风大为发扬，苛法邪恶不再存在，连山里的豺狼都没有了。他死在枝江，有两只白虎，低着头，拖着尾巴，守卫在他身旁。等丧礼完毕灵柩离开，两只白虎相随出了州境，忽然不见了。当地人民为他立了一块碑，号称“枝江白虎墓”。

葛祚碑

吴时，葛祚为衡阳太守。郡境有大槎横水，能为妖怪。百姓为立庙，行旅祷祀，槎乃沉没，不者槎浮，则船为之破坏。祚将去官，乃大具斧斤，将去民累。明日当至，其夜，闻江中汹汹有人声。往视之，槎乃移去，沿流下数里，驻湾中。自此行者无复沉覆之患。衡阳人为祚立碑，曰："正德祈禳，神木为移。"

【译文】

三国吴国的时候，葛祚任衡阳太守。境内有一排大木筏，横在河流中央，能兴妖作怪。百姓为它建立了一座庙，路过的人要祭祀祈祷，木筏才沉没在水中。不然的话，木筏就浮出水面，把船撞坏。葛祚即将离任的时候，准备了好多斧头，打算为民除掉这个祸害，第二天就要前去。当天夜里，只听得江中人声嘈杂，去一看，木筏已经移去，沿着河流向下游淌了好几里，停在一个水湾中。从此旅客不再有翻船落水的忧患。衡阳人为葛祚立了一块碑，上面写着："正德祈禳，神木为移。"

曾子

曾子从仲尼在楚而心动，辞归问母。母曰："思尔啮指。"孔子曰："曾参之孝，精感万里。"

【译文】

曾子跟随孔子在楚国，感到心头一动，他就向孔子告辞，回去探望母亲。母亲说："我想念你，咬了手指。"孔子说："曾参的孝心，万里之遥也能心灵感应。"

周　畅

周畅性仁慈。少至孝，独与母居。每出入，母欲呼之，常自啮其手，畅即觉手痛而至。治中从事未之信，候畅在田，使母啮手，而畅即归。元初二年，为河南尹，时夏大旱，久祷无应。畅收葬洛阳城旁客死骸骨万余，为立义冢，应时澍雨。

【译文】

周畅生性仁慈，从小就极其孝顺，他只有母亲，母子俩住在一起。每当他外出，母亲想要叫他，常常咬自己的手，周畅就感觉到手痛，立即回家。有个任治中从事的官员不相信，候周畅在田里的时候，叫他母亲咬手。果然周畅马上就回来了。汉安帝元初二年，周畅任河南尹。一次夏天大旱，祈祷了很久没有效果。周畅把死在洛阳城旁外地人的尸骸收葬了一万余具，建造了一座义冢，及时雨立刻就下来了。

王　祥

王祥，字休徵，琅邪人。性至孝。早丧亲，继母朱氏不慈，数谮之。由是失爱于父，每使扫除牛下。父母有疾，衣不解带。母常欲生鱼，时天寒冰冻。祥解衣，将剖冰求之。冰忽自解，双鲤跃出，持之而归。母又思黄雀炙，复有黄雀数十入其幕，复以供母。乡里惊叹，以为孝感所致。

【译文】

王祥字休徵，是琅邪郡人，天性至孝。早年死了母亲，继母朱氏不慈爱，屡次说他坏话，他因此失去了父亲的爱，常叫他打扫牛棚。父母有病，他衣不解带地侍候。继母曾想吃鲜鱼，当时天寒地冻，王祥脱了衣服，打算破冰去捕捉，冰忽然自己裂开，跳出两条鲤鱼来，他就拿了回家。继母又想吃烤黄雀，又有几十只黄雀飞进王祥的帐子，他又拿去给继母吃。邻里乡亲们惊叹，以为这是他的孝心感动了上天的结果。

王　延

王延性至孝。继母卜氏，尝盛冬思生鱼，敕延求而不获，杖之流血。延寻汾，叩凌而哭。忽有一鱼，长五尺，跃出冰上。延取以进母。卜氏食之，积日不尽，于是心悟，抚延如己子。

【译文】

王延天性至孝。继母卜氏有一次寒冬腊月想吃鲜鱼，叫王延去捕捉，没有捉到，继母就用杖把他打得鲜血直流。王延找鱼找到汾河，河面上结着厚厚的冰，他敲着河面的冰哭起来。忽然有一条鱼，长有五尺，跳出冰上，王延就拿回去送给继母。卜氏吃了好几天也没吃完。她于是心里忽然省悟了，爱抚王延就像亲生的孩子一样。

楚　僚

楚僚早失母，事后母至孝。母患痈肿，形容日悴。

僚自徐徐吮之，血出，迨夜即得安寝。乃梦一小儿语母曰："若得鲤鱼食之，其病即差，可以延寿。不然，不久死矣。"母觉而告僚。时十二月冰冻，僚乃仰天叹泣，脱衣上冰卧之。有一童子，决僚卧处，冰忽自开，一双鲤鱼跃出。僚将归奉其母，病即愈，寿至一百三十三岁。盖至孝感天神，昭应如此，此与王祥、王延事同。

【译文】

楚僚早年失去了母亲，侍奉后母十分孝顺。后母患了痈肿，脸色一天天憔悴下来，楚僚就用嘴一点一点替她吮吸，脓血排了出来，到夜间她就能安睡了。后母梦见一个小孩儿对她说："如果有鲤鱼吃下去，你的病就会全好，还可以延长寿命。不然的话，不久就要死了。"后母醒来对楚僚说了。当时十二月的天气，湖泊河流都冰冻了。楚僚就仰天叹息哭泣，脱光了衣服，到冰上躺下。有个小孩儿，到他躺的地方砸冰，冰忽然自己裂开来，两条鲤鱼从冰窟窿里跳了出来。楚僚就把鱼拿回去侍奉后母吃了，后母病很快就好了，后来活到一百三十三岁。这是因为至孝感动了天神，才有这明明白白的报应。这与王祥、王延的事儿相同。

蛴螬炙

盛彦，字翁子，广陵人。母王氏，因疾失明，彦躬自侍养。母食，必自哺之。母疾既久，至于婢使，数见捶挞。婢忿恨，闻彦暂行，取蛴螬炙饴之。母食，以为美，然疑是异物，密藏以示彦。彦见之，抱母恸哭，绝而复苏。母目豁然即开，于此遂愈。

【译文】

盛彦字翁子，广陵人。母亲王氏，因病双目失明，盛彦亲自侍养她。母亲每顿饭，他都自己喂。王氏病得久了心情不好，婢女经常受到她责打。婢女怀恨在心，听得盛彦要短期外出，就烤了金龟子的幼虫给王氏吃。王氏吃了，觉得味道很鲜美，可心里也怀疑，不知这是什么东西，就偷偷藏起一些，等儿子回来时给他看。盛彦一看，抱住了母亲痛哭，哭得死去活来。王氏的眼睛忽然睁了开来，从此便复明了。

蚺　蛇　胆

颜含，字弘都。次嫂樊氏，因疾失明，医人疏方，须蚺蛇胆，而寻求备至，无由得之。含忧叹累时。尝昼独坐，忽有一青衣童子，年可十三四，持一青囊授含。含开视，乃蛇胆也。童子逡巡出户，化成青鸟飞去。得胆药成，嫂病即愈。

【译文】

颜含字宏都。他二嫂樊氏因病双目失明，医生给开了个方子，要用到蟒蛇的胆，可是千方百计寻求，没有法子弄到。颜含忧愁叹惜了好些日子。有一天白天他坐着，忽然有个穿青衣的孩子，年纪大约十三四岁，拿了一只青色的布袋交给他。颜含打开一看，原来是蟒蛇胆。那孩子一转眼间走出门外，变成一只青鸟飞走了。蟒蛇胆得到了，药就合成了，二嫂的病很快就痊愈了。

郭　巨

郭巨，隆虑人也，一云河内温人。兄弟三人，早丧父。礼毕，二弟求分。以钱二千万，二弟各取千万。巨独与母居客舍，夫妇佣赁，以给供养。

居有顷，妻产男。巨念与儿妨事亲，一也；老人得食，喜分儿孙，减馔，二也。乃于野凿地，欲埋儿。得石盖，下有黄金一釜，中有丹书，曰："孝子郭巨，黄金一釜，以用赐汝。"于是名振天下。

【译文】

郭巨是隆虑县人，也有人说他是河南郡温县人。兄弟三个，早年死了父亲。丧礼三年到期后，两个弟弟要求分家。他就把父亲的遗产二千万钱，分给弟弟各一千万钱，自己只与母亲住在租来的房子里，夫妻两个帮人打工，来养活母亲。

住了有些日子，妻子生下一个男孩儿。郭巨心想，养育孩子要花时间，妨害侍奉母亲，这是一；老人有了吃的，喜欢分给孙子，这样老人要少吃，这是二。他就在野外挖地，想把儿子埋掉。谁知挖到一块石盖，下面有一锅黄金，锅里有块帛，上面用丹砂写道："孝子郭巨，黄金一釜，以用赐汝。"于是郭巨名振天下。

刘　殷

新兴刘殷，字长盛。七岁丧父，哀毁过礼。服丧三年，未尝见齿。事曾祖母王氏。尝夜梦人谓之曰："西篱下有粟。"寤而掘之，得粟十五钟。铭曰："七年粟百石，以赐孝子刘殷。"自是食之，七岁方尽。及王氏卒，夫妇毁瘠，几至灭性。时柩在殡而西邻失火，风势甚猛，殷夫妇叩殡号哭，火遂灭。后有二白鸠来，巢其庭树。

【译文】

新兴郡的刘殷，字长盛，七岁死了父亲，他悲哀毁伤，超过了礼制；在服丧的三年期限里，始终表情严肃，从来没有露过齿。他侍奉曾祖母王氏，曾在夜间梦见有人对他说：“西边的篱笆底下有粟米。”他醒过来去挖掘，果然得到近千斗粟米，还有铭文说：“七年粟百石，以赐孝子刘殷。”从此食用这些粟米，吃了七年才吃完。到王氏去世，刘殷已结婚，夫妻两个都悲哀羸瘦得脱了形，几乎危及生命。当时灵柩还没有落葬，西边的邻居家失火，风势很猛，刘殷夫妇向灵柩叩头号哭，火就灭了。后来飞来了两只白色的鸠鸟，在他庭院里的树上筑巢。

阳伯雍

阳公伯雍，洛阳县人也，本以侩卖为业。性笃孝。父母亡，葬无终山，遂家焉。山高八十里，上无水，公汲水，作义浆于坂头，行者皆饮之。三年，有一人就饮，以一斗石子与之，使至高平好地有石处种之，云：“玉当生其中。”阳公未娶，又语云：“汝后当得好妇。”语毕不见。乃种其石。数岁，时时往视，见玉子生石上，人莫知也。

有徐氏者，右北平著姓，女甚有行，时人求，多不许。公乃试求徐氏。徐氏笑以为狂，因戏云：“得白璧一双来，当听为婚。”公至所种玉田中，得白璧五双，以聘。徐氏大惊，遂以女妻公。

天子闻而异之，拜为大夫。乃于种玉处，四角作大石柱，各一丈，中央一顷地，名曰“玉田”。

【译文】

阳公伯雍，是洛阳县人，本来以商业经纪人为职业，天性至孝。父母故世以后，葬在无终山，就在山上安了家。无终山有八十里高，上面没有水，阳伯雍到山下打了水，在山坡上设立了一个免费茶水站，过路的人都到他那儿喝水。过了三年，有一个人来喝水，给了他一斗石子，叫他到高处平坦有石的地方去播种，说："会从里面长出玉来。"阳伯雍还没娶亲，那人又说："你以后会得到一个好妻子。"说完就不见了。阳伯雍就选了一块好地方把石子种下去了。几年之间，常常前去看望，看见石子上一点点长出了玉，别人都不知道。

有一家姓徐的，是右北平郡的大姓，有个女儿很有德行，当时人前去求婚，都不应允。阳伯雍就试着前去求亲，徐家笑他神经不正常，对他开玩笑说："你要有一双白璧送来，就随你来娶亲。"阳伯雍到种玉的田里，得到了白璧五双，拿去做聘礼。徐家大为惊奇，就把女儿嫁给了他。

皇帝听说这件事，觉得很奇特，拜阳伯雍为大夫。阳伯雍到种玉的田里，在四角各立一根大石柱，都一丈高，中间有一顷田，就叫它"玉田"。这件事相传至今。玉田之名就起于此。

衡　农

衡农，字剽卿，东平人也。少孤，事继母至孝。常宿于他舍，值雷风，频梦虎啮其足。农呼妻相出于庭，叩头三下。屋忽然而坏，压死者三十余人，唯农夫妻获免。

【译文】

衡农字剽卿，是东平郡人。年轻时死了生母，侍奉继母十分孝顺。他常住在别处租借的房子里。一次遇到雷雨大风，他接连好几次梦见老虎咬他的脚，就把妻子叫醒，两个人一起到院中去，叩了三个头。正在这时，住房忽然坍塌了，压死了三十多个人，只有衡农夫妇俩幸免于难。

罗　威

罗威，字德仁。八岁丧父，事母性至孝。母年七十，天大寒，常以身自温席，而后授其处。

【译文】

罗威字德仁，八岁死了父亲，侍奉母亲极为孝顺。母亲年纪有七十岁了。天十分寒冷，他经常先用体温暖和了被褥，再把地方让给母亲睡下。

王　裒

王裒，字伟元，城阳营陵人也。父仪，为文帝所杀。裒庐于墓侧，旦夕常至墓所拜跪，攀柏悲号。涕泣着树，树为之枯。母性畏雷。母没，每雷，辄到墓曰："裒在此。"

【译文】

王裒字伟元，是城阳郡营陵县人。父亲王仪，是被司马昭杀死的。他就在墓边筑了一间草庐住下，早晚常到墓前拜跪，攀着柏树悲哀地号哭。眼泪洒在树上，树也为之枯萎了。他母亲怕打雷。母亲死后，每逢打雷，他就到墓前说："母亲不要怕，儿子在这里。"

白 鸠 郎

郑弘迁临淮太守。郡民徐宪在丧致哀，有白鸠巢户侧。弘举为孝廉，朝廷称为“白鸠郎”。

【译文】

郑弘调任临淮郡太守。郡中有个人叫徐宪，在丧礼期间为父亲致哀，引来白鸠在他门边筑巢。郑弘就推举他做孝廉，朝廷称他为白鸠郎。

东 海 孝 妇

汉时，东海孝妇养姑甚谨。姑曰：“妇养我勤苦。我已老，何惜余年，久累年少。”遂自缢死。其女告官云：“妇杀我母。”官收系之，拷掠毒治。孝妇不堪苦楚，自诬服之。时于公为狱吏，曰：“此妇养姑十余年，以孝闻彻，必不杀也。”太守不听。于公争不得理，抱其狱词，哭于府而去。

自后郡中枯旱，三年不雨。后太守至，于公曰：“孝妇不当死，前太守枉杀之，咎当在此。”太守即时身祭孝妇冢，因表其墓。天立雨，岁大熟。

长老传云：孝妇名周青。青将死，车载十丈竹竿，以悬五幡，立誓于众曰：“青若有罪，愿杀，血当顺下；青若枉死，血当逆流。”既行刑已，其血青黄，缘幡竹而上极标，又缘幡而下云。

【译文】

汉朝时，东海郡有个孝妇，奉养婆婆十分小心在意。婆婆说："媳妇养我太勤劳辛苦了。我已经老了，何必顾惜什么余年，长久地劳累年轻人呢。"就上吊自杀了。她的女儿告到官府说："是嫂子杀了我母亲。"官府就把她拘捕起来，大刑伺候，严刑拷打。孝妇受不了这份罪，就屈打成招了。当时任狱吏的是于公，他说："这个女人侍养婆婆十几年，以孝顺名闻远近，她一定不会杀婆婆的。"太守不听。于公争辩没有结果，就抱着判决书，在府衙门哭了一阵走了。孝妇因此被枉杀了。

从此以后，郡中枯旱，三年不下雨。后来太守来看于公，于公说："孝妇不应当死，以前太守错杀了她，天灾是因此而造成的。"太守马上亲自祭祀孝妇的墓，还在她墓前立了一块孝妇碑，天马上就下雨了，这一年秋收大熟。

老人们传说：孝妇名叫周青，她在临死的时候，车上载了十丈长的竹竿，上面挂着五条长旛，她在众人面前立个誓言说："我如果有罪，愿意被杀，血一定顺着流下来。我若是冤枉的，不应该死，血会倒流。"行刑以后，血色青黄，沿着竹竿向上倒流到梢上，又沿着长旛淌下来。

犍为孝女

犍为叔先泥和，其女名雄。永建三年，泥和为县功曹，县长赵祉遣泥和拜檄谒巴郡太守。以十月乘船，于城湍堕水死，尸丧不得。雄哀恸号咷，命不图存。告弟贤及夫人，令勤觅父尸："若求不得，吾欲自沉觅之。"时雄年二十七，有子男贡，年五岁；贳，年三岁。乃各作绣香囊一枚，盛以金珠环，预婴二子。哀号之声，不绝于口，昆族私忧。

至十二月十五日，父丧不得。雄乘小船，于父堕处哭泣数声，竟自投水中，旋流没底。见梦告弟云：“至二十一日，与父俱出。”至期如梦，与父相持，并浮出江。县长表言，郡太守肃登承上尚书。乃遣户曹掾为雄立碑，图象其形，令知至孝。

【译文】

犍为郡的叔先泥和，有个女儿名叫雄。汉顺帝永建三年，叔先泥和在县里任功曹，县长赵祉派他去谒见传下檄文的巴郡太守，十月乘船，在城外急流中掉下江去死了，尸体失踪找不到。叔先雄哀痛得号啕大哭，命也不想要了。她告诉弟弟叔先贤夫妇，要他们抓紧寻觅父亲的尸体，如果找不到，她要自己跳下水去寻觅。当时叔先雄二十七岁，有两个儿子，大的叫阿贡，五岁，小的叫阿贳，三岁。她为他们各做了一个绣香囊，里面放着金珠环，预先替他们挂在脖子上。哀哭的声音，不断地从她口中发出，家族私下为她担忧。

到十二月十五日，父亲的尸体仍然没有踪迹，她就乘一艘小船，在父亲落水的地方哭泣了几声，竟自己跳入江中，在打旋的水流中沉没到水底。她托梦给弟弟说：“到二十一日，我要与父亲一起出来。”到了那一天，果然像梦中说的一样，她与父亲牵着手，一起浮出了江面。县长向郡里报告了这件事，郡太守又上报尚书，派了户曹掾为叔先雄立下一座碑，画了她的肖像，叫大家知道她的至孝。

乐羊子妻

河南乐羊子之妻者，不知何氏之女也，躬勤养姑。尝有他舍鸡谬入园中，姑盗杀而食之。妻对鸡不食而泣。姑怪问其故，妻曰：“自伤居贫，使食有他肉。”姑竟弃之。后盗有欲犯之者，乃先劫其姑。妻闻，操刀而出。盗曰："释汝刀。从我者可全，不从我者，则杀汝姑！"妻仰天而叹，刎颈而死。盗亦不杀姑。太守闻之，捕杀盗贼，赐妻缣帛，以礼葬之。

【译文】

河南郡乐羊子的妻子，不知她是哪家的女儿，亲自操劳，侍养婆婆。有一次，邻居家的鸡错走入她家园中，婆婆偷捉来杀了要吃。乐妻对着鸡不吃，光是哭泣。婆婆奇怪地问她为什么，她说："我伤心自己太穷，使婆婆吃的东西里有别家的肉。"婆婆到底把鸡给扔弃了。后来，有个歹徒想对她施行非礼，就先劫持了她婆婆。乐妻听见声音，拿了一把刀出来。歹徒说："放下你的刀，听从我，可以保全你们的性命。如果不听我的，我就杀了你的婆婆。"乐妻仰天而叹，拿刀朝自己脖子上一抹，死了。那歹徒也没杀她的婆婆。太守听说这件事，把歹徒抓来杀了，赏赐乐妻缣帛，按照礼节把她葬了。

庚　衮

庚衮，字叔褒。咸宁中大疫，二兄俱亡，次兄毗复殆。疠气方盛，父母诸弟皆出次于外，衮独留不去。诸父兄强之，乃曰："衮性不畏病。"遂亲自扶持，昼夜不眠；间复抚柩，哀临不辍。如此十余旬。疫势既退，家人乃返。毗病得差，衮亦无恙。

【译文】

庚衮字叔褒，晋武帝咸宁年间，瘟疫大流行，他两个哥哥都死了，二哥庚毗又病危。当时疫情正很严重，父母和几个弟弟都住到别处去，庚衮一个人留下不走。他的叔伯堂兄都来拖他走，他说："我生来不怕病。"就亲自服侍二哥，日夜不眠，有空还抚摸着两个亡兄的棺材，不停地哀哭。这样过了一百多天。后来疫情退了，家里人就回来了。庚毗的病好了，庚衮也安然无恙。

韩 凭 妻

宋康王舍人韩凭，娶妻何氏，美，康王夺之。凭怨，王囚之，论为城旦。妻密遗凭书，缪其辞曰："其雨淫淫，河大水深，日出当心。"既而王得其书，以示左右，左右莫解其意。臣苏贺对曰："其雨淫淫，言愁且思也。河大水深，不得往来也。日出当心，心有死志也。"俄而凭乃自杀。

其妻乃阴腐其衣。王与之登台，妻遂自投台。左右揽之，衣不中手而死。遗书于带曰："王利其生，妾利其死。愿以尸骨，赐凭合葬。"王怒，弗听，使里人埋之，冢相望也。王曰："尔夫妇相爱不已，若能使冢合，则吾弗阻也。"

宿昔之间，便有大梓木生于二冢之端，旬日而大盈抱，屈体相就，根交于下，枝错于上。又有鸳鸯，雌雄各一，恒栖树上，晨夕不去，交颈悲鸣，音声感人。宋人哀之，遂号其木曰"相思树"。相思之名起于此也。南人谓此禽即韩凭夫妇之精魂。

今睢阳有韩凭城，其歌谣至今犹存。

【译文】

宋康王的大夫韩凭，娶妻何氏，长得非常美，宋康王把她夺为己有。韩凭冤气难解，宋康王就把他关起来，罚他去做修城的苦役。何氏偷偷地传给他一封信，用了隐语说："其雨淫淫，河水大深，日出当心。"但后来这封信被宋康王得到了，他拿给左右的官员们看，大家都不知道是什么意思，大臣苏贺回答说："其雨淫淫，是说她忧愁而且思念；河大水深，是说没法来往；日出当心，是表示她有死的意思。"不久，韩凭就自杀了。

何氏就暗中腐蚀自己的衣服。宋康王和她一起登上高台观赏景致，她就从台上跳下去。左右拉她，衣服已经不牢了，拉不住，就死了。左右发现她有封遗书缚在衣带上，写着："王利其生，妾利其死。愿以尸骨，赐凭合葬。"宋康王大怒，不听她的，叫与韩凭同里的人把他们埋了，两个墓相隔了一段距离。宋康王说："你们夫妻俩相爱不止，如果能使两个墓合成一个，那我也不再阻拦。"

谁知一夜之间，就有两棵大梓树从两座墓顶上生出来，过了十来天就有一抱粗，两棵树弯曲着躯干互相靠拢，根在下面相交，树枝在上面纠缠。又有鸳鸯雌雄各一，经常栖息在树上，从早到晚不离开，交颈悲鸣，那声音令人感动。宋国的人民哀怜他们，把两棵树叫做相思树。"相思"这个词儿，就是起于这个故事。南方人说鸳鸯是韩凭夫妇的灵魂变的。

至今睢阳有个韩凭墓，关于他们的歌谣一直流传到现在。

儿 化 水

汉末，零陵郡太守史满有女，悦门下书佐，乃密使侍婢取书佐盥手残水饮之，遂有妊。已而生子。至能行，太守令抱儿出，使求其父。儿匍匐直入书佐怀中。书佐推之，仆地化为水。穷问之，具省前事，遂以女妻书佐。

【译文】

汉末，零陵郡太守史满有个女儿，爱上了父亲手下一个书佐，偷偷地叫婢女把书佐洗手洗下的水拿来喝下去，就怀孕了。后来生下一个孩子。到会走路的时候，太守叫把小孩抱出来，让他找自己的爸爸。小孩儿伏地而行，直扑向书佐的怀中。书佐推开他，小孩儿跌倒在地就化成了水。太守追问这件事的究竟，把过程都弄明白了，就把女儿嫁给了书佐。

望夫冈

鄱阳西有望夫冈。昔县人陈明与梅氏为婚，未成而妖魅诈迎妇去。明诣卜者，决云："行西北五十里求之。"明如言，见一大穴，深邃无底，以绳悬入，遂得其妇。乃令妇先出。而明所将邻人秦文，遂不取明。其妇乃自誓执志，登此冈首而望其夫，因以名焉。

【译文】

鄱阳县西边有座望夫冈。从前县里有个人叫陈明，与梅氏定了婚，还没成亲就被妖怪骗娶了去。陈明去求见占卜的人，占出的结果说："向西北走五十里去找。"陈明照他说的前去，看见有个大洞穴，深得不见底，用绳子悬着下去，就找到了未婚妻。于是让未婚妻先上去。谁知陈明带来帮忙的邻人秦文不再把绳子放下去拉陈明。梅氏就自誓守志，登上这座冈上望她的丈夫。冈名就是这么来的。

邓元义

后汉南康邓元义，父伯考，为尚书仆射。元义还乡里，妻留事姑，甚谨。姑憎之，幽闭空室，节其饮食。

羸露日困，终无怨言。时伯考怪而问之。元义子朗时方数岁，言母不病，但苦饥耳。伯考流涕曰："何意亲姑，反为此祸？"遣归家，更嫁为华仲妻。

仲为将作大匠，妻乘朝车出。元义于路旁观之，谓人曰："此我故妇，非有他过，家夫人遇之实酷。本自相贵。"

其子朗，时为郎。母与书，皆不答，与衣裳，辄以烧之。母不以介意。母欲见之，乃至亲家李氏堂上，令人以他词请朗。朗至见母，再拜涕泣，因起出。母追谓之曰："我几死，自为汝家所弃。我何罪过，乃如此耶？"因此遂绝。

【译文】

东汉南康郡的邓元义，父亲叫伯考，任尚书仆射。邓元义回到故乡，妻子留下侍奉婆婆，很是小心谨慎。婆婆却厌恶她，把她关在空屋子里，缩减她的饮食。她显得一天天消瘦下来，却始终没有一句怨言。邓伯考看她瘦了，感到奇怪，就问她是不是有病。她的儿子叫阿朗，当时才几岁，说："母亲不是生病，就是肚子饿罢了。"邓伯考流下眼泪说："怎么想到亲婆婆反而造成这个祸。"就把她打发回娘家，再嫁给应华仲做妻子。

应华仲的官职是将作大匠。妻子乘着他上朝的车子外出，被邓元义在路旁看到了，就对人说："这是我从前的妻子。不是她有什么过错，是家母待她实在太苛刻。我和她本来是可以在一起共享富贵的。"

邓元义的儿子邓朗，这时做到郎官了。母亲给他信，他都不作回答。给他衣裳，他就拿来烧了。母亲并不介意，还是很想见他，就到亲家李家的堂上，叫人借别的缘由把邓朗请来。邓朗来了，看到母亲，两次跪拜哭泣，接着起身往外便走。母亲追出来对他说：

“我几乎要死了。我是被你们家遗弃的，我有什么罪过，你就这样？”从此就不再见面了。

严　遵

严遵为扬州刺史，行部，闻道旁女子哭声不哀。问所哭者谁，对云：“夫遭烧死。”遵敕吏舁尸到，与语讫，语吏云：“死人自道不烧死。”乃摄女，令人守尸，云：“当有枉。”吏白：“有蝇聚头所。”遵令披视，得铁椎贯顶。考问，以淫杀夫。

【译文】

严遵任扬州刺史，外出巡视考察，听到路旁有个女子在哭，但哭声并不悲哀。他就问：“哭的是谁？”手下人回答说：“一个女子，她丈夫因失火被烧死了。”严遵下令叫当差的把尸体抬来，对着尸体说了几句话，就对当差的说：“死人自己说不是烧死的。”就把那女的拉来，派人看守好，说：“这事有冤枉。”当差的来报告：“有苍蝇聚集在尸体的头上。”严遵叫他拨开头发察看，发现有一把铁锥从头顶直刺进头颅。把那女子提来审问，是因为私通杀死了丈夫。

范巨卿张元伯

汉范式，字巨卿，山阳金乡人也，一名汜。与汝南张劭为友，劭字元伯。二人并游太学。后告归乡里，式谓元伯曰：“后二年当还，将过拜尊亲，见孺子焉。”乃共克期日。

后期方至，元伯具以白母，请设馔以候之。母曰：“二年之别，千里结言，尔何相信之审耶？”曰：“巨卿信士，必不乖违。”母曰：“若然，当为尔酝酒。”至期果到，升堂拜饮，尽欢而别。

后元伯寝疾甚笃，同郡郅君章、殷子徵晨夜省视之。元伯临终，叹曰：“恨不见我死友。”子徵曰：“吾与君章尽心于子，是非死友，复欲谁求？”元伯曰：“若二子者，吾生友耳。山阳范巨卿，所谓死友也。”寻而卒。

式忽梦见元伯，玄冕垂缨，屣履而呼曰：“巨卿！吾以某日死，当以尔时葬，永归黄泉。子未忘我，岂能相及？”式恍然觉悟，悲叹泣下。便服朋友之服，投其葬日，驰往赴之。未及到而丧已发引。既至圹，将窆，而柩不肯进。其母抚之曰：“元伯，岂有望耶？”遂停柩。移时，乃见素车白马，号哭而来。其母望之曰：“是必范巨卿也。”既至，叩丧言曰：“行矣元伯！死生异路，永从此辞。”会葬者千人，咸为挥涕。式因执绋而引，柩于是乃前。式遂留止冢次，为修坟树，然后乃去。

【译文】

汉代的范式，字巨卿，是山阳郡金乡人，另有一个名字叫汜。他与汝南郡的张劭是朋友，张劭字元伯，两个人一起在太学读过书。后来张元伯回到乡下去了，范式对他说：“两年以后我也要还乡，要到你家里拜见令堂大人，看看你的孩子。”就共同约定了日期。

日期将要到了，张元伯把这件事告诉了母亲，请她准备好酒食等候。母亲说：“分别了两年，千里之外说好的话，你怎么相信得这么认真？”张元伯说：“范巨卿是个守信的人，一定不会失约。”

母亲说："如果是这样，我该为你酿酒。"到约好的日子，范巨卿果然来了。登堂拜见以后，一起宴饮，尽欢而别。

后来，张元伯病得很重，同乡郅君章、殷子征早晚去探问他。他临终的时候，叹息着说："遗憾的是，我不曾见到我的死友。"殷子征说："我与君章对你尽了心了，我们不是死友，你还要谁呢?"张元伯说："你们二位，是我的生友；山阳郡的范巨卿，才是我的死友。"不久他就死了。

范式在家里，忽然梦见张元伯戴着玄色的冕，垂着缨带，拖着鞋子叫道："巨卿，我在某天死了，要在某天下葬，永远回到阴间去了。你没忘记我，能来得及看我吗?"范式恍恍惚惚醒过来，悲叹着流下了眼泪。便穿上了朋友规格的丧服，按照梦中张元伯所说的下葬日期，快马奔向汝南。范巨卿还没来得及到达，张家已经发丧了。可是灵柩到了墓穴处，将要落葬时，棺木却拉不动了。张母抚摸着棺木说："元伯，你难道还在等候谁吗?"就把棺木停了下来。过了一会儿，只见一辆白车由白马拉着，车上人号啕大哭而来。张母远远望见，说："这一定是范巨卿了。"马车到了以后，范式叩头吊丧说："走吧，元伯！死生是两条道，我与你从此永别了。"参加葬礼的有千来个人，全都为之挥泪。范式于是拉着引柩入穴的绳索，棺木这才向前移动了。葬礼完毕以后，范式留在墓侧，修好了坟，种好了树，然后才离开。

卷 十 二

五 气 变 化

天有五气，万物化成。木清则仁，火清则礼，金清则义，水清则智，土清则思：五气尽纯，圣德备也。木浊则弱，火浊则淫，金浊则暴，水浊则贪，土浊则顽：五气尽浊，民之下也。中土多圣人，和气所交也；绝域多怪物，异气所产也。苟禀此气，必有此形；苟有此形，必生此性。故食谷者智慧而文，食草者多力而愚，食桑者有丝而蛾，食肉者勇憿而悍，食土者无心而不息，食气者神明而长寿，不食者不死而神。大腰无雄，细腰无雌。无雄外接，无雌外育。三化之虫，先孕后交；兼爱之兽，自为牝牡。寄生因夫高木，女萝托乎茯苓。木株于土，萍植于水。鸟排虚而飞，兽跖实而走，虫土闭而蛰，鱼渊潜而处。本乎天者亲上，本乎地者亲下，本乎时者亲旁：各从其类也。

千岁之雉，入海为蜃；百年之雀，入海为蛤；千岁龟鼋，能与人语；千岁之狐，起为美女；千岁之蛇，断而复续；百年之鼠，而能相卜：数之至也。春分之日，鹰变为鸠；秋分之日，鸠变为鹰：时之化也。故腐草之为萤也，朽苇之为蛬也，稻之为蛩也，麦之为蝴蝶也，羽翼生焉，眼目成焉，心智在焉。此自无知化为有知而气易也。雀之为獐也，蜚之为虾也，不失其血气而形性变也。若此之类，不可胜论。

应变而动，是为顺常；苟错其方，则为妖眚。故下体生于上，上体生于下，气之反者也；人生兽，兽生人，气之乱者也；男化为女，女化为男，气之贸者也。鲁公牛哀得疾，七日化而为虎，形体变易，爪牙施张。其兄启户而入，搏而食之。方其为人，不知其将为虎也；方其为虎，不知其常为人也。故晋太康中，陈留阮士瑀伤于虺，不忍其痛，数嗅其疮，已而双虺成于鼻中。元康中，历阳纪元载，客食道龟，已而成瘕。医以药攻之，下龟子数升，大如小钱，头足觳备，文甲皆具，惟中药已死。

夫妻非化育之气，鼻非胎孕之所，享道非下物之具。从此观之，万物之生死也，与其变化也，非通神之思，虽求诸己，恶识所自来？然朽草之为萤，由乎腐也；麦之为蝴蝶，由乎湿也。尔则万物之变，皆有由也。农夫止麦之化者，沤之以灰；圣人理万物之化者，济之以道。其与不然乎？

【译文】

天生五行之气，万物由它变化而成。木气清则仁，火气清则礼，金气清则义，水气清则智，士气清则思，五行之气都纯正，圣德就全了。木气浊则弱，火气浊则淫，金气浊则暴，水气浊则贪，土气浊则顽，五行之气都浊，就是人中的下品。中原多圣人，就因为和谐之气相交而形成的；边远地区多怪物，则是异常之气所产生的。如果天生禀受哪一种气，就一定有哪一种形状；如果具备了哪一种形状，就一定有哪一种本性。所以吃五谷的有智慧却短命，吃草的有力而愚蠢，吃桑叶的吐丝而化蛾，吃肉的勇敢而凶悍，吃泥土的无心而不呼吸，食气的神明而长寿，不吃的不死而成神。大腰的没有雄性，细腰的没有雌性。没有雄性的与外物交接，没有雌性的靠外物生育。三化之蚕，先怀孕后交合；兼爱之兽，自身具有雌雄两性。寄生依靠大树，女萝托身于茯苓。树木长在土上，浮萍飘在水面。鸟拍击空气而飞，兽脚踏实地而走，虫封在土中蛰伏，鱼潜在渊底生存。生在天上的喜欢上，生在地下的喜欢下，生在四季的喜欢四方：各随它们的类。

千年的雉，入海变为蜃；百年的雀，入海变为蛤；千年的龟鼋，能与人说话；千年的狐，能化成美女；千年的蛇，断了能续上；百年的鼠，能看相占卜：这是数的极限。春分这一天，鹰变为鸠；秋分这一天，鸠变为鹰：这是应时的幻化。所以腐草化为萤，朽苇化为蟋蟀，稻谷化为米虫，麦秆化为胡蝶，羽翼生成了，眼睛形成了，心智出现了，这是从无知化为有知，气有所变易了。鹤化为獐，蛇化为龟，蟋蟀化为虾，血气没有失去，但性状变了。如此之类，不可胜数。

应变而动，这是正常。如果错了方位，就成为妖异。所以下部躯体生在上面，上部躯体生在下面，这是气的逆反。人生下了兽，兽生下了人，这是气的混乱。男化为女，女化为男，这是气的变易。鲁国的牛哀得了病，七天化为虎，形体变了，张牙舞爪，他的兄长开门进来，被他扑上去吃了。当他还是人的时候，他不知将要变成虎；当他变成虎的时候，他不知曾是人。晋惠帝永康年间，陈留郡的阮士瑀被毒蛇咬伤了，忍不住痛，几次闻他的伤口，后来鼻孔里就生成两条毒蛇。元康年间，历阳郡的纪元载客游在外，吃了路上的龟，肚子里就生了个结块，医生用药攻治它，排泄出小龟几升，像小钱那么大，头、脚都全，甲壳花纹都有，只是中了药已经死去。

夫妻不是化育之气，鼻孔不是胎孕的地方，通道不是下物的器具。从这来看，万物的生死和它们的变化，并不是通神的思想，虽然求之于自身，又怎么能知道它们的由来？但是腐草之化为萤，是由于它腐烂了；麦秆之化为胡蝶，是由于它潮湿了。这样，万物的变化又都是有来由的了。农夫防止麦秆的变化，用灰来沤。圣人理正万物的变化，用道来济。难道不是这样吗？

贲　羊

季桓子穿井，获如土缶，其中有羊焉。使问之仲尼曰："吾穿井而获狗，何耶？"仲尼曰："以丘所闻，羊也。丘闻之，木石之怪，夔、蝄蜽；水中之怪，龙、罔象；土中之怪，曰贲羊。"《夏鼎志》曰："罔象，如三岁儿，赤目，黑色，大耳，长臂，赤爪，索缚则可得食。"王子曰："木精为游光，金精为清明也。"

【译文】

季桓子打井，得到一只像土缶那样的东西，里面有一只羊。他派人去问孔子道："我打井得到一只狗，为什么呢？"孔子说："据我所听说的，是羊。我听说：木石的精怪，是夔和蝄蜽；水中的精怪，是龙和罔象；土中的精怪，名叫贲羊。"《夏鼎志》说："罔象，像三岁小孩那么大。红眼睛，黑皮肤，大耳朵，长胳臂，红爪子，用绳子缚住它就能得到吃的。"王子说："木的精怪是游光，金的精怪是清明。"

地中犬声

晋惠帝元康中，吴郡娄县怀瑶家，忽闻地中有犬声隐隐。视声发处，上有小窍，大如蚓穴。瑶以杖刺之，入数尺，觉有物。乃掘视之，得犬子，雌雄各一。目犹未开，形大于常犬。哺之而食，左右咸往观焉。长老或云:“此名犀犬,得之者令家富昌,宜当养之。”以目未开,还置窍中,覆以磨砻。宿昔发视,左右无孔,遂失所在。瑶家积年无他祸福。

至太兴中,吴郡太守张懋,闻斋内床下犬声,求而不得。既而地坼,有二犬子。取而养之,皆死。其后懋为吴兴兵沈充所杀。

《尸子》曰:“地中有犬,名曰地狼;有人,名曰无伤。”《夏鼎志》曰:“掘地而得狗,名曰贾;掘地而得豚,名曰邪;掘地而得人,名曰聚。聚,无伤也。此物之自然,无谓鬼神而怪之。”然则贾与地狼名异,其实一物也。《淮南·万毕》曰:“千岁羊肝,化为地宰;蟾蜍得苽,卒时为鹑。”此皆因气化以相感而成也。

【译文】

晋惠帝元康年间,吴郡娄县怀瑶家里,忽然听到地底下有隐隐约约的狗叫声。看声音发出的地方,有个小洞,像蚯蚓孔那么大。怀瑶用根棍子捅下去,进去几尺,觉得有什么东西。就掘开来看,发现两只小狗,一雌一雄,眼还没开,体形比平常的狗大。喂它们,它们也吃。左邻右舍都去观看。年长的人说:“这叫犀犬,得到它的人家里会富裕昌盛,应该养着它。”因为眼还没有开,仍旧把它们放在洞中,上面盖上砻糠。过了一夜打开来看,已经不见了,左右也没有洞。怀瑶过了几年也没有什么别的祸福。

到晋元帝大兴年间,吴郡太守张懋听得书斋里的一张床下有狗叫声,找它却找不到。后来地裂开来,有两只小狗,拿出来喂养,都死了。这以后,张懋被吴兴军队里的沈充所杀。

《尸子》说:“地中有狗,名叫地狼;有人,名叫无伤。”《夏鼎志》说:“掘地得狗,名叫贾;掘地得猪,名叫邪;掘地得人,名叫聚。聚,就是无伤。这些都是自然形成的生物,不要认为那是鬼神而对它们感到奇怪。”这么说，“贾”与“地狼”名称虽然不同，其实是一样东西。《淮南·万毕》说：“千年的羊肝，变成地宰。蛤蟆得到菰米，死的时候就变成鹑。”这都是因为气的变化引起相互感应而成的。

傒囊

吴诸葛恪为丹阳太守，尝出猎，两山之间，有物如小儿，伸手欲引人。恪令伸之，乃引去故地，去故地即死。既而参佐问其故，以为神明。恪曰：“此事在《白泽图》内，曰：‘两山之间，其精如小儿，见人则伸手欲引人，名曰“傒囊”。引去故地则死。’无谓神明而异之，诸君偶未见耳！”

【译文】

吴国的诸葛恪任丹阳太守时，曾经外出打猎。到了两座山之间，看到有个东西好像小孩儿的模样，伸手想拉人。诸葛恪就让它伸手过来，一拉，把它拉得离开了原来的地方。一离开原来的地方，它就死了。后来参佐问他这是什么东西，是不是神怪，诸葛恪说：“这东西在《白泽图》里有，说：‘两座山之间，它的精灵像小孩儿，看见人就伸手想拉，名叫傒囊，拉它离开原来的地方就死。’无所谓神怪而奇异它。诸君只是偶然没有看到书上的记载罢了。”

池阳小人

王莽建国四年，池阳有小人景，长一尺余，或乘车，或步行，操持万物，大小各自相称，三日乃止。莽甚恶之。自后盗贼日甚，莽竟被杀。《管子》曰："涸泽数百岁，谷之不徙、水之不绝者，生庆忌。庆忌者，其状若人，其长四寸，衣黄衣，冠黄冠，戴黄盖，乘小马，好疾驰。以其名呼之，可使千里外一日反报。"然池阳之景者，或庆忌也乎？又曰："涸小水精，生蚳。蚳者，一头而两身，其状若蛇，长八尺。以其名呼之，可使取鱼鳖。"

【译文】

王莽始建国四年，池阳县有小人的影子，长一尺多，有的乘车，有的步行，手里拿着各种各样东西，这些东西的大小也与他们的身长都相称，出现了三天才停止。王莽对这些小人很厌恶。从这以后，盗贼一天比一天多，王莽终究被杀。《管子》说："干涸的湖沼经过几百年，山谷不移动位置而水流不断的，会产生庆忌。庆忌形状像人，长四寸，穿黄衣，戴黄冠，张黄伞，乘小马，喜欢疾驰。用它的名字叫它，可以使它千里之外一天就回报。"这么说池阳的小人影子，或者就是庆忌吧？又说："干涸的小水流，成了精，会产生蚳。蚳一个头，有两个身子，形状像蛇，长八尺。用它的名字叫它，可以使它取鱼鳖。"

霹雳被格

晋扶风杨道和，夏于田中获。值雨，至桑树下，霹雳下击之。道和以锄格，折其股，遂落地，不得去。唇如丹，目如镜，毛角长三寸余，状似六畜，头似猕猴。

【译文】

晋朝的时候，扶风郡的杨道和，夏天在田里正好遇到下雨，就避到桑树底下。霹雳下来打他，杨道和就用锄头和它格斗，把它的大腿打折了，就落在地上，不能再上天。这霹雳嘴唇像涂了丹，眼睛像镜子，毛茸茸的角有三寸多长，形状像牲畜，头像猕猴。

落　头　民

秦时，南方有落头民，其头能飞。其种人部有祭祀，号曰“虫落”，故因取名焉。吴时，将军朱桓得一婢，每夜卧后，头辄飞去。或从狗窦，或从天窗中出入，以耳为翼，将晓复还，数数如此。旁人怪之，夜中照视，唯有身无头，其体微冷，气息裁属，乃蒙之以被。至晓头还，碍被，不得安，两三度堕地，噫咤甚愁，体气甚急，状若将死。乃去被，头复起，傅颈，有顷和平。桓以为大怪，畏不敢畜，乃放遣之。既而详之，乃知天性也。时南征大将亦往往得之。又尝有覆以铜盘者，头不得进，遂死。

【译文】

秦朝的时候，南方有一种落头民，他们的头会飞。这个种族，部族里有祭祀，号称“虫落”，所以就取了这样一种名称。吴国的时候，将军朱桓得到一个婢女，每夜躺下后，头就飞去，有时从狗洞中、有时从天窗里出入，用耳朵作翅膀。天快亮的时候再回来，常常这样，旁人都觉得怪。半夜用灯光照了看她，只有身子，没有头。她的身体微微有点冷，只有一点儿气息。就用被子把她的身子蒙住。到天亮，头回来了，有被子阻碍着，没法安到身子上，两三次掉在地上，那头就发出叹息的声音，显得很发愁，而身体的气息也很短促，看样子好像快要死了。就把被子掀去，头重新起来，附到颈项上。过了一会，才平静下来。朱桓以为太怪了，害怕而不敢留下她，就放她走了。后来明白了怎么回事，才知道这是天性。当时出征南方的将军，也往往得到这种人。又有人曾经趁头飞走的时候，用铜盘盖在颈项上，头没法进去，就死了。

貙虎化人

江汉之域，有貙人。其先，廪君之苗裔也，能化为虎。长沙所属蛮县东高居民，曾作槛捕虎。槛发，明日众人共往格之，见一亭长，赤帻大冠，在槛中坐。因问："君何以入此中？"亭长大怒曰："昨忽被县召，夜避雨，遂误入此中。急出我！"曰："君见召，不当有文书耶？"即出怀中召文书，于是即出之。寻视，乃化为虎，上山走。或云："貙虎化为人，好着紫葛衣，其足无踵。虎有五指者，皆是貙。"

【译文】

江汉地区有一种貙人，他们的祖先是廪君的后代，能化为虎。长沙郡下属的蛮县东高地方的居民，曾经制作兽笼捕虎。兽笼放出去以后，第二天，众人一起去打开，看见一个亭长打扮的人，红巾大冠，坐在笼中。就问他："你为什么进到这里面？"亭长大怒说："昨天突然受到县令召唤，夜里行路避雨，就误入到笼里来了。快放我出去！"众人说："你受县里召唤，不该有文书吗？"那人就从怀中取出召传的文书。于是众人就把他放出来了。不一会儿，大家看着他变成了老虎，奔上山去。有人说："貙虎变成人，喜欢穿紫葛衣衫，他的脚没有脚跟。凡虎有五个爪子的，都是貙人变的。"

猳国马化

蜀中西南高山之上，有物与猴相类，长七尺，能作人行，善走逐人，名曰“猳国”，一名“马化”，或曰“玃猿”。伺道行妇女有美者，辄盗取将去，人不得知。若有行人经过其旁，皆以长绳相引，犹故不免。此物能别男女气臭，故取女，男不取也。若取得人女，则为家室，其无子者，终身不得还。十年之后，形皆类之，意亦迷惑，不复思归。若有子者，辄抱送还其家。产子皆如人形，有不养者，其母辄死，故惧怕之，无敢不养。及长，与人不异，皆以杨为姓。故今蜀中西南多诸杨，率皆是猳国、马化之子孙也。

【译文】

蜀中西南高山上面，有一种东西与猴相像，七尺长，能像人一样直立行走。善于奔跑追人，名叫猳国，又叫马化，或者叫玃猿。窥伺路上行走的妇女有美貌的，就偷抢去，把人抢走，别人都不知道。如果有行人经过它旁边，都互相用长绳拉着走，即使这样，仍旧还是免不了被抢走的。这东西能辨别出男女的气味，所以它只抢女的，男的就不抢。它把女的抢了去，就做它的妻子。没生孩子的，终身不能回还，十年以后，形状变得和它们一样，心意也被迷惑了，不再想回还。如果生了孩子的，就让女的抱着孩子，送回她的家。生下的孩子都像人的形状。凡有不把孩子养大的，孩子的母亲就会死去。所以害怕这一点，没有敢不把孩子养大的。长大以后，与人没有两样，都以杨为姓。如今蜀中西南多姓杨的，大抵都是猳国、马化的子孙。

刀劳鬼

临川间诸山有妖物，来常因大风雨，有声如啸，能射人。其所着者，有顷便肿，大毒。有雌雄，雄急而雌缓。急者不过半日间，缓者经宿。其旁人常有以救之，救之少迟则死。俗名曰“刀劳鬼”。故外书云：“鬼神者，其祸福发扬之验于世者也。”《老子》曰：“昔之得一者，天得一以清，地得一以宁，神得一以灵，谷得一以盈，侯王得一以为天下贞。”然则天地鬼神，与我并生者也。气分则性异，域别则形殊，莫能相兼也。生者主阳，死者主阴，性之所托，各安其生。太阴之中，怪物存焉。

【译文】

临川郡境内诸山，有一种妖物，来的时候常常凭借着大风雨，发出一种像口哨那样的声响，能喷出东西来射人。被它射着的地方，不一会就肿起来，毒性极大。这种妖物有雌雄，雄的射着发作起来快，雌的射着发作起来慢。发作快的不过半日之间，慢的可以过一夜。旁边有人，常可救治；救得迟了，就会死。俗名称之为刀劳鬼。所以外书说：“所谓鬼神，它所造成的祸福，都是在人世间有所应验的。”《老子》说：“昔之得一者，天得一以清，地得一以宁，神得一以灵，谷得一以盈，侯王得一以为天下贞。”这么说来，天地鬼神都是与我并生的。气分开来本性就两样，地域不同形状就相异，是不能兼有的。活着的主阳，死去的主阴，本性所托，各自安生。在太阴之中，自有怪物存在。

越地冶鸟

越地深山中有鸟，大如鸠，青色，名曰“冶鸟”。穿大树作巢，如五六升器，户口径数寸，周饰以土垭，赤白相分，状如射侯。伐木者见此树，即避之去。或夜冥不见鸟，鸟亦知人不见，便鸣唤曰：“咄，咄，上去。”明日便宜急上。“咄，咄，下去。”明日便宜急下。若不使去，但言笑而不已者，人可止伐也。若有秽恶及其所止者，则有虎通夕来守，人不去，便伤害人。此鸟白日见其形，是鸟也；夜听其鸣，亦鸟也。时有观乐者，便作人形，长三尺，至涧中取石蟹，就火炙之。人不可犯也。越人谓此鸟是越祝之祖也。

【译文】

越地深山中有一种鸟，像鸠那么大，青色，名叫冶鸟。这种鸟在大树干上啄洞作巢，像五六升的容器，洞口直径几寸，周围用不同颜色的泥土装饰，红白相分，形状好像射箭的靶子。斫柴的看见这树，就避开离去。有时夜间暗中看不见鸟，鸟也知道人看不见，便发出鸣声并叫唤道：“咄，咄，上去！”第二天就应该赶快上山。“咄，咄，下去！”第二天就应该赶快下山。如果冶鸟不叫人离去，只是不停地又说又笑，人就要停止伐树了。如果有脏东西靠近它停的地方，就有老虎整夜来守护，人不离开的话，老虎就要伤害人。这鸟白天看见它的形体，是鸟；夜里听它的鸣叫声，也是鸟；有时有乐舞观看，它就化作人形，长三尺，到山涧中捕捉石蟹，就在火中烤，人不能去侵犯它。越人说，这鸟是越族巫师的祖宗。

鲛　　人

南海之外有鲛人，水居如鱼，不废织绩。其眼泣则能出珠。

【译文】

南海之外，有一种鲛人，像鱼一样居住在水中，但纺纱织布并不荒废。它眼睛里流下眼泪就是珍珠。

大青小青

庐江耽、枞阳二县境上，有大青、小青黑居。山野之中，时闻哭声，多者至数十人，男女大小，如始丧者。邻人惊骇，至彼奔赴，常不见人。然于哭地必有死丧，率声若多则为大家，声若小则为小家。

【译文】

庐江郡晥县、枞阳两县境内，有大青、小青住在山野之中，常常听到它们的哭声，多的时候有几十个人的声音，男女老少，好像刚死了人。附近的人感到惊骇，跑到那里去，却总是见不到人。但是哭的地方一定有人要死。大抵哭声好像人多的，是大户人家要死人；哭声好像人少的，是小户人家要死人。

山　　都

庐陵大山之间，有山都，似人，裸身，见人便走。

有男女，可长四五尺，能啸相唤。常在幽昧之中，似魑魅鬼物。

【译文】

庐陵郡大山之间，有一种山都，模样像人，光着身子，见人就跑。有男有女，约长三四尺。能发出啸声互相呼唤，常在阳光照不到的地方，好像魑魅鬼物一样。

蜮

汉光武中平中，有物处于江水，其名曰“蜮”，一曰“短狐”，能含沙射人。所中者，则身体筋急，头痛发热，剧者至死。江人以术方抑之，则得沙石于肉中。《诗》所谓“为鬼为蜮，则不可测”也。今俗谓之溪毒。先儒以为男女同川而浴，淫女为主，乱气所生也。

【译文】

汉灵帝中平年间，在江水里有一种东西，名字叫蜮，又叫短狐，有含沙射人。被它射中的人身体会抽筋，头痛发热，严重的可以死去。江边的人用秘方医治它，能在肉里排出沙石。《诗经》所谓“为鬼为蜮，则不可测”，如今俗称溪毒，先儒以为男女一起在河里洗澡，淫荡的女子为主，形成了乱气，就会生出蜮来。

鬼　弹

汉永昌郡不韦县有禁水，水有毒气，唯十一月、十二月差可渡涉。自正月至十月，不可渡，渡辄病，杀人。其气中有恶物，不见其形，其作有声。如有所投击，中木则折，中人则害。土俗号为“鬼弹”。故郡有罪人，徙之禁旁，不过十日皆死。

【译文】

汉朝永昌郡不韦县有一条河叫禁水，水里有毒气，只有十一月、十二月勉强可以涉水过河。从正月到十月，不能渡河，渡河就生病，要死人。那气中有一种恶劣的东西，看不见它形状，但能发出声音，好像在投掷什么。击中了树，树就断；击中了人，人就害病。当地人俗称“鬼弹”。所以永昌郡有犯罪的人，就把他迁到禁水旁，不超过十天，就都死了。

张小小

余外妇姊夫蒋士，有佣客，得疾下血。医以中蛊，乃密以蘘荷根布席下，不使知。乃狂言曰：“食我蛊者，乃张小小也。”乃呼小小亡去。今世攻蛊，多用蘘荷根，往往验。蘘荷或谓嘉草。

【译文】

我的表姐夫蒋士，生病便血。医生认为他中了蛊毒，就偷偷用蘘荷根撒在他的睡席下，不让他知道。蒋士就疯疯癫癫地说：“吃掉我蛊的，是张小小。”就呼喊小小，病就消失了。现在治蛊毒，多用蘘荷根，往往有效验。蘘荷也叫嘉草。

犬　蛊

鄱阳赵寿有犬蛊。时陈岑诣寿，忽有大黄犬六七群，出吠岑。后余伯妇与寿妇食，吐血几死，乃屑桔梗以饮之而愈。蛊有怪物，若鬼。其妖形变化，杂类殊种，或为狗豕，或为虫蛇，其人不自知其形状。行之于百姓，所中皆死。

【译文】

鄱阳郡的赵寿有犬蛊。与他同时的陈岑到他家去，忽然有大黄狗六七群，出来对陈岑狂吠。后来我的大嫂与赵寿的媳妇一起吃饭，得了吐血病，几乎死去，用桔梗磨成屑吃下去才好。蛊像鬼一样，作怪的时候能变化成各种妖形，有时是狗、猪，有时是虫、蛇。蛊主都自已知道它的形状。用蛊去害人，谁中了谁就死。

蛇　蛊

荥阳郡有一家姓廖，累世为蛊，以此致富。后取新妇，不以此语之。遇家人咸出，唯此妇守舍。忽见屋中有大缸，妇试发之，见有大蛇。妇乃作汤，灌杀之。及家人归，妇具白其事，举家惊惋。未几，其家疾疫，死亡略尽。

【译文】

营阳郡有一家人家，姓廖，世世代代作蛊，以此致富。后来娶了个新媳妇，没把这件事告诉她。一次，家里人全都出去了，只有这个新媳妇看家。她忽然看见屋里有口大缸，就试着打开看，只见里面有一条大蛇，她就烧了开水，浇灌到缸里，把蛇杀死了。等到家里人回来了，新媳妇把这件事一一叙说一遍，全家都吃惊而惋惜。不久，他们家生了瘟疫，几乎都死光了。

卷 十 三

澧 泉

泰山之东有澧泉，其形如井，本体是石也。欲取饮者，皆洗心志，跪而挹之，则泉出如飞，多少足用。若或污漫，则泉止焉。盖神明之尝志者也。

【译文】

泰山东面有一眼澧泉，它的形状像井，是由石头构成的。想取泉水饮的人，都要涤荡心胸，跪下来汲取，这样泉水就像飞一样涌出来，要多少都够。如果有人心地不干净，态度又随随便便，泉水就不出来。这泉水大概是神明试验人心意的。

二 华 之 山

二华之山，本一山也。当河，河水过之而曲行。河神巨灵以手擘开其上，以足蹈离其下，中分为两，以利河流。今观手迹于华岳上，指掌之形具在；脚迹在首阳山下，至今犹存。故张衡作《西京赋》，所称“巨灵赑屃，高掌远迹，以流河曲”是也。

【译文】

华山和黄河北岸的中条山本来是一座山，挡住了黄河的去路，黄河经过它要绕一个大弯。黄河之神巨灵，用手擘开山的上部，用脚踩开山的下部，当中一分为二，以利于河水流过。如今还能在华山东峰岩壁上看到巨灵手的痕迹，指、掌形状都在。脚的痕迹在首阳山下，至今还留存着。所以张衡作《西京赋》，所写的“巨灵赑屃，高掌远迹，以流河曲”，就是说的这件事。

霍山镬

汉武徙南岳之祭于庐江灊县霍山之上，无水。庙有四镬，可受四十斛。至祭时，水辄自满，用之足了，事毕即空。尘土树叶，莫之污也。积五十岁，岁作四祭。后但作三祭，一镬自败。

【译文】

汉武帝把对南岳的祭祀迁到庐江郡灊县的霍山上举行，霍山上没有水。山上的庙里有四只镬子，可以盛放四十斛水。每到祭祀时，水就自己满了，用起来完全足够，祭祀完毕以后就又空了。尘土也好，落叶也好，都不能弄脏它，前后五十年，每年祭祀四次。后来改为只祭祀三次，有一只镬子就自己坏了。

樊山火

樊口之东有樊山，若天旱，以火烧山，即至大雨。今往往有验。

【译文】

樊口的东面，有一座樊山。如果天旱，用火烧山，就来大雨。一直到现在，往往有灵验。

孔　　窦

空桑之地，今名为孔窦，在鲁南山之穴。外有双石，如桓楹起立，高数丈。鲁人弦歌祭祀。穴中无水，每当祭时，洒扫以告，辄有清泉自石间出，足以周事。既已，泉亦止。其验至今存焉。

【译文】

空桑这个地方，现在名为孔窦，在鲁郡南山的山洞里。外面有两块大石，像两根柱子一般，有几丈高。鲁郡人弹琴唱歌，举行祭祀。山洞里没有水，每当祭祀时，打扫干净以后祷告，就会有清泉从石头里冒出来，足以办成祭祀的事。事毕以后，泉水也停止涌出了。直到如今还灵验。

湘　　穴

湘东新平县有一龙穴。岁大旱，人则共壅水以塞此穴。穴淹则大雨立至。

【译文】

湘东新平县有一个龙穴，遇到哪一年发生了大旱，人们就筑了拦水坝把水引到这个洞里，把洞灌满了，大雨立刻就来。

龟化城

秦惠王二十七年，使张仪筑成都城，屡颓。忽有大龟浮于江，至东子城东南隅而毙。仪以问巫，巫曰：“依龟筑之。”便就。故名“龟化城”。

【译文】

秦惠文王二十七年，派张仪修筑成都城，屡次坍塌。忽然江里浮来一只大龟，到东子城东南角上就死在那里。张仪就问巫师，巫师说：“按照龟死的地方筑城。”就筑成了。所以这城叫做龟化城。

长水县

由拳县，秦时长水县也。始皇时，童谣曰：“城门有血，城当陷没为湖。”有妪闻之，朝朝往窥。门将欲缚之，妪言其故。后门将以犬血涂门。妪见血，便走去。忽有大水欲没县，主簿令幹入白令。令曰：“何忽作鱼？”幹曰：“明府亦作鱼。”遂沦为湖。

【译文】

由拳县，就是秦朝时候的长水县。秦始皇时，流传一首童谣说：“城门有血，城当陷没为湖。”有个老婆子听了这首童谣，天天到城门去探看，守城的将官都要把她绑起来了，老婆子就说了自己来探看的缘故。后来守门的将官用狗血涂在门上，老婆子看见了血，就赶快奔走了。突然，发了洪水，就要淹没长水县了。有个主簿叫令幹，到衙门里去报告县长。县长说：“你怎么忽然变成了鱼?”令幹也说:“县长您也变成了鱼。”于是,长水县就沦没为湖了。

马邑城

秦时,筑城于武周塞内,以备胡。城将成而崩者数焉。有马驰走,周旋反复,父老异之。因依马迹以筑城,城乃不崩。遂名“马邑”。其故城今在朔州。

【译文】

秦朝的时候在武周塞里面筑城,用来防备胡人的侵扰。城每到快要筑成就坍了,已经有好几次了。有一匹马奔驰而去,反反复复打着圈儿。几个年老的看了觉得奇怪,就依照马的足迹筑城,城这才不坍了。于是就称为马邑城。这座城的故址,如今在雁门郡。

劫灰

汉武帝凿昆明池,极深,悉是灰墨,无复土。举朝不解,以问东方朔。朔曰:“臣愚,不足以知之。可试问西域人。”帝以朔不知,难以移问。

至后汉明帝时,西域道人入来洛阳。时有忆方朔言者,乃试以武帝时灰墨问之。道人云:“经云:‘天地大劫将尽,则劫烧。’此劫烧之余也。”乃知朔言有旨。

【译文】

汉武帝开凿昆明池,极深,挖出来的都是墨黑的灰,没有泥。朝廷里的官都不知道这是什么,就问东方朔。东方朔说:“臣子愚笨，所有的知识还不够回答这个问题。陛下可以试着问问西域人。”汉武帝因为像东方朔这样渊博的还不知道，很难再去问别人，这事就搁下了。

到东汉明帝的时候，有个西域来的僧人进入洛阳城，当时有记起东方朔那番话的人，就试着用武帝时的黑灰问这个西域僧人。僧人说：“天地之间的大劫将要结束的时候，就要发生劫烧，这黑灰就是劫烧留下来的。”人们这才知道东方朔的话确有所指。

丹 砂 井

临汜县有廖氏，世老寿。后移居，子孙辄残折。他人居其故宅，复累世寿。乃知是宅所为，不知何故。疑井水赤，乃掘井左右，得古人埋丹砂数十斛。丹汁入井，是以饮水而得寿。

【译文】

临沅县有一家姓廖的，世世代代长寿。后来搬家到别处，子孙就死得早了。别的人家住进他们老家的房子，又好几代都长寿。这才知道是住处造成的，但不知是什么缘故。后来疑心井水有点发红，就挖掘井的四周，发现古人埋在地下的丹砂有几十斛。丹砂的溶液渗入井中，所以喝了井水寿命就长。

余 腹

江东名余腹者，昔吴王阖闾江行，食脍有余，因弃中流，悉化为鱼。今鱼中有名吴王脍余者，长数寸，大者如箸，犹有脍形。

【译文】

江东有称为余腹的鱼。从前吴王阖闾在江上乘船出行，吃鱼片，剩下一点，就丢在江中，全都化成了鱼。如今鱼中有名叫吴王脍余的，长几寸，大的有筷子那么长，还有鱼片的样子。

长　卿

蟛蜮，蟹也。尝通梦于人，自称“长卿”。今临海人多以“长卿”呼之。

【译文】

蟛蜮是蟹的一种，它曾托梦给人，自称长卿。如今临海郡的人都叫它长卿。

青　蚨

南方有虫，名蠍蠋，一名蜖蠋，又名青蚨。形似蝉而稍大，味辛美，可食。生子必依草叶，大如蚕子。取其子，母即飞来，不以远近。虽潜取其子，母必知处。以母血涂钱八十一文，以子血涂钱八十一文，每市物，或先用母钱，或先用子钱，皆复飞归，轮转无已。故《淮南子术》以之还钱，名曰“青蚨”。

【译文】

南方有一种虫，名叫蠍蠋，也叫蜖蠋，又叫青蚨。形体像蝉而稍大，味道辣而鲜美，可以吃。它产卵一定产在草叶上。像蚕子那么大。取到它的子，母青蚨一定飞来，不论远近。即使取它的子偷偷藏起来，母青蚨也一定会知道在什么地方。用母青蚨的血涂在八十一个钱上，用青蚨子的血也涂在八十一个钱上，每次买东西，或者先用母钱，或者先用子钱，都会重新飞回，轮转不止。所以《淮南子术》用这办法来还钱，把这钱叫做青蚨。

蜾　蠃

土蜂名曰蜾蠃，今世谓蛔蝻，细腰之类。其为物，雄而无雌，不交不产。常取桑虫或阜螽子育之，则皆化成己子。亦或谓之“螟蛉”。《诗》曰“螟蛉有子，果蠃负之”是也。

【译文】

土蜂名叫蜾蠃，当今叫它蛔蝻，是一种细腰的虫。这种虫，只有雄的，没有雌的，不交配，也不生产。常把桑虫或蝗虫子取来养育，就都变成自己的儿子，亦有人叫它“螟蛉”。《诗经》说：“螟蛉有子，果蠃负之。”说的就是这件事。

木　蠹

木蠹生虫，羽化为蝶。

【译文】

木头受到蠹蚀，就会生出虫子，羽化成为胡蝶。

蜎

蜎多刺，故不使超逾杨柳。

【译文】

蜎身上有刺，所以不让它超越过杨柳。

《典论》刊石

昆仑之墟，地首也。是惟帝之下都，故其外绝以弱水之深，又环以炎火之山。山上有鸟兽草木，皆生育滋长于炎火之中，故有火浣布。非此山草木之皮枲，则其鸟兽之毛也。汉世，西域旧献此布，中间久绝。至魏初时，人疑其无有。文帝以为火性酷烈，无含生之气，著之《典论》，明其不然之事，绝智者之听。及明帝立，诏三公曰："先帝昔著《典论》，不朽之格言。其刊石于庙门之外及太学，与石经并，以永示来世。"至是，西域使人献火浣布袈裟，于是刊灭此论，而天下笑之。

【译文】

昆仑山，是大地的头。这儿是天帝在下界的京都，所以它外面用很深的弱水隔绝开来，又用火焰山环绕起来。山上所有的草木鸟兽，都在火焰中生长发育，所以有火浣布。这种脏了用火来洗的布，或者是火焰山的麻皮绩成的，或者是火焰山上鸟兽的毛织成的。汉朝的时候，西域曾经来献过这种布，中间断绝了好久。到魏初时，人们疑心并没有这种布。魏文帝以为火性酷烈，不含有生命之气，因而在他所著的《典论》中，说明火浣布是不可能有的事，使智者不再了解此事。到魏明帝即位，下诏给三公说："先帝以往曾著有《典论》，这是不朽的格言，把它刻在宗庙的大门外，同时刻在太学，和石经并存，以永示来世。"后来西域派人献火浣布袈裟，于是把刻在石碑上的话又磨灭掉，受到天下人的嘲笑。

金 燧

夫金锡之性，一也。以五月丙午日中铸，为阳燧；以十一月壬子夜半铸，为阴燧。

【译文】

铜和锡的性质是一样的，在五月丙午日的中午铸造阳燧，可以用它取火；在十一月壬子日的半夜铸造阴燧，可以用它取水。

焦 尾 琴

汉灵帝时，陈留蔡邕以数上书陈奏，忤上旨意，又内宠恶之。虑不免，乃亡命江海，远迹吴会。至吴，吴人有烧桐以爨者。邕闻火烈声，曰："此良材也。"因请之，削以为琴，果有美音。而其尾焦，因名"焦尾琴"。

【译文】

汉灵帝的时候，陈留郡的蔡邕，因为几次上书陈奏，触犯了皇上的旨意，加上皇上宠爱的嫔妃又厌恶他，他担心难免受到祸害，就逃亡在江海之间，踪迹远到吴郡和会稽郡。一次他到吴郡，有个人在烧桐木做饭，蔡邕听到火燃烧毕剥的声音，说："这是一块好木料。"就把桐木要了来，削成一只琴，果然声音十分优美。但它尾部已经烧焦了，所以名叫焦尾琴。

柯 亭 竹

蔡邕尝至柯亭，以竹为椽。邕仰眄之，曰："良竹也。"取以为笛，发声辽亮。一云邕告吴人曰："吾昔尝经会稽高迁亭，见屋东间第十六竹椽可为笛。"取用，果有异声。

【译文】

蔡邕曾到过柯亭，这亭子用竹做椽子。蔡邕仰面看了一会，说："是好竹子。"就取下来制成了笛，发声十分嘹亮。还有一种说法：蔡邕告诉吴郡人说："我以前曾经经过会稽郡的高迁亭，看见屋子东间第十六根竹椽，是制笛的好材料。"取下来用，果然声音不同凡响。

卷 十 四

蒙 双 氏

昔高阳氏，有同产而为夫妇，帝放之于崆峒之野，相抱而死。神鸟以不死草覆之。七年，男女同体而生，二头，四手足，是为蒙双氏。

【译文】

从前，颛顼高阳氏的时候，有一对双胞胎结成了夫妻，帝颛顼把他们放逐到崆峒之野，两个人相抱着死去。一只神鸟，衔来了不死之草，盖在他们身上，过了七年，生下了一个男女连体的小孩，两个头，四只手，四只脚，这就是蒙双氏。

盘 瓠

高辛氏有老妇人居于王宫，得耳疾历时。医为挑治，出顶虫，大如茧。妇人去后，置以瓠蓠，覆之以盘。俄尔顶虫乃化为犬，其文五色，因名“盘瓠”，遂畜之。

时戎吴强盛，数侵边境，遣将征讨，不能擒胜。乃募天下有能得戎吴将军首者，购金千斤，封邑万户，又赐以少女。后盘瓠衔得一头，将造王阙。王诊视之，即是戎吴。“为之奈何？”群臣皆曰：“盘瓠是畜，不可官秩，又不可妻。虽有功，无施也。”少女闻之，启王曰：“大王既以我许天下矣。盘瓠衔首而来，为国除害，此天命使然，岂狗之智力哉！王者重言，伯者重信，不可以女子微躯，而负明约于天下，国之祸也。”王惧而从之，令少女从盘瓠。

盘瓠将女上南山，草木茂盛，无人行迹。于是女解去衣裳，为仆竖之结，着独力之衣，随盘瓠升山入谷，止于石室之中。王悲思之，遣往视觅，天辄风雨，岭震云晦，往者莫至。盖经三年，产六男六女。盘瓠死后，自相配偶，因为夫妇。织绩木皮，染以草实，好五色衣服，裁制皆有尾形。后母归，以语王。王遣使迎诸男女，天不复雨。衣服褊裢，言语侏㒧，饮食蹲踞，好山恶都。王顺其意，赐以名山广泽，号曰“蛮夷”。

蛮夷者，外痴内黠，安土重旧。以其受异气于天命，故待以不常之律：田作贾贩，无关繻符传、租税之赋；有邑君长，皆赐印绶；冠用獭皮，取其游食于水。今即梁、汉、巴、蜀、武陵、长沙、庐江郡夷是也。用糁杂鱼肉，叩槽而号，以祭盘瓠，其俗至今。故世称“赤髀横裙，盘瓠子孙”。

【译文】

帝喾高辛氏的时候，有个老妇人住在王宫里，得了耳病，有好些时候了。医生给她掏耳朵治疗，挑出一只像茧那么大的顶虫。老妇人离开的时候，把这只顶虫放在长着葫芦的篱笆旁，用个盘盖住它，不一会儿这虫就变成了一条狗，毛色五彩。因为葫芦古代叫做瓠，就把这条狗叫做盘瓠，把它养起来。

当时戎吴强盛，屡次侵犯边境，调兵遣将去征讨，未能有所擒获和取胜。高辛王就招募天下有能够得到戎吴将军头的，赏他千斤黄金，封万户侯，还把小女儿赐嫁给他。后来盘瓠衔来了一颗头，来到王宫，高辛王仔细一看，就是戎吴将军的头。这怎么办呢？臣子们都说："盘瓠是畜生，做不了官，又不能娶妻，虽然有功，不能赏他什么。"高辛王的小女儿听说，向高辛王启禀道："父王已经用我向天下人做了许诺，盘瓠衔了首级来，为国家除了害，这都是老天安排的命，难道只是狗的智力吗？做大王的看重自己说的话，做霸王的看重信用。不能因为女儿轻微的身子，而背负了向天下人表明了的约言，不然就会造成国家的祸害。"高辛王害怕出现祸害，就叫小女儿跟从盘瓠。

盘瓠领着小女儿上了南山，草木茂盛，人迹不至。于是小女儿脱去了衣裳，打了一个童仆那样的结，穿上自己做的衣服，跟盘瓠登山入谷，住在石洞之中。高辛王很悲伤，想念自己的女儿，派人去寻觅，天就刮风下雨，山上打雷，云雾幽暗，去的人总是没法到达。大概经过三年，生下了六男六女。盘瓠死后，他们就自相婚配，成为夫妻。他们用树皮织布，用草籽染色，喜欢穿五颜六色的衣服，裁制衣裳都做出一个狗尾巴的形状。后来他们的母亲回到娘家，对高辛王一一说了。高辛王就派使者迎接她的儿女前来，这次天不再下雨。

这些盘瓠的后代衣裳紧身相连，说话语音难辨，吃饭的时候习惯蹲着，喜欢山野而不喜欢城市。高辛王就顺着他们的心意，赐给他们名山大泽，把他们称为蛮夷。所谓蛮夷，外表痴呆，内心狡黠，安于乡土，看重故旧。因为他们从老天那儿接受了特殊的气质，所以对他们采取了不同于一般的法律。种田也好，商贩也好，不需要过关的通行证，也不交租税；部落的首领，都赐给他们印绶；帽子用水獭皮，取他们在水里游食的意思。他们就是如今梁州、汉中、巴、蜀、武陵、长沙、庐江郡的夷人。他们用饭拌鱼和肉，敲着木槽叫喊，以祭祀盘瓠，这种风俗一直流传到现在。所以人们说："光腿横裙，盘瓠子孙。"

夫余王

槀离国王侍婢有娠，王欲杀之。婢曰："有气如鸡子，从天来下，故我有娠。"后生子，捐之猪圈中，猪以喙嘘之；徙至马枥中，马复以气嘘之，故得不死。王疑以为天子也，乃令其母收畜之，名曰"东明"。常令牧马。东明善射，王恐其夺己国也，欲杀之。东明走，南至施掩水，以弓击水，鱼鳖浮为桥，东明得渡。鱼鳖解散，追兵不得渡，因都王夫余。

【译文】

槀离国王的一个侍婢怀了孕，国王很生气，想杀了她。婢女辩解说："我没有什么见不得人的事，当初有一股气，像鸡蛋一样，从天上下来，钻进我的怀里，我就怀了孕。"后来生下一个儿子，把他扔在猪圈中，猪用嘴嘘出气来暖和他；又把他扔到马棚里，马也用热气嘘他；所以这孩子得以不死。国王怀疑他是上天的儿子，就命令他的母亲收养他，给他起名叫东明。东明长大以后，国王常叫他牧马。东明擅长射箭。国王担心他会把自己的位置夺了去，又想杀了他。东明就向南奔逃，到了掩施水，被河流挡住了去路。他就用弓敲打水面，水里的鱼鳖都浮了上来，搭成了一座桥，让东明渡了过去。鱼鳖随即散掉了，追兵来到岸边，没法渡过河去。东明就做了夫余国的国王。

鹄苍衔卵

古徐国宫人娠而生卵，以为不祥，弃之水滨。有犬名“鹄苍”，衔卵以归，遂生儿，为徐嗣君。后鹄苍临死，生角而九尾，实黄龙也。葬之徐里中。见有狗垄在焉。

【译文】

古时候，徐国有个宫人，怀孕生下一个蛋来，以为不吉祥，就把它扔在河边。有一只狗叫鹄苍，把蛋衔了回来，这蛋里就出来一个男孩儿，接位做了徐国国王。后来鹄苍临死，生出了角，尾巴也变成了九条，原来变成了一条黄龙。就把它葬在徐里，现在那儿还有个狗坟。

縠乌菟

鬭伯比父早亡，随母归，在舅姑之家。后长大，乃奸䢵子之女，生子文。其䢵子妻耻女不嫁而生子，乃弃于山中。䢵子游猎，见虎乳一小儿，归与妻言。妻曰：“此是我女与伯比私通，生此小儿。我耻之，送于山中。”䢵子乃迎归养之，配其女与伯比。楚人因呼子文为縠乌菟。仕至楚相也。

【译文】

鬭伯比的父亲死得早，鬭伯比跟着母亲，住在舅舅家里。后来长大了，奸污了䢵子的女儿，生下了子文。䢵子的妻子觉得女儿没嫁人就生了儿子，感到羞耻，就把子文扔弃在山中。䢵子出去打猎，看见一只老虎在喂一个小孩儿吃奶，回来对妻子说了。妻子说：“这是我女儿与鬭伯比私通，生下的这个孩子。我觉得丢人，就把他送到山中去了。”䢵子就把子文带回来养着，把女儿嫁给鬭伯比。楚国人因此把子文称为縠乌菟。（在楚地方言里，“縠”是哺乳的意思，“乌菟”是老虎的意思。）縠乌菟后来做到楚国的相。

齐无野

齐惠公之妾萧同叔子，见御有身。以其贱，不敢言也。取薪而生顷公于野，又不敢举也。有狸乳而鹯覆之。人见而收，因名曰“无野”。是为顷公。

【译文】

齐惠公有个小妾叫萧桐叔子，被惠公亲幸，有了身孕。她因为自己身份低贱，不敢说出来。后来在野外取柴的时候，生下了一个男孩，又不敢养活他。这时有只狸猫来喂他奶，有只鹯鸟张开翅膀来被覆他，有人看见了，就把他收养了，因此给他起名叫“无野”。他就是后来的齐顷公。

袁钌

袁钌者，羌豪也。秦时，拘执为奴隶，后得亡去。秦人追之急迫，藏于穴中。秦人焚之，有景相如虎，来为蔽，故得不死。诸羌神之，推以为君。其后种落炽盛。

【译文】

袁钌是羌族的酋长，被秦国抓去做了奴隶，后来逃亡出去。秦国人追得他很急迫，他就躲在山洞中。秦国人在洞外用火焚烧，烟气里出现了一只老虎的形象，为他作了掩护，所以他得以不死。各部落的羌人把他当作神，推他做了首领。后来他的种族繁殖得十分昌盛。

窦氏蛇

后汉定襄太守窦奉妻生子武，并生一蛇。奉送蛇于野中。及武长大，有海内俊名。母死将葬，未窆，宾客聚集。有大蛇从林草中出，径来棺下，委地俯仰。以头击棺，血涕并流，状若哀恸。有顷而去。时人知为窦氏之祥。

【译文】

东汉定襄太守窦奉的妻子生下儿子窦武，同时生下一条蛇。当时就把蛇捧送到田野中去。等到窦武长大，他的英俊在海内是出名的。他母亲死了，将葬而尚未落葬之际，宾客云集，忽然有一条大蛇从树林草丛中出来，直到棺材下，盘曲在地上，一俯一仰，用头叩棺，血泪并流，看它的样子好像十分悲恸，过了好一会才去。当时人知道这是窦家吉祥的预兆。

撅儿

晋怀帝永嘉中，有韩媪者于野中见巨卵，持归育之，得婴儿，字曰“撅儿”。方四岁，刘渊筑平阳城不就，募能城者。撅儿应募，因变为蛇，令媪遗灰志其后。谓媪曰：“凭灰筑城，城可立就。”竟如所言。渊怪之，遂投入山穴间，露尾数寸。使者斩之，忽有泉出穴中，汇为池，因名“金龙池”。

【译文】

晋怀帝永嘉年间，有个韩媪，在野外看见一只巨大的蛋，拿回家，育出了一个婴儿，就叫他撅儿。才四岁的时候，刘渊筑平阳城不成功，招募能筑城的人，撅儿就去应募了。他变成一条蛇，叫韩媪在他身后撒灰做标记，他对韩媪说："沿着灰筑城，城可以立刻筑成。"结果果然像他所说的。刘渊感到奇怪，就派使者把蛇投进山洞里，还露出几寸尾巴，使者便把尾巴斩断了。忽然有泉水从山洞中涌出，汇成一个水池，就起名叫金龙池。

羽衣人

元帝永昌中，暨阳人任谷，因耕息于树下。忽有一人着羽衣，就淫之。既而不知所在，谷遂有妊。积月将产，羽衣人复来，以刀穿其阴下，出一蛇子，便去。谷遂成宦者，诣阙自陈，留于宫中。

【译文】

晋元帝永昌年间，暨阳人任谷，在耕田的间歇休息在树下。忽然有一个人穿着羽衣，前来与他淫通。事毕以后，就不知去向了。任谷就怀孕了。过了几个月快要生产的时候，羽衣人又来了，他用刀刺穿他的生殖器下部，生出来一个蛇蛋，就走了。任谷从此成了一个阉人，他到宫中去把自己的经过叙说了一番，就留下做了个太监。

女化蚕

旧说太古之时，有大人远征，家无余人，唯有一女。牡马一匹，女亲养之。穷居幽处，思念其父，乃戏马曰：

“尔能为我迎得父还，吾将嫁汝。”马既承此言，乃绝缰而去，径至父所。父见马惊喜，因取而乘之。马望所自来，悲鸣不已。父曰：“此马无事如此，我家得无有故乎？”亟乘以归。为畜生有非常之情，故厚加刍养。马不肯食，每见女出入，辄喜怒奋击。如此非一。父怪之，密以问女。女具以告父，必为是故。父曰：“勿言，恐辱家门。且莫出入。”于是伏弩射杀之，暴皮于庭。

父行。女与邻女于皮所戏，以足蹙之曰：“汝是畜生，而欲取人为妇耶？招此屠剥，如何自苦？”言未及竟，马皮蹶然而起，卷女以行。邻女忙怕，不敢救之，走告其父。父还，求索，已出失之。后经数日，得于大树枝间，女及马皮尽化为蚕，而绩于树上。其茧纶理厚大，异于常蚕。邻妇取而养之，其收数倍。因名其树曰“桑”。桑者，丧也。由斯百姓竞种之，今世所养是也。

言桑蚕者，是古蚕之余类也。案《天官》：“辰为马星。”《蚕书》曰：“月当大火，则浴其种。”是蚕与马同气也。《周礼》校人职掌“禁原蚕者”，注云：“物莫能两大。禁原蚕者，为其伤马也。”汉礼，皇后亲采桑，祀蚕神，曰菀窳妇人、寓氏公主。公主者，女之尊称也；菀窳妇人，先蚕者也。故今世或谓蚕为女儿者，是古之遗言也。

【译文】

旧时的说法，在太古时，有个做官的人远征在外，家里没有别人，只有一个女儿。有一匹公马，由女儿亲自饲养。女儿独身一人，寂寞无聊，思念她的父亲，就开玩笑对马说："你能为我接父亲回来，我就嫁给你。"马听到这话以后，就挣断缰绳奔去，直到父亲的地方。父亲看到马又惊又喜，就把它拉来骑上。马朝着来的地方不断地悲鸣，父亲说："这马无缘无故这样子，莫非我家有什么事吗？"马上乘着它回家。父亲因为畜生这样通人性很不平常，喂养它格外丰厚，但是马却不肯吃。每看见女儿进出，它就又喜又怒，显得十分兴奋，用蹄扣地，像这样不止一次。父亲感到奇怪，暗地里问女儿怎么回事。女儿把经过一一说了，以为一定是为了这个缘故。父亲说："这事不要再讲了，怕人家知道了，丢咱家的脸，你暂且不要出入。"于是埋伏着用弩把马射死了，把马皮暴晒在庭院里。

父亲走了，女儿与邻家的姑娘在马皮附近游戏，用脚踩着马皮说："你是畜生，还想娶人做媳妇吗？招来屠宰剥皮，何苦呢？"话还没说完，马皮突然竖起，把女儿卷起就走。邻家的姑娘感到惶恐，不敢去救，跑去告诉她的父亲。父亲回来寻找，已经失去了踪影。后来，过了几天，发现在一棵大树的枝叶间，女儿和马皮都已经化成了蚕，在树上作茧。这茧又厚又大，与平常的蚕不一样。邻家的妇女取来喂养，收到的丝多出几倍。于是就把这种树称为桑。桑，是丧的意思。从此，百姓竞相种桑养蚕，今世所养的就是。

说到桑蚕，是古蚕遗下的种。《天官书》说："辰是马星。"《蚕书》说："月分到了大火星黄昏出现，就要洗蚕种了。"辰就是心宿，大火星也包括心宿，所以蚕与马是同类的。《周礼》上有个校人的官职，是掌握禁止一年两度孵化蚕的。郑玄作注说："物不可两头都大，禁止一年两度孵化蚕，因为这样会伤马。"汉代的礼制，皇后要亲自采桑，祭祀蚕神，蚕神名叫"菀窳妇人，寓氏公主"。公主就是女子的尊称，菀窳妇人，则是最早养蚕的人。所以今世有人说蚕是女儿，其实是古代流传下来的说法。

嫦　娥

羿请无死之药于西王母，嫦娥窃之以奔月。将往，枚筮之于有黄。有黄占之曰："吉。翩翩归妹，独将西行。逢天晦芒，毋恐毋惊，后且大昌。"嫦娥遂托身于月，是为蟾蠩。

【译文】

后羿从西王母那儿请来不死之药，嫦娥偷吃以后就奔向月宫。她出发之前，曾请有黄占筮。有黄占了以后说："吉利。轻盈的少女嫁了出去，独自向西而行。碰上天色昏暗，茫茫一片，不要惊恐，以后会大好起来。"嫦娥就寄身月宫，变成了一只蟾蜍。

怪　草

舌埵山，帝之女死，化为怪草。其叶郁茂，其华黄色，其实如兔丝。故服怪草者，恒媚于人焉。

【译文】

姑瑶山上，天帝的女儿死了，变成怪草，叶子很茂盛，开黄花，结的籽像菟丝。吃怪草的人，常能招人喜爱。

兰岩山鹤

荥阳县南百余里，有兰岩山，峭拔千丈。常有双鹤，素羽皦然，日夕偶影翔集。相传云昔有夫妇，隐此山数百年，化为双鹤，不绝往来。忽一旦一鹤为人所害，其一鹤岁常哀鸣。至今响动岩谷，莫知其年岁也。

【译文】

营阳县南一百多里，有一座兰岩山，峻峭挺拔，高达千丈。常有两只鹤，白羽皎洁，从早到晚成双翱翔，成对栖息。人们相传说：从前有一对夫妇，隐居在这山中几百年，化为双鹤，不停地飞来飞去。忽然有一天，一只鹤被人害死了，另一只鹤年年哀鸣，到如今鸣声响动岩谷，没有人知道它的年岁。

毛 衣 女

豫章新喻县男子，见田中有六七女，皆衣毛衣，不知是鸟。匍匐往，得其一女所解毛衣，取藏之，即往就诸鸟。诸鸟各飞去，一鸟独不得去。男子取以为妇，生三女。其母后使女问父，知衣在积稻下，得之，衣而飞去。后复以迎三女，女亦得飞去。

【译文】

豫章郡新喻县有个男子，看见田里有六七个女子，都穿着羽衣，不知她们是鸟，匍匐着前去，偷到一个女子脱下的羽衣，就藏了起来。随即就朝她们走去。别的女子都披上羽衣变成鸟飞走了，只有一个女子飞不走，男子就娶她做了媳妇，生了三个女儿。后来母亲叫女儿问爸爸，知道羽衣藏在稻谷堆下面，就拿到了，披在身上飞走了。以后又来迎接三个女儿，三个女儿也飞走了。

人 化 鼋

汉灵帝时，江夏黄氏之母浴盘水中，久而不起，变为鼋矣。婢惊走告。比家人来，鼋转入深渊。其后时时出见。初浴簪一银钗，犹在其首。于是黄氏累世不敢食鼋肉。

【译文】

汉灵帝的时候，江夏郡黄家的老母亲，在一盆水中洗澡，很久不起来，变成一只鼋。婢女们大惊失色，奔走相告。等家里人来，鼋已经转移到一个深渊里去了。这以后时时出现，当初洗澡时簪的一根银钗，还在头上。于是黄家世世代代不敢吃鼋肉。

人化鳖

魏黄初中，清河宋士宗母，夏天于浴室里浴，遣家中大小悉出，独在室中良久。家人不解其意，于壁穿中窥之，不见人体，见盆水中有一大鳖。遂开户，大小悉入，了不与人相承。尝先着银钗，犹在头上。相与守之啼泣，无可奈何。意欲求去，永不可留。视之积日，转懈，自捉出户外。其去甚驶，逐之不及，遂便入水。后数日，忽还，巡行宅舍如平生，了无所言而去。时人谓士宗应行丧治服。士宗以母形虽变，而生理尚存，竟不治丧。此与江夏黄母相似。

【译文】

魏文帝黄初年间，清河郡宋士宗的母亲夏天在浴室里洗澡，打发家里大人小孩都出去，独自在里面好久。家里人不知她是什么意思，从墙壁的隙缝里窥探她，看不见她人影，只见浴盆里有一只大鳖。就打开门，大人小孩都进去，那鳖一点也不对人有什么表示。原先簪着的一根银钗，还在头上。家里人在一起守着它哭泣，无可奈何。那鳖的意思是想离开，但让它走的话就永远见不着了。守住它好几天，逐渐变得松懈下来了，那鳖就自己走到门外，爬得非常快，追它不上，就下了水。过了几天，忽然又回来了，在屋子里爬来爬去，好像以前是人的时候一样，可一点也没说什么就走了。当时人说，宋士宗应该举行丧礼，穿孝服。可是宋士宗却以为母亲形体虽然变了，生命还是继续着，竟不办丧事。这件事，与江夏郡黄家母亲变鼋的事相似。

宣骞母

吴孙皓宝鼎元年六月晦，丹阳宣骞母，年八十矣，亦因洗浴化为鼋，其状如黄氏。骞兄弟四人闭户卫之，掘堂上作大坎，泻水其中。鼋入坎游戏，一二日间，恒延颈外望。伺户小开，便轮转自跃，入于深渊，遂不复还。

【译文】

吴国孙皓宝鼎元年六月底，丹阳郡宣骞的母亲，八十岁了，也因为洗澡，化为鼋，情况和黄母一样。宣骞兄弟四个，把门关上守护着它，在厅堂上掘了一个大坑，把水灌进去。那鼋就进坑游戏了一两日，其间常伸长了脖子向外张望。等门稍为开了一下，那鼋就像车轮滚一般爬了出去，进入一个深渊，从此不再回来了。

怪老翁

汉献帝建安中，东郡民家有怪。无故瓮器自发，訇訇作声，若有人击。盘案在前，忽然便失。鸡生子，辄失去。如是数岁，人甚恶之。乃多作美食，覆盖，着一室中。阴藏户间，窥伺之。果复重来，发声如前。闻便闭户，周旋室中，了无所见。乃暗以杖挝之。良久，于室隅间有所中，便闻呻吟之声曰："哊，哊，宜死。"开户视之，得一老翁，可百余岁，言语了不相当，貌状颇类于兽。遂行推问，乃于数里外得其家，云："失来十余年。"得之哀喜。后岁余，复失之。闻陈留界复有怪如此，时人咸以为此翁。

【译文】

汉献帝建安年间，东郡一家居民家中有东西作怪。瓮罐等器皿无缘无故自己打开，乒乓有声，好像有人敲击。盘子几案放在面前，忽然便没有了。鸡生的蛋，总是丢失。像这样过了几年，家里人都觉得讨厌极了。就做了好些美味的食品，盖上盖子，放在一间房间里，人躲在门后面偷看。果然怪又来了，发出像以前一样的敲击声。门后的人一听到，便赶紧把门关上，在房间里打着转儿寻找，却什么也没看见。于是就用一根棍子向空中乱打，打了好久，在房间的角落里打中了什么，便听得呻吟的声音说："哊，哊！该死！"开门一看，发现一个老头儿，大约有一百多岁，话说得很不得体，模样儿有点像兽类。就对他盘问了一番，得知他的家在几里以外，就把老头儿送去。他家里说："老人已经失踪十几年了。"一旦得到，家人又悲又喜。过了一年多，这老头儿又失踪了。听说陈留郡地界又发现类似的怪事，当时人都以为是这老头儿干的。

卷 十 五

王 道 平

秦始皇时有王道平，长安人也。少时，与同村人唐叔偕女，小名文喻，容色俱美，誓为夫妇。寻王道平被差征伐，落堕南国，九年不归。父母见女长成，即聘与刘祥为妻。女与道平言誓甚重，不肯改事。父母逼迫不免，出嫁刘祥。经三年，忽忽不乐，常思道平，忿怨之深，悒悒而死。

死经三年，平还家，乃诘邻人："此女安在?"邻人云："此女意在于君，被父母凌逼，嫁与刘祥。今已死矣。"平问："墓在何处?"邻人引往墓所。平悲号哽咽，三呼女名，绕墓悲苦，不能自止。平乃祝曰："我与汝立誓天地，保其终身。岂料官有牵缠，致令乖隔，使汝父母与刘祥。既不契于初心，生死永诀。然汝有灵圣，使我见汝生平之面；若无神灵，从兹而别。"言讫，又复哀泣。

逡巡，其女魂自墓出，问平："何处而来?良久契阔。与君誓为夫妇，以结终身。父母强逼，乃出聘刘祥，已经三年。日夕忆君，结恨致死，乖隔幽途。然念君宿念不忘，再求相慰，妾身未损，可以再生，还为夫妇。

且速开冢破棺，出我即活。”平审言，乃启墓门，扪看其女，果活，乃结束随平还家。

其夫刘祥闻之惊怪，申诉于州县。检律断之，无条，乃录状奏王。王断归道平为妻。寿一百三十岁。实谓精诚贯于天地，而获感应如此。

【译文】

秦始皇的时候，有个王道平，是长安人。少年时代，与同村唐叔偕的女儿叫文喻的，互相盟誓，愿为夫妇。文喻长得十分美丽。不久，王道平应差入伍，征伐南方，流落在外，九年不归。唐叔偕夫妇看见女儿已经长大成人，就许配给了刘祥为妻。文喻与道平当初誓约很重，不肯改嫁。但父母逼迫，无可奈何，嫁给了刘祥。过了三年，她总是没有欢乐，心神恍惚，常思念道平，对自己的处境深深地忿怨，终于悒郁而死。

文喻死后三年，王道平回来了。他问邻人：“文喻在哪儿？”邻人说：“这女子心在你身上，被父母逼迫，嫁给了刘祥，如今已经死了。”王道平问：“墓在哪里？”邻人就把他领到墓地。道平放声大哭，悲痛气塞，连续呼叫文喻的名字，在坟墓四周绕着圈儿，悲苦不能自止。他祝道：“文喻，我与你向天地立过誓，要终身相守。谁料官家多事，身子摆脱不开，造成天各一方，使你父母把你给了刘祥。你既不称心意，终于生死永别。如果你有灵的话，让我看看你生平的面容。如果你没有神灵，我就从此与你分别了。”说罢，又悲哭起来。

过了一会，只见文喻的魂灵从墓中出来，问道平：“你从哪里来？分别得太长久了。我与你誓为夫妻，以结终身之好，是我父母强逼，将我嫁给刘祥。过了三年，日夜想你，心头结恨而死，从此阴阳分隔。但我想你的宿念，至死不忘。我要与你同守誓约。我的身体并未损坏，可以复活，还与你成为夫妻。你赶快挖开墓，打开棺材，我出来就能活。”道平听清了她的话，就挖开墓门，打开棺材，摸着她的尸体看她，果然活过来了。文喻于是理了理衣裳，跟随道平回家。

再说唐文喻的丈夫刘祥，听说妻子复活，大为惊奇，就向州县提出了申诉。州官县官查遍了法律条文，没有一条可以据以作出判决。就把案情上报给王爷。王爷判定，把文喻归道平为妻。后来，道平和文喻一直活到一百三十岁。人们都说，这是爱情贯穿了天地，才获得这样的感应。

河间郡男女

晋武帝世，河间郡有男女私悦，许相配适。寻而男从军，积年不归，女家更欲适之。女不愿行，父母逼之，不得已而去。寻病死。其男戍还，问女所在，其家具说之。乃至冢，欲哭之尽哀，而不胜其情。遂发冢开棺，女即苏活，因负还家。将养数日，平复如初。

后夫闻，乃往求之。其人不还，曰："卿妇已死。天下岂闻死人可复活耶？此天赐我，非卿妇也。"于是相讼。郡县不能决，以谳廷尉。秘书郎王导奏："以精诚之至，感于天地，故死而更生。此非常事，不得以常礼断之，请还开冢者。"朝廷从其议。

【译文】

晋惠帝的时候，河间郡有一对男女私相爱恋，互定终身。不久男的从军，好几年不回来。女家要把姑娘嫁给别家，女儿不愿意，父母逼她，不得已去了，不久就病死了。男的守边归来，问女的在什么地方，她家里一一说了。男的就到坟墓上，想要一哭以尽哀，但感情控制不了，便掘开坟墓打开棺材，谁知女的就此苏醒复活了，便把她背回了家。将养了几天，完全恢复了常态。

后来她的丈夫听说了，就去求她回家。那男的不还，说："你的妻子已经死了，天下谁听说过死人可以复活的？这是天赐给我的，不是你的妻子。”于是打起了官司。郡县没法判决，上报廷尉审判定案。秘书郎王导奏道：“这是精诚所至，感动了天地，所以死而复生。这不是平常事，不能用常礼来决断。我建议把女子交还给掘开坟墓的人。”朝廷同意他的建议。

贾文合

汉献帝建安中，南阳贾偊，字文合，得病而亡。时有吏将诣太山，司命阅簿，谓吏曰：“当召某郡文合。何以召此人？可速遣之！”

时日暮，遂至郭外树下宿。见一年少女独行，文合问曰：“子类衣冠，何乃徒步？姓字为谁？”女曰：“某三河人，父见为弋阳令。昨被召来，今却得还。遇日暮，惧获瓜田李下之讥。望君之容，必是贤者，是以停留，依凭左右。”文合曰：“悦子之心，愿交欢于今夕。”女曰：“闻之诸姑，女子以贞专为德，洁白为称。”文合反复与言，终无动志，天明各去。

文合卒已再宿，停丧将殓，视其面有色，扪心下稍温，少顷却苏。后文合欲验其实，遂至弋阳，修刺谒令，因问曰：“君女宁卒而却苏耶？”具说女子资质服色、言语相反复本末。令入问女，所言皆同。乃大惊叹，竟以此女配文合焉。

【译文】

汉献帝建安年间，南阳郡有个贾偊，字文合，得病而亡，他觉得恍恍悠悠，被一个当差的带到泰山。司命大神翻阅了簿子，对当差的说：“应该召某郡文合来，你为什么召这个人？赶快打发他回去。”贾文合就往回走。

当时天色已晚，他就到城外树下过夜。只见一个少女独自走来，贾文合问道：“你好像是大户人家的女子，为什么徒步行路？你姓什么叫什么名字？”少女说：“我是三河人，父亲现在是弋阳县令。昨天召我来，今天却放我回去了。遇到天色晚，怕受到瓜田李下的讥讽，远远看到你的模样，一定是个贤德的人，所以逗留下来，跟在你的身边。”贾文合说：“我心里爱上了你，但愿今夜能与你交欢。”少女说：“我听姑姑们说，女子要贞节、专一才算有德，干净清白才好。”贾文合反复与她说，终于不能动摇她的心志。天亮以后，就各自上路。

贾文合死了已经两夜了，丧事结束，即将收殓时，看他的脸有了点气色，摸他的胸口也有些微温，过了一会儿就醒过来了。后来贾文合想验证一下那少女的情况，就到弋阳县去，写了一张名片拜谒县令。他问县令说：“您的女儿是不是死了又苏醒过来的？”就一一说了少女的姿质、服饰，以及与他交谈从头到尾的经过。县令进去问了女儿，所说的都相符。于是大为惊叹，竟把这个女儿嫁给了贾文合。

李　娥 附刘伯文、费长房

汉建安四年二月，武陵充县妇人李娥，年六十岁，病卒，埋于城外，已十四日。娥比舍有蔡仲，闻娥富，谓殡当有金宝，乃盗发冢求金。以斧剖棺。斧数下，娥于棺中言曰：“蔡仲，汝护我头！”仲惊遽，便出走。会为县吏所见，遂收治，依法当弃市。娥儿闻母活，来迎出，将娥回去。

武陵太守闻娥死复生，召见，问事状。娥对曰：“闻谬为司命所召，到时得遣出。过西门外，适见外兄刘伯文，惊相劳问，涕泣悲哀。娥语曰：'伯文，我一日误为所召，今得遣归，既不知道，不能独行，为我得一伴否？又我见召，在此已十余日，形体又为家人所葬埋，归当那得自出？'伯文曰：'当为问之。'即遣门卒与尸曹相问：'司命一日误召武陵女子李娥，今得遣还。娥在此积日，尸丧又当殡殓，当作何等得出？又女弱独行，岂当有伴耶？是吾外妹，幸为便安之。'答曰：'今武陵西界有男子李黑，亦得遣还，便可为伴。兼敕黑过娥比舍蔡仲，发出娥也。'于是娥遂得出。与伯文别，伯文曰：'书一封，以与儿佗。'娥遂与黑俱归。事状如此。"太守闻之，慨然叹曰："天下事真不可知也！"乃表以为"蔡仲虽发冢，为鬼神所使，虽欲无发，势不得已，宜加宽宥"。诏书报可。

太守欲验语虚实，即遣马吏于西界推问李黑，得之，与娥语协。乃致伯文书与佗。佗识其纸，乃是父亡时送箱中文书也，表文字犹在也，而书不可晓。乃请费长房读之，曰："告佗，我当从府君出案行部，当于八月八日日中时，武陵城南沟水畔顿，汝是时必往。"

到期，悉将大小于城南待之。须臾果至，但闻人马隐隐之声。诣沟水，便闻有呼声曰："佗来，汝得我所寄李娥书不耶？"曰："即得之，故来至此。"伯文以次呼家中大小久之，悲伤断绝，曰："死生异路，不能数得汝消息。吾亡后，儿孙乃尔许大。"良久，谓佗曰："来春大病，与此一丸药，以涂门户，则辟来年妖疠矣。"言讫忽去，竟不得见其形。至来春，武陵果大病，白日皆见鬼，唯伯文之家鬼不敢向。费长房视药丸曰：“此方相脑也。”

【译文】

汉献帝建安四年二月，武陵郡充县有个妇女叫李娥，年已六十岁，生病死了，埋在城外已有十四天。李娥的隔壁邻居叫蔡仲，听说她富有，以为殡葬一定有金银财宝，就盗墓想弄点钱财。他用斧头劈棺材，劈了好几下，只听李娥在棺材中说：“蔡仲，你小心我的头！”蔡仲大惊失色，便逃走了。正好被县里当差的看到，就抓起来治罪，依照法律，应该杀了把尸体暴露示众。李娥的儿子听说母亲活过来了，来把母亲带出棺材，带回家去。

武陵太守听说李娥死而复活，召见了她，问她死后的情景。李娥说：“我听得说司命大神错召了我，到时候就放我出来了。走过西门外，正好看见表兄刘伯文，他吃惊地慰问我，流泪悲伤了一会，我就说：‘伯文，那天我错被召来，如今将我放还。我又不认识路，不能一个人走，可以为我找一个伴么？再说我被召来，在这里已经十几天，身体怕被家人埋葬了，回去以后我又怎么能自己出去？’伯文说：‘我要为你打听一下。’就差看门人去问户曹：‘司命大神那天把武陵女子李娥错召了来，如今得以放还。李娥在这里已过了好几天，尸体该已埋葬了，要怎么样才能出来？又妇女力弱，独自行走，难道不该有个伴吗？她是我表妹，万望与她行个方便。’户曹回答说：‘如今武陵郡西界有个男子叫李黑，也得到放还，可以叫他做伴。同时命令李黑去探访李家邻居蔡仲，叫他把李娥发掘出来。’于是我就出门与伯文告别。伯文说：‘有一封信，托你带给我的儿子刘佗。’我就与李黑一起回来了。事情的经过就是这样。”太守听了，慨叹说：“天下的事情真是不可知啊！”就向皇帝上表说：“蔡仲虽然盗墓，实际是鬼差神使，虽想不盗，势不得已。应该加以宽赦。”皇帝下诏说：“可以。”

太守还想检查一下李娥所说的话是虚是实，就派马吏到西界去查问李黑。果然有一个李黑，问下来的话也都相符。于是又把刘伯文的信送给刘佗。刘佗一看，就认识那纸，是父亲去世时放在箱子里陪葬的文书纸。打开一看，上面有字，却不识得。就请费长房来读信，费长房念道："告诉佗儿：我要跟随府君外出巡视，当在八月八日中午时分，在武陵城南沟水旁边停留，你到时一定去。"

到了日子，刘佗带着全家大小到城南等待。过了一会儿，果然来了。只听得隐隐约约人马的声音，到了沟水边，便听得有呼叫声道："佗儿来！你得到我托李娥带的信没有？"刘佗说："得到了，所以到这里来。"伯文又依次呼唤家中大小，一一问了，悲伤欲绝地说："死生是两条道路，不能常常得到你们的消息。我死后，儿孙已经这么大了。"过了好久，对刘佗说："明年春天疫病大流行，我给你这一颗药丸，到时候把它涂在门户上，就能避过来年的瘟疫了。"话说完，他就走了，竟连身形也看不见了。第二年春天，武陵郡果然发生了大瘟疫，白天都能见到鬼，只有伯文家里鬼不敢问津。费长房看了药丸说："这是方相脑。"

史　姁

汉陈留考城史姁，字威明，年少时尝病，临死谓母曰："我死当复生。埋我，以竹杖柱于瘗上，若杖折，掘出我。"及死埋之，柱如其言。七日往视，杖果折。即掘出之，已活，走至井上浴，平复如故。

后与邻船至下邳卖锄，不时售，云欲归。人不信之，曰："何有千里暂得归耶？"答曰："一宿便还。"即书取报，以为验实。一宿便还，果得报。考城令江夏鄳贾和姊病在乡里，欲急知消息，请往省之。路遥三千，再宿还报。

【译文】

汉代陈留郡考城县有个史姁，字威明，年轻时，曾经生过一场病，临死的时候对母亲说："我死后还会复活。把我埋葬以后，用一根竹竿竖在埋我的地方，如果竹竿断了，就把我发掘出来。"等他死后，埋葬的时候，照他所说的那样竖了一根竹竿。到第七天，竹竿果然断了，就把他掘出来，已经活了。他走到井边洗了个澡，就完全恢复了原来的样子。

后来，史妠搭邻家的船到下邳卖锄头。一下子卖不完，他就说："我想回去一次。"邻居不相信他，说："千里路程，哪能说回就回的。"他回答说："我过一夜就回来。"就叫邻居给家里写一封信，他要取来回信，以为验证。果然一夜就回来了，回信也取到了。考城县县令是江夏郡鄳县的贾和，他有个姐姐在家乡生病，他急于知道消息，请史妠去看望一下，路程三千里之遥，史妠只过了两夜就回来报告情况了。

贺瑀

会稽贺瑀，字彦琚，曾得疾，不知人，惟心下温。死三日，复苏，云："吏人将上天，见官府。入曲房，房中有层架。其上层有印，中层有剑，使瑀惟意所取。而短不及上层，取剑以出。门吏问何得，云得剑。曰：'恨不得印，可策百神。剑，惟得使社公耳。'"疾愈，果有鬼来，称社公。

【译文】

会稽郡贺瑀，字彦琚，曾得过一场病，不知人事，只有胸口还有点温，死过去三天，重新苏醒。说："有个当差的带我上天，看见一座官府，就进了内室，里面有一层一层的架子。上层放着一方印章，中层放着一把剑，叫我随意拿。我人太矮，够不到上层，就取了剑出来。看门的问我拿到了什么，我说：'拿到了剑。'看门的说：'遗憾，没有拿到印章。如果拿到印章，可以差遣百神。拿到剑，只能使唤土地神罢了。’”贺瑀病好以后，果然有个神前来，自称是土地神。

戴洋复生

戴洋，字国流，吴兴长城人。年十二，病死，五日而苏，说死时，天使其为酒藏吏，授符箓，给吏从幡麾，将上蓬莱、昆仑、积石、太室、庐、衡等山。既而遣归。妙解占候，知吴将亡，托病不仕，还乡里。

行至濑乡，经老子祠，皆是洋昔死时所见使处，但不复见昔物耳。因问守藏应凤曰：“去二十余年，尝有人乘马东行，经老君祠而不下马，未达桥，坠马死者否?”凤言有之。所问之事，多与洋同。

【译文】

戴洋字国流，是吴兴郡长城县人。十二岁的时候，生病死去，过了五天复活，说：“死的时候，天帝叫我做酒藏吏，交给我符箓，还给我属吏、旗帜，要上蓬莱、昆仑、积石、太室、庐、衡等山。后来就打发我回来了。”

从此戴洋就精通占卜术。他知道吴国即将灭亡，就推托有病，不出来做官，回到家乡去。他走到濑乡，经过老子庙，发现都是当年死的时候所看到过的地方，但不再见到当年的东西罢了。他就问庙里的看守人应凤说：“二十多年以前，是否曾经有人乘着马朝东走，经过老君庙而不下马，没到桥就落马而死么?”应凤说：“有的。”接着戴洋又问了一些事，应凤的回答大都与他问的相符。

柳荣张悌

吴临海松阳人柳荣，从吴相张悌至扬州。荣病死船中二日，军士已上岸，无有埋之者。忽然大叫言："人缚军师！人缚军师！"声甚激扬，遂活。人问之，荣曰："上天北斗门下，卒见人缚张悌，意中大愕，不觉大叫言：'何以缚军师！'门下人怒荣，叱逐使去。荣便怖惧，口余声发扬耳！"其日悌即战死。荣至晋元帝时犹存。

【译文】

吴国临海郡松阳人柳荣，跟随吴国的丞相、军师张悌到了扬州。柳荣生病，死在船中已经两天，军士已经上岸，没有人去葬他。忽然他大叫起来："有人缚军师！有人缚军师！"声音很响亮，就活过来了。人问他是怎么回事，柳荣说："我上了天，到北斗门下，突然看见有人缚着张悌，我心里十分惊愕，不知不觉就大声叫了起来：'你们为什么缚军师！'那些人生我的气，呵叱着把我赶走，我就害怕起来，嘴里就带出了几声。"这一天，张悌就战死了。柳荣到晋元帝的时候还在。

马势妇

吴国富阳人马势妇，姓蒋。村人应病死者，蒋辄恍惚熟眠经日，见病人死，然后省觉。觉则具说，家中人不信之。语人云："某甲病，我欲杀之，怒强魂难杀，未即死。我入其家内，架上有白米饭，几种鲑。我暂过灶下戏，婢无故犯我，我打其脊，使婢当时闷绝，久之乃苏。”其兄病，有乌衣人令杀之，向其请乞，终不下手。醒乃语兄云：“当活。”

【译文】

吴国富阳人马势的妻子，姓蒋。村里有人该病死的，蒋氏就恍恍惚惚，熟睡一整天，看到病人死了，她才醒过来。醒来，她就把谁怎么怎么一一说了，家里人开始都不相信她。有一次，她对人说：“某甲病了，我要杀死他，只恨他灵魂强有力，很难杀，没有立即死。我到他家中，架上有白米饭，几条鲑鱼。我到灶下玩了一会，一个婢女无故侵犯我，我在她脊梁上打了一下，使她当时就昏倒，好久才醒过来。”她的哥哥病了，有个穿黑衣服的人叫她把哥哥杀掉，她向黑衣人求情，终于没下手。她醒过来就对哥哥说：“你会活下去的。”

颜　畿 附弟含

晋咸宁二年十二月，琅邪颜畿，字世都，得病，就医张瑳使治，死于张家。棺殓已久，家人迎丧，旐每绕树木而不可解，人咸为之感伤。引丧者忽颠仆，称畿言曰：“我寿命未应死，但服药太多，伤我五脏耳。今当复活，慎无葬也！”其父拊而祝之曰：“若尔有命，当复更生，岂非骨肉所愿？今但欲还家，不尔葬也。”旐乃解。

及还家，其妇梦之曰：“吾当复生，可急开棺。”妇便说之。其夕，母及家人又梦之。即欲开棺，而父不听。其弟含，时尚少，乃慨然曰：“非常之事，自古有之。今灵异至此，开棺之痛，孰与不开相负？”父母从之。乃共发棺，果有生验，以手刮棺，指爪尽伤，然气息甚微，存亡不分矣。于是急以绵饮沥口，能咽，遂与出之。

将护累月，饮食稍多，能开目视瞻，屈伸手足，然不与人相当。不能言语，饮食所须，托之以梦。如此者十余年，家人疲于供护，不复得操事。含乃弃绝人事，躬亲侍养，以知名州党。后更衰劣，卒复还死焉。

【译文】

晋武帝咸宁二年十二月，琅邪郡有个颜畿，字世都，生了病，到医生张瑳处看病，死在张家。把尸体收殓在棺材里已经好久了。家里人要去迎丧，但招魂幡总是缠绕在树上，解不开。家里人都为之感伤。拿招魂幡的人忽然倒在地下，说着颜畿的话道：“我寿命还不该死，只是服药太多，伤了五脏罢了。如今要复活，千万不要葬我！”他父亲拍着手，祝祷道：“如果你还有命，还要复活，这岂不是亲人们的心愿吗！如今只是要接你回家，不是葬你。”那招魂幡才解开来了。

把棺材迎回了家，他的妻子梦见他说：“我要复活了，可以马上把棺材打开。”他妻子就把这话说了。当夜，他母亲和家里人也做了同样的梦。大家都要开棺，可是他父亲怕暴尸不祥，不同意。他的弟弟颜含，当时年纪还小，激愤地说：“不寻常的事，自古以来就是有的。如今灵异到这等地步，虽然开棺是件痛心的事，只怕不开棺更叫人痛心。”这么一说，父母亲听从了，就一起把棺材打开，果然证实是活过来了，他用手抠棺材，把手指甲都抠伤了，但气息很微弱，分不清有气还是没有气。于是急忙用绵沾了水拧到他嘴中，能够下咽，就把他抬了出来。

护理了有一个月，颜畿的饮食稍为多起来了。他能睁开眼睛看，能屈伸手脚，但他的动作不能与人相应，也不能说话。他想要吃些什么，都通过托梦。这样持续了十几年，家里人疲于护理和供应他吃的，不能再做别的事。颜含就放弃了其他事，亲自侍养哥哥，为此，在州郡里都出了名。后来，颜畿越来越虚弱，终于还是死了。

羊　祜

羊祜年五岁时，令乳母取所弄金镮。乳母曰："汝先无此物。"祜即诣邻人李氏东垣桑树中，探得之。主人惊曰："此吾亡儿所失物也，云何持去？"乳母具言之。李氏悲惋。时人异之。

【译文】

羊祜五岁的时候，叫乳母去拿他玩的金环。乳母说："你从来也没有过这东西，叫我怎么去拿？"羊祜就走到邻居李家东墙边的桑树那里，伸手向树洞里去把金环拿到了。主人吃惊地说："这是我死去的孩子丢失的东西，你为什么拿去？"乳母就把情况对主人说了。李家感到悲哀而惆怅。当时人对此都感到奇怪。

汉宫人冢

汉末，关中大乱。有发前汉宫人冢者，宫人犹活。既出，平复如旧。魏郭后爱念之，录置宫内，常在左右。问汉时宫中事，说之了了，皆有次绪。郭后崩，哭泣过哀，遂死。

【译文】

东汉末年，关中大乱，有人盗墓，打开了一座西汉宫女的坟墓，宫女还活着，出来以后，完全恢复了旧时的常态。魏文帝的郭皇后很喜欢她，收在宫中，常在身边。问她汉时宫中的事，说得清清楚楚，有条有理。郭皇后死了以后，这个宫女哭得过于哀伤，就死去了。

棺中生妇

魏时，太原发冢破棺，棺中有一生妇人。将出与语，生人也。送之京师，问其本事，不知也。视其冢上树木，可三十岁。不知此妇人三十岁常生于地中耶？将一朝欻生，偶与发冢者会也？

【译文】

三国魏时，太原有个盗墓的人打开了一具棺材，棺中有一个活着的女人。把她扶出来，与她说话，确实是个活人。把她送到京城，问她本来的事，什么也不记得了。看她坟上的树，已经有三十年了。不知道这个女人是三十年来一直活着在地下的呢，还是一旦突然复活，与盗墓的人相会的？

杜锡婢

晋世杜锡，字世嘏，家葬而婢误不得出。后十余年，开冢祔葬，而婢尚生，云："其始如瞑目，有顷渐觉。"问之，自谓当一再宿耳。初婢埋时，年十五六。及开冢后，姿质如故。更生十五六年，嫁之有子。

【译文】

晋朝的杜锡，字世嘏，家里落葬的时候，误把一个婢女封在墓中，没法出来。过了十几年，打开坟墓要进行合葬的时候，发现婢女还活着。她说，开始好像死去了一样，过了若干时候才渐渐醒过来。问她这十几年是怎么过的，她自称好像过了一夜又一夜罢了。当初她被埋时，才十五六岁。把坟墓打开后，容貌跟以前一样。她后来又活了十五六年，嫁了人，有孩子。

冯 贵 人

汉桓帝冯贵人病亡。灵帝时，有盗贼发冢，三十余年，颜色如故，但肉小冷。群贼共奸通之，至斗争相杀，然后事觉。后窦太后家被诛，欲以冯贵人配食。下邳陈公达议，以贵人虽是先帝所幸，尸体秽污，不宜配至尊。乃以窦太后配食。

【译文】

汉桓帝的冯贵人生病死了。到汉灵帝时，有盗墓贼把坟墓掘开，三十多年，脸色还像过去一样，只是皮肉稍为有点冷。一群盗墓贼与她淫乱，至于争斗相杀，这事情才被发觉。后来窦太后的父亲大将军窦武被诛杀，想用冯贵人与汉桓帝合葬。下邳的陈公建议："贵人虽是先帝所宠幸的，但尸体被污，不宜再与至尊合葬。"这才用窦太后合葬。

广陵诸冢

吴孙休时，戍将于广陵掘诸冢，取版以治城，所坏甚多。复发一大冢，内有重阁，户扇皆枢转，可开闭。四周为徼道通车，其高可以乘马。又铸铜人数十，长五尺，皆大冠朱衣，执剑侍列灵坐。皆刻铜人背后石壁，言殿中将军，或言侍郎、常侍，似公侯之冢。破其棺，棺中有人，发已斑白，衣冠鲜明，面体如生人。棺中云母厚尺许，以白玉璧三十枚藉尸。兵人辈共举出死人，以倚冢壁。有一玉，长尺许，形似冬瓜，从死人怀中透出堕地。两耳及孔鼻中，皆有黄金，如枣许大。

【译文】

吴国孙休时，边防将领在广陵郡掘各种墓，取其中的砖来修城墙，掘坏的坟墓很多。后来又打开一座规模很大的墓，里面有两重阁，门户都用枢纽旋转，可开可闭。四周是边道，通得过车，高度可以骑马。又铸造了几十个铜人，每个铜人长五尺，都是大冠红衣，执剑，侍立在灵座两旁，铜人背后的壁上都刻着字，说明铜人的身份是殿中将军，或者是侍郎、常侍。看这个气派，不是三公，就是王侯的墓。打开棺材，棺中有个人，头发已经花白，衣冠鲜明，脸和身体都像活人。棺中有几尺厚的云母，用三十枚白玉璧垫在尸体下面。兵士们把死人抬出棺材，靠在墓壁上，有一块玉，一尺来长，形状像冬瓜，从死人怀中漏了出来，落在地上。尸体的两只耳朵和鼻孔中都塞有黄金，像枣子那么大。

栾书冢

汉广川王好发冢。发栾书冢，其棺柩盟器悉毁烂无余，唯有一白狐，见人惊走。左右逐之，不得，戟伤其左足。是夕，王梦一丈夫，须眉尽白，来谓王曰："何故伤吾左足？"乃以杖叩王左足。王觉肿痛，即生疮。至死不差。

【译文】

汉朝的广川王喜欢掘墓。一次打开了栾书的坟墓，里面的棺材随葬品都朽烂无遗。只有一只白狐狸，见了人惊慌地窜走了。左右的人追逐它，没追到，只用戟刺伤了它的左脚。这一夜，广川王梦见一个老人，须眉全都白了，来对他说："你为什么伤我左脚?"就用手杖敲打广川王的左脚。广川王醒来，觉得被敲打的地方肿痛，就生了疮，到死也没好。

卷十六

疫鬼

昔颛顼氏有三子，死而为疫鬼：一居江水，为疟鬼；一居若水，为魍魉鬼；一居人宫室，善惊人小儿，为小鬼。于是正岁命方相氏，帅肆傩以驱疫鬼。

【译文】

从前，颛顼氏有三个儿子，死后成为疫鬼：一个住在江水，是疟鬼；一个住在若水，是魍魉鬼；一个住在人家家里，善于使小孩儿受惊，是小鬼。所以每年正月，叫方相氏率领十二神兽跳起傩舞来驱疫逐鬼。

挽歌

挽歌者，丧家之乐；执绋者，相和之声也。挽歌辞有《薤露》、《蒿里》二章，汉田横门人作。横自杀，门人伤之，悲歌。言人如薤上露，易晞灭。亦谓人死精魂归于蒿里。故有二章。

【译文】

挽歌是丧家的乐歌，出丧的时候，一边拉着引柩入穴的绳索，一边就应和唱这歌。挽歌的歌词有《薤露》、《蒿里》两首，是汉代田横的门人所作的。田横自杀，他的门人伤悼他，为他悲歌。《薤露》是说人像薤叶上的露珠一样，很容易干掉。《蒿里》是说人死以后，灵魂要回到蒿里去。所以挽歌共有两首。

阮　瞻

阮瞻，字千里，素执无鬼论，物莫能难。每自谓此理足以辨正幽明。忽有客通名诣瞻，寒温毕，聊谈名理。客甚有才辨。瞻与之言良久，及鬼神之事，反复甚苦。客遂屈，乃作色曰："鬼神古今圣贤所共传，君何得独言无？即仆便是鬼。"于是变为异形，须臾消灭。瞻默然，意色太恶。岁余，病卒。

【译文】

晋朝的阮瞻字千里，向来主张无鬼论，别人都不能驳倒他。他常常自称这无鬼论足以辨明生死。忽然有个客人叫看门人通报了姓名来拜访他，问寒问暖一番以后，两个人就谈起了名理来。客人口才很好，阮瞻与他谈了好久，说到鬼神的事，双方你一言来、我一语去，争论得难分难解。最后客人理屈词穷，他就变了脸色道："鬼神是古今圣贤都谈到的，你怎么能说没有。告诉你吧，我就是鬼。"于是就幻化成怪模样，一转眼消失了。阮瞻默默无言，脸变得非常难看。过了一年多，就生病死了。

黑　衣　客

吴兴施续，为寻阳督，能言论。有门生，亦有理意，常秉无鬼论。忽有一黑衣白袷客来，与共语，遂及鬼神。移日，客辞屈，乃曰："君辞巧，理不足。仆即是鬼，何以云无?"问："鬼何以来?"答曰："受使来取君，期尽明日食时。"门生请乞酸苦。鬼问："有人似君者否?"门生云："施续帐下都督，与仆相似。"便与俱往，与都督对坐。鬼手中出一铁凿，可尺余，安着都督头，便举椎打之。都督云："头觉微痛。"向来转剧，食顷便亡。

【译文】

吴兴施续，任寻阳总督，能言善辩。有个门生，也很会说理，常坚持无鬼论。忽然有个单衣白领的来客，与他一起交谈，谈着谈着，就说到了鬼神。争辩了一天，客人说不过他，就说："你的话很巧妙，可是理由不充分。我就是鬼，你怎么能说没有鬼?"门生问："鬼为什么要来?"鬼回答说："我是受到差遣，要来捉你，预定在明天吃中饭的时候。"门生就苦苦求饶。鬼问："有没有人模样像你的?"门生说："施续帐下有个都督，与我很相像。"鬼就与他一起前去。施续的门生与都督对面坐下，那鬼手里拿出一把铁凿，有一尺多长，对准了都督的头，便举槌打下去。都督说："我的头稍微有点儿痛。"接着越来越严重，不过吃一顿饭的工夫就死了。

蒋济亡儿

蒋济，字子通，楚国平阿人也。仕魏，为领军将军。其妇梦见亡儿涕泣曰："死生异路。我生时为卿相子孙，今在地下为泰山伍伯，憔悴困苦，不可复言。今太庙西讴士孙阿，见召为泰山令，愿母为白侯，属阿，令转我得乐处。"言讫，母忽然惊寤。

明日以白济。济曰："梦为虚耳，不足怪也。"日暮，复梦曰："我来迎新君，止在庙下。未发之顷，暂得来归。新君明日日中当发，临发多事，不复得归，永辞于此。侯气强，难感悟，故自诉于母。愿重启侯，何惜不一试验之？"遂道阿之形状，言甚备悉。天明，母重启济："虽云梦不足怪，此何太适适！亦何惜不一验之？"济乃遣人诣太庙下，推问孙阿，果得之，形状证验，悉如儿言。济涕泣曰："几负吾儿！"

于是乃见孙阿，具语其事。阿不惧当死，而喜得为泰山令，惟恐济言不信也，曰："若如节下言，阿之愿也。不知贤子欲得何职？"济曰："随地下乐者与之。"阿曰："辄当奉教。"乃厚赏之。言讫，遣还。

济欲速知其验，从领军门至庙下，十步安一人，以传消息。辰时传阿心痛，巳时传阿剧，日中传阿亡。济曰："虽哀吾儿之不幸，且喜亡者有知。"

后月余，儿复来，语母曰："已得转为录事矣。"

【译文】

蒋济字子通，是楚国平阿人。他在魏国做官，任领军将军。他的妻子梦见死去的儿子流着眼泪说："死和生是两条道路。我活着时是卿相的子孙，如今在地下只做个泰山的差役，面容憔悴，苦不堪言。如今太庙西侧有个歌手孙阿，就要被召来做泰山令了，希望母亲对父亲说一说，去找到孙阿，嘱咐他把我调个好一点的去处。"说完，蒋济的妻子忽然惊醒了。

第二天，她告诉了蒋济，蒋济说："梦境是虚幻的，不值得奇怪。"到夜里，她又梦见儿子说："我来迎接新的泰山令，留在太庙下。趁出发之前，得空暂时回来。新的泰山令明天中午就要上路了。临出发事情多，我不能再回来了，在此与母亲告别。我父亲身上阳气强，我难以去托梦给他，所以来告诉母亲。愿母亲重新向父亲说一下，为什么不肯试一试呢？”就描述了孙阿的形貌，说得很详细。天亮以后，她又再次向丈夫进言：“虽说梦不足为怪，但接连两天梦见同样的事，何以那么凑巧。为什么就不能试一试呢？”

蒋济就派人到太庙西侧，去寻找有没有孙阿这样一个人。果然是有，形貌验证下来，都与儿子的描述相符。蒋济流泪说道：“几乎做了件对不起儿子的事。”于是就召见了孙阿，把情况对他一一说了。孙阿倒并不怕死，还高兴可以当泰山令，只怕蒋济的话不可靠，说：“如果像你所说，倒也合我的心愿。不知道令公子想要做什么职务？”蒋济说：“到了地下，随他喜欢的，给他一个位置就行了。”孙阿说：“那一定遵命。”蒋济就用重礼赏赐了他。说完话，就把他打发回去了。

蒋济想要快点知道这事应验不应验，就从领军门一直到太庙每隔十步安排一个人，以传递消息。上午八点来钟传来消息说孙阿心痛，十点来钟又传来说孙阿病势加剧，到中午时分传来说孙阿死了。蒋济说：“虽然我为我儿悲哀，可喜的是死去的人还有知。”

过了一个多月以后，儿子梦中又来，对母亲说：“已经转为录事了。”

辽水浮棺

汉不其县有孤竹城，古孤竹君之国也。灵帝光和元年，辽西人见辽水中有浮棺，欲斫破之。棺中人语曰：“我是伯夷之弟，孤竹君也。海水坏我棺椁，是以漂流。汝斫我何为？”人惧，不敢斫，因为立庙祠祀。吏民有欲发视者，皆无病而死。

【译文】

汉朝令支县有座孤竹古城，是古代孤竹君的国家。汉灵帝光和元年，辽西有人看见辽水中有一只浮在水面的棺材，想要斫破它，棺中人说道："我是伯夷的弟弟孤竹君。海水冲坏了我的坟墓和外层的套棺，所以如今我的棺材在水里漂流。你斫我干什么？"那人害怕了，不敢斫，就为孤竹君建了一所庙宇祭祀他。不论是官吏还是百姓，有想把棺材打开来看的，都无病而死。

温　　序

温序，字公次，太原祁人也。任护军校尉。行部至陇西，为隗嚣将所劫，欲生降之。序大怒，以节挝杀人。贼趋欲杀序，荀宇止之曰："义士欲死节。"赐剑，令自裁。序受剑，衔须着口中，叹曰："无令须污土。"遂伏剑死。始祖怜之，送葬到洛阳城旁，为筑冢。长子寿，为邹平侯相，梦序告之曰："久客思乡。"寿即弃官，上书乞骸骨归葬，帝许之。

【译文】

温序字公次，是太原郡祈县人，任护军校尉。他巡察到陇西，被隗嚣部下将领所劫持，他们想要温序投降。温序大怒，用符节打死了人。贼将们奔过来要杀他，荀宇阻止道："这是个义士，成全他死于节烈吧。"就给他一把剑，叫他自杀。温序拿了剑，把须衔在口中，叹息道："别让须被泥土弄脏了。"就自杀了。汉光武帝很怜惜他，把他的尸骸运到洛阳城旁埋葬，为他筑了一座坟墓。温序的长子名寿，任邹平侯相，梦见父亲告诉他："我客居在外太久，想念故乡了。"温寿就辞了官，上书请求把父亲的骸骨迁归故乡埋葬，光武帝允许了。

文 颖

汉南阳文颖，字叔良，建安中为甘陵府丞。过界止宿，夜三鼓时，梦见一人跪前曰："昔我先人葬我于此，水来湍墓，棺木溺，渍水处半，然无以自温。闻君在此，故来相依。欲屈明日暂住须臾，幸为相迁高燥处。"鬼披衣示颖，而皆沾湿。颖心怆然，即寤。语诸左右，曰："梦为虚耳，亦何足怪？"颖乃还眠。

向寐复梦见，谓颖曰："我以穷苦告君，奈何不相愍悼乎？"颖梦中问曰："子为谁？"对曰："吾本赵人，今属汪芒氏之神。"颖曰："子棺今何所在？"对曰："近在君帐北十数步，水侧枯杨树下，即是吾也。天将明，不复得见，君必念之。"颖答曰："喏。"忽然便寤。

天明可发，颖曰："虽云梦不足怪，此何太适！"左右曰："亦何惜须臾，不验之耶？"颖即起，率十数人将导顺水上，果得一枯杨，曰："是矣。"掘其下，未几，果得棺。棺甚朽坏，半没水中。颖谓左右曰："向闻于人，谓之虚矣。世俗所传，不可无验。"为移其棺，葬之而去。

【译文】

汉朝南阳郡的文颖，字叔良，建安年间任甘陵郡府丞。他到外地去，在一处留宿，半夜三更时，梦见一个人跪在面前说："从前我家里把我葬在这里，大水冲击墓地，棺木都陷没在水中，现在浸水的地方有一半干了，但没法使自己温暖。听说你在这里，特地来依靠你。想屈尊明天暂留片刻，帮我迁到高爽的地方。”鬼掀开衣服让文颖看，里外都是湿的。文颖心里有点凄怆，就醒过来了。他把梦境对身边的人一说，身边的人说：“梦是虚幻的，哪值得奇怪呢。”

文颖重新入梦，天将黎明时，又梦见了那个鬼。鬼对文颖说：“我因为苦恼，没有办法，才告诉你，你为什么不可怜我啊?”文颖在梦中问他：“你是谁?”那鬼回答说：“我本是赵国人，现在归汪芒氏之神管辖。”文颖问：“你的棺材如今在哪里?”那鬼回答：“近在你帐篷北面十几步，水边枯杨树底下就是我。天快亮了，我不能再见到你了，请你一定记挂着我。”文颖答应说：“好吧。”忽然就醒过来了。

天亮可以出发了。文颖说：“虽说梦不足为怪，但这个梦为什么这么巧?”身边的人说：“既然如此，何不花一点儿时间，为什么不去验证一下呢?”文颖就起身，带了十几个人，沿河向上游走，果然有一棵枯杨。文颖说：“这就是了。”就挖掘下去，不多一会儿，果然发现一具棺材，棺木已经烂得很厉害了，一半浸没在水中。文颖对身边的人说：“过去听人说，梦是虚的。其实世俗关于鬼神的传说，不会没有应验。”就把那只棺材迁移到一处干燥的地方，葬好了才离去。

苏　娥

汉九江何敞，为交州刺史，行部到苍梧郡高安县，暮宿鹄奔亭。夜犹未半，有一女从楼下出，呼曰：“妾姓苏，名娥，字始珠，本居广信县，修里人。早失父母，又无兄弟，嫁与同县施氏。薄命夫死，有杂缯帛百二十匹，及婢一人，名致富。妾孤穷羸弱，不能自振，欲之旁县卖缯。从同县男子王伯赁车牛一乘，直钱万二千，载妾并缯，令致富执辔。乃以前年四月十日，到此亭外。于时日已向暮，行人断绝，不敢复进，因即留止。致富暴得腹痛，妾之亭长舍乞浆取火。亭长龚寿操戈持戟，来至车旁，问妾曰：‘夫人从何所来？车上所载何物？丈夫安在？何故独行？’妾应曰：‘何劳问之？’寿因持妾臂曰：‘少年爱有色，冀可乐也。’妾惧怖不从。寿即持刀刺胁下，一创立死。又刺致富，亦死。寿掘楼下合埋，妾在下，婢在上。取财物去。杀牛烧车，车釭及牛骨，贮亭东空井中。妾既冤死，痛感皇天，无所告诉，故来自归于明使君。”敞曰：“今欲发出汝尸，以何为验？”女曰：“妾上下着白衣，青丝履，犹未朽也。愿访乡里，以骸骨归死夫。”掘之果然。

敞乃驰还，遣吏捕捉，拷问具服。下广信县验问，与娥语合。寿父母兄弟，悉捕系狱。敞表寿：“常律杀人，不至族诛。然寿为恶首，隐密数年，王法自所不免。令鬼神诉者，千载无一。请皆斩之，以明鬼神，以助阴诛。”上报听之。

【译文】

汉朝九江郡的何敞，任交趾刺史，他巡察到苍梧郡高要县，晚上在鹄奔亭过夜。还不到半夜，有一个女子从楼下出来，口呼大人说：“小女子姓苏名娥，字始珠。本住在广信县，是修里人。早年失了父母，又没有兄弟，嫁给同县施家。我那薄命的丈夫也死了，留下杂色丝织品一百二十匹和一个婢女，婢女名叫致富。小女子孤身一人，穷苦羸弱，不能自振家业，想到外县出卖丝织品。向同县男子王伯处雇了一辆牛车，值一万二千个钱。车上载着丝织品和小女子，叫致富执辔驾车。在前年四月十日，到这儿亭外。当时太阳已经快落山了，路上行人也没有了，我不敢再向前，就停下车来。致富突然肚子痛，小女子到亭长的住处讨点热水，点个火。亭长龚寿一手拿戈，一手执戟，来到车旁，问小女子道：‘夫人从哪里来？车子上装的什么东西？丈夫在哪儿？为什么独自外出？’小女子回答说：‘何劳你动问这些。’龚寿就抓住小女子的手臂道：‘年轻人爱漂亮女人，我盼着与你快乐一番。’小女子害怕，不从。龚寿就拿刀刺中我的腋下，一刀立刻就死。又刺致富，也死了。龚寿在楼下挖了坑，把我埋在下面，致富埋在上面。他就把财物拿去，又杀牛烧车，车钉和牛骨都丢在亭东枯井中。小女子冤死之后，痛感皇天，没有地方可以申冤，所以自己来求你刺史大人。”何敞说：“如今要挖掘你的尸体，拿什么做证明？”苏娥说：“小女子上下都穿白衣，青丝鞋，还没有朽烂。希望大人找到我的乡里，把我的尸骨和死去的丈夫合葬在一起。”何敞派人在亭楼下挖掘，果然有两具女尸。

何敞就飞马驰回，派公差把龚寿拿下，拷问之下，供认不讳。又到广信县去调查，与苏娥所说也相符。何敞把龚寿的父母兄弟全数抓进监狱，上表说：“按照常律，杀人不至于灭族。但龚寿是个作恶的首犯，隐蔽了几年，王法不能把他惩治。使鬼神前来申诉的案子，千年碰不到一宗。建议把龚寿合家老少都斩首，以明鬼神，以助阴教。”皇帝批道：“听凭处置。”

曹公船

濡须口有大船，船覆在水中，水小时，便出见。长老云：“是曹公船。”尝有渔人夜宿其旁，以船系之，但闻竽笛弦歌之音，又香气非常。渔人始得眠，梦人驱遣云：“勿近官妓！”相传云曹公载妓船覆于此，至今在焉。

【译文】

濡须口有一条大船覆没在水中，水小的时候，就露出底来，能看见。年老的人说："这是曹操的船。"曾有一个渔夫，夜里在这条大船旁过夜，把自己的船系在它上面，只听得筝笛奏乐和唱歌的声音，又有一阵阵平常闻不到的香气。渔夫刚睡着，就梦见有人来驱赶道："不准靠近官妓！"人们相传说：这是曹操一条载乐妓的船翻没在这里。至今还在。

夏 侯 恺

夏侯恺，字万仁，因病死。宗人儿苟奴，素见鬼。见恺数归，欲取马，并病其妻，着平上帻，单衣，入坐生时西壁大床，就人觅茶饮。

【译文】

夏侯恺字万仁，生病而死。他同族有个小孩叫苟奴，生来能见鬼。苟奴看见夏侯恺常回家，想取自己的马，还使他的妻子生病。他戴着平顶的头巾，穿单衣，进屋坐在生前靠西壁的大床上，向人要茶喝。

诸 仲 务 女

诸仲务一女显姨，嫁为米元宗妻，产亡于家。俗间产亡者，以墨点面。其母不忍。仲务密自点之，无人见者。元宗为始新县丞，梦其妻来上床，分明见新白妆面上有黑点。

【译文】

诸仲务有个女儿叫显姨，嫁给米元宗为妻，难产死在娘家。民间风俗，难产死掉的妇女要用墨在脸上点一下。她母亲不忍心点，诸仲务就亲自秘密地给女儿点上，没别人看见。米元宗在始新县作县丞，梦见他妻子上床来，分明看见她新搽粉的脸上有黑点。

司马绍

晋世新蔡王昭（绍），平犊牛在厅事上，夜，无故自入斋室中，触壁而出。后又数闻呼噪攻击之声，四面而来。昭乃聚众，设弓弩战斗之备。指声弓弩俱发，而鬼应声接矢数枚，皆倒入土中。

【译文】

晋代新蔡王的儿子司马绍，有一辆平犊车放在厅堂上，夜里无故自动进入书斋中，撞到墙壁以后又回出去。后来又屡次听到喧嚷攻击的声音，从四面而来。司马绍就聚集了一批人，预备好弓弩战斗的器用，一听到声音就指挥弓弩一齐射过去。鬼应声被射中了几支箭，都倒下钻进了土中。

鼓琵琶

吴赤乌三年，句章民杨度至余姚。夜行，有一年少持琵琶求寄载，度受之。鼓琵琶数十曲。曲毕，乃吐舌擘目，以怖度而去。复行二十里许，又见一老父，自云姓王名戒。因复载之，谓曰："鬼工鼓琵琶，甚哀。"戒曰："我亦能鼓。"即是向鬼。复擘眼吐舌，度怖几死。

【译文】

吴国赤乌三年，句章县居民杨度到余姚县去，乘车赶夜路。有个年轻人，手拿琵琶，要求搭车。杨度就让他上来。那年轻人弹了几十首琵琶曲，弹完以后，就吐出舌头，瞪大眼睛，吓唬杨度，下车而去。杨度重新走了二十来里路，又看见一个老头儿，自称姓王名戒，也要求搭车。杨度让他上车，对他说："刚才碰到一个鬼，精于弹琵琶，曲调很悲哀。"王戒说："我也会弹。"原来就是刚才的鬼。又瞪眼吐舌，把杨度吓得半死。

秦巨伯

琅邪秦巨伯，年六十。尝夜行饮酒，道经蓬山庙，忽见其两孙迎之。扶持百余步，便捉伯颈着地，骂："老奴！汝某日捶我，我今当杀汝！"伯思惟某时信捶此孙。伯乃佯死，乃置伯去。伯归家，欲治两孙。两孙惊惋，叩头言："为子孙宁可有此？恐是鬼魅，乞更试之。"伯意悟。

数日，乃诈醉，行此庙间。复见两孙来，扶持伯。伯乃急持，鬼动作不得。达家，乃是两木人也。伯着火炙之，腹背俱焦坼。出着庭中，夜皆亡去。伯恨不得杀之。

后月余，又佯酒醉夜行，怀刃以去，家不知也。极夜不还，其孙恐又为此鬼所困，乃俱往迎伯。伯竟刺杀之。

【译文】

琅邪郡秦巨伯，六十岁了，曾喝了酒走夜路，路过蓬山庙。忽然看见他的两个孙子迎上来，一边一个扶着他走了一百多步，就抓住的颈项把他扳倒在地，骂道："老东西，你某天打我们，我们今天要杀了你。"秦巨伯回想起来，某天确实打了这两个孙子，他就装死躺在地上，两个孙子才放下他走了。

秦巨伯回到家里，想要教训两个孙子。两个孙子听说这事，叩头道："我们做子孙的，哪能这样。恐怕是鬼魅迷人，请你老人家再试一次。"秦巨伯顿时明白了。过了几天，他假装喝醉了酒，又走到蓬山庙旁，又看见两个孙子来，一边一个扶着他。他就用力把两个鬼紧紧夹住，鬼动弹不得，一直夹到了家，原来是两个土偶人。秦巨伯点了火烧它们，烧得两个土偶人腹背都焦裂了，就把它们放在庭院中。过了一夜，都不见了。秦巨伯只恨没把它们杀了。

过了一个多月，他又假装喝醉酒，身上藏着刀。家里也不知道他这番打算，到了夜深不见他回来，他的两个孙子怕他又被鬼困住了，就一起去迎接他。结果，秦巨伯竟把两个孙子刺杀了。

鬼 酣 醉

汉建武元年，东莱人姓池，家常作酒。一日见三奇客，共持面饭至，索其酒饮，饮竟而去。顷之，有人来，云见三鬼酣醉于林中。

【译文】

汉武帝建武元年，东莱郡有个人姓池，家里常酿酒。一天，有三个奇怪的客人，一起拿着面饭来，向他讨酒喝。喝完就走。过了一会儿，有人来，说看见三个鬼醉倒在树林中。

钱 小 小

吴先主杀武卫兵钱小小，形见大街，顾借赁人吴永，使永送书与街南庙，借木马二匹。以酒噀之，皆成好马，鞍勒俱全。

【译文】

吴国孙权杀了武卫兵钱小小。钱小小在大街上现形，去看了租借代理人吴永，叫吴永送信到街南的庙中，借两匹木马。钱小小用酒喷在木马上，都变成了真马，马鞍、马嚼子都全。

宋 定 伯

南阳宋定伯，年少时，夜行逢鬼。问之，鬼言："我是鬼。"鬼问："汝复谁？"定伯诳之，言："我亦鬼。"鬼问："欲至何所？"答曰："欲至宛市。"鬼言："我亦欲至宛市。"遂行数里。鬼言："步行太迟，可共递相担，何如？"定伯曰："大善。"鬼便先担定伯数里。鬼言："卿太重，将非鬼也？"定伯言："我新鬼，故身重耳。"定伯因复担鬼，鬼略无重。如是再三。定伯复言："我新鬼，不知有何所畏忌？"鬼答言："惟不喜人唾。"于是共行。道遇水，定伯令鬼先渡，听之，了然无声音。定伯自渡，漕漼作声。鬼复言："何以有声？"定伯曰："新死，不习渡水故耳。勿怪吾也。"行欲至宛市，定伯便担鬼着肩上，急执之。鬼大呼，声咋咋然，索下。不复听之，径至宛市中，下着地，化为一羊，便卖之。恐其变化，唾之，得钱千五百乃去。当时石崇有言："定伯卖鬼，得钱千五。"

【译文】

南阳郡宋定伯，年轻时走夜路遇到了鬼。宋定伯问它，鬼说："我是鬼。"鬼问："你又是谁？"宋定伯骗它说："我也是鬼。"鬼问："你要到哪里去？"宋定伯回答说："要到宛市去。"鬼说："我也要到宛市去。"两个就走了几里路。鬼说："步行太慢，不妨互相轮流着背，怎么样？"宋定伯说："太好了。"鬼就先背几里。鬼说："你太重，莫非不是鬼吧？"宋定伯说："我是新鬼，所以身子重。"他就也背鬼，鬼一点分量也没有。这样轮流交换了三次。宋定伯又说："我是新鬼，不知道有些什么畏忌的事。"鬼回答说："只是不喜欢人唾。"于是一起走。途中遇到一条小河，宋定伯叫鬼先渡过去，听上去一点声音也没有。接着宋定伯自己渡，发出哗哗的声音。鬼又说："怎么有声音？"宋定伯说："我新死，不习惯渡水的缘故罢了。不用奇怪。"快走到宛市时，宋定伯又把鬼背在肩上，紧紧地抓着它。鬼大叫，声音喳喳的，要求下来。宋定伯不再听它，直接到了宛市中，把鬼放下地，那鬼变了一只羊。宋定伯便把羊卖了，怕它再变化，便唾了它一口，得到了一千五百文钱才走。当时石崇有两句话说："定伯卖鬼，得钱千五。"

紫　玉

吴王夫差小女，名曰紫玉，年十八，才貌俱美。童子韩重，年十九，有道术。女悦之，私交信问，许为之妻。重学于齐、鲁之间。临去，属其父母使求婚。王怒，不与女。玉结气死，葬阊门之外。

三年重归，诘其父母。父母曰："王大怒，玉结气死，已葬矣。"重哭泣哀恸，具牲币，往吊于墓前。玉魂从墓出，见重，流涕谓曰："昔尔行之后，令二亲从王相求，度必克从大愿。不图别后，遭命奈何！"玉乃左顾宛颈而歌曰："南山有乌，北山张罗。乌既高飞，罗将奈何！意欲从君，谗言孔多。悲结生疾，没命黄垆。命之不造，冤如之何！""羽族之长，名为凤凰。一日失雄，三年感伤。虽有众鸟，不为匹双。故见鄙姿，逢君辉光。身远心近，何当暂忘？"歌毕，歔欷流涕，要重还冢。重曰："死生异路，惧有尤愆，不敢承命。"玉曰："死生异路，吾亦知之，然今一别，永无后期。子将畏我为鬼而祸子乎？欲诚所奉，宁不相信？"重感其言，送之还冢。玉与之饮燕，留三日三夜，尽夫妇之礼。临出，取径寸明珠以送重，曰："既毁其名，又绝其愿，复何言哉！时节自爱。若至吾家，致敬大王。"

重既出，遂诣王，自说其事。王大怒曰："吾女既死，而重造讹言，以玷秽亡灵！此不过发冢取物，托以鬼神。"趣收重。重走脱，至玉墓所诉之。玉曰："无忧，今归白王。"

王妆梳，忽见玉，惊愕悲喜，问曰："尔缘何生？"玉跪而言曰："昔诸生韩重来求玉，大王不许。玉名毁义绝，自致身亡。重从远还，闻玉已死，故赍牲币，诣冢吊唁。感其笃终，辄与相见，因以珠遗之。不为发冢，愿勿推治。"夫人闻之，出而抱之，玉如烟然。

【译文】

吴王夫差的小女儿名叫紫玉，十八岁，才貌俱佳。少年韩重，十九岁，很有学问。紫玉喜欢她，私相结交，信问往来，许他为妻。韩重到齐鲁去学习，临走，嘱咐父母，叫他们向吴王夫差求婚。谁知吴王听说此事后大怒，不同意把女儿嫁到韩家。紫玉怨气郁结在胸，竟死去了，葬在阊门之外。

三年后，韩重回家了。问他父母婚事怎样了。父母说："我们去求婚，吴王大怒，那女孩儿气忿郁结而死，已经葬下了。"韩重哭泣哀痛，准备了祭祀用品，前去紫玉墓前凭吊。紫玉的精魂从墓里出来，见了韩重，流着眼泪对他说："那年你走了以后，叫双亲向父王求婚，原想必能如意，谁料别后遭到的命运竟是这样，令人无可奈何。"紫玉就侧颈左顾而唱道：

南山有乌鸦，北山张罗网。
乌鸦已经远飞走，张网又能怎么样！
心想随君偕终身，谁知平地起谗言。
悲忿郁结病不起，可怜一命归黄泉。
运不通，命不济。
冤魂徒自长叹息。
百鸟之王名凤凰，一旦失雄三年伤。
虽有百鸟难成双。
鄙姿逢君生辉光，身远心近岂能忘！

紫玉唱完以后，唏嘘流泪，要韩重跟她回家。韩重说："死生是两条道。我怕去了有罪过，不敢从命。"紫玉说："死生是两条道，这我也知道。但今天一别，再也没有会面的机会。你莫非怕我是鬼，会给你带来祸害吗？我是一片诚意奉献给你，你难道不相信吗？"韩重被她说得感动了，便送她回家。紫玉设宴与韩重饮酒，把他留了三天三夜，尽了夫妻之礼。韩重临走，紫玉拿出一颗直径有一寸的明珠送给他，说："我的名声也毁了，心愿也绝望了，还有什么话可说。你随时自己保重。如果到我家去，代我向父王致敬。"

韩重出来以后，就去见吴王夫差，自己说了事情的经过。吴王大怒道："我女儿已经死了，你还要造谣生事，玷辱她的亡灵。你不过是盗墓偷了明珠，假托鬼神罢了。"急忙把韩重抓了起来。韩重逃了出去，到紫玉墓前诉说。紫玉说："你不要忧虑，我现在回去对父王说。"

吴王夫差在梳头，忽然看见了紫玉，又惊又悲又喜，问道：

“你怎么活过来了?”紫玉跪下说道:“以前书生韩重来求婚,父王不许,女儿名声也毁了,恩义也绝了,悒郁以至于死。韩重从远方回来,听说女儿已死,所以备了祭品,到女儿墓上来凭吊。女儿感念他情深义重,有始有终,就与他相见,把明珠送给了他。不是他盗墓,愿父王不要治他的罪。”吴王夫人听得,出来抱住女儿,紫玉化成一股清烟,消失了。

驸马都尉

陇西辛道度者,游学至雍州城四五里,比见一大宅,有青衣女子在门。度诣门下求飧。女子入告秦女,女命召入。度趋入阁中,秦女于西榻而坐。度称姓名,叙起居。既毕,命东榻而坐,即治饮馔。食讫,女谓度曰:“我秦闵王女,出聘曹国,不幸无夫而亡。亡来已二十三年,独居此宅。今日君来,愿为夫妇。”经三宿三日后,女即自言曰:“君是生人,我鬼也。共君宿契,此会可三宵,不可久居,当有祸矣。然兹信宿,未悉绸缪,既已分飞,将何表信于郎?”即命取床后盒子开之,取金枕一枚,与度为信。乃分袂泣别,即遣青衣送出门外。未逾数步,不见舍宇,惟有一冢。

度当时荒忙出走,视其金枕在怀,乃无异变。寻至秦国,以枕于市货之。恰遇秦妃东游,亲见度卖金枕,疑而索看,诘度何处得来。度具以告。妃闻,悲泣不能自胜。然尚疑耳。乃遣人发冢,启柩视之,原葬悉在,唯不见枕。解体看之,交情宛若,秦妃始信之。叹曰:“我女大圣,死经二十三年,犹能与生人交往,此是我真女婿也。”遂封度为驸马都尉，赐金帛车马，令还本国。

因此以来，后人名女婿为“驸马”。今之国婿，亦为驸马矣。

【译文】

陇西郡有个辛道度，游学到雍州城外四五里处，看见一所大宅第，有个青衣女子在门口。辛道度就到门前求食，青衣女子进去告诉主人秦女，秦女命令把辛道度召进去。辛道度急忙走进阁中，秦女坐在西边榻上，辛道度报了姓名，自我介绍了一番，说完以后，秦女命令他坐在东榻上，就送上吃的喝的。吃罢，秦女对辛道度说：“我是秦闵王的女儿，许嫁给曹国，不幸还没有出嫁我就死了。到现在已经二十三年，独自住在这个宅子里。今天你来，愿与你成就夫妻。”过了三天三夜以后，秦女就说：“你是活人，我是鬼。与你有缘，这次相会只有三夜，不可久居，久居你会有祸。但这三夜还没有极尽绸缪。如今既要分飞两处，拿什么给郎表信呢?”就命青衣取来床后的盒子，打开来，拿出一只金枕头，给辛道度做信物。于是，两人哭泣着分手。秦女叫青衣送到门外。辛道度走了不几步，回头不见了宅第房舍，只有一座坟墓。

辛道度当时慌忙出走，看那金枕还在怀里，没有什么变异。他随即到了秦国，拿枕在市场上出售。正好遇到秦妃东游，亲眼看见辛道度在卖金枕，心里疑惑，讨来观看，诘问辛道度是从哪里得来的。辛道度就把一切都告诉了她。秦妃听说，悲伤得不能控制，哭泣起来。但她还心存怀疑，就派人去把坟墓挖开，打开棺材细看，原葬都在，只有金枕不见了。又把女儿的衣裳解开来验看，确实有过性交的情由。秦妃这才深信不疑，叹道：“我女儿太显灵了，死了二十三年，还能与活人交往。这是我的真女婿啊!”就封辛道度为驸马都尉，赐给他金帛车马，叫他回到本国。

因此，从这以后，人们把女婿叫做驸马。如今皇帝的女婿，也是驸马了。

汉谈生

汉谈生者，年四十，无妇，常感激读《诗经》。夜半，有女子年可十五六，姿颜服饰，天下无双，来就生为夫妇。乃言曰："我与人不同，勿以火照我也。三年之后，方可照耳。"与为夫妇，生一儿。

已二岁，不能忍，夜伺其寝后，盗照视之。其腰已上，生肉如人，腰已下，但有枯骨。妇觉，遂言曰："君负我！我垂生矣，何不能忍一岁而竟相照也？"生辞谢。涕泣不可复止，云："与君虽大义永离，然顾念我儿，若贫不能自偕活者，暂随我去，方遗君物。"生随之去，入华堂室宇，器物不凡。以一珠袍与之，曰："可以自给。"裂取生衣裾，留之而去。

后生持袍诣市，睢阳王家买之，得钱千万。王识之曰："是我女袍，那得在市？此必发冢。"乃取拷之。生具以实对，王犹不信。乃视女冢，冢完如故。发视之，棺盖下果得衣裾。呼其儿视，正类王女。王乃信之，即召谈生，复赐遗之，以为女婿，表其儿为郎中。

【译文】

汉朝有个谈生，四十岁了，还没娶媳妇，常常感情激动地读《诗经》。有一夜，半夜了，有个女子大约十五六岁，容貌服饰，美丽无双，来俯就谈生，成就了夫妻欢爱。她就说："我与人不同，你不要用火来照我。三年以后，才可以照。"从此夜来昼去，做了谈生的媳妇，还为他生下了一个儿子。

两年过去了，谈生有点忍不住，夜间等她睡下以后，偷偷地用火照着看她。只见她腰以上，已经生了肉，像人一样，腰部以下，只有枯骨。媳妇醒来，就说道："你对不起我。我很快就要活了，为什么不能再忍一年而到底还是用火照我了呢！"谈生连声道歉。媳妇哭泣不能停止，说："与你的情分到此就完结了。虽然要永别了，但我还顾念我的儿子，你穷得不能自己过活，怎么养育他？你暂且跟我去，我要送你一些东西。"谈生跟了她去，进了一所华丽的厅堂，来到内室，里面的器物，都不是普通人家所能有的。她拿了一件珠袍给谈生，说："有了这个，就能自给了。"又把谈生的衣襟撕下一块，留着作纪念。谈生就出来了。

后来，谈生拿着珠袍到市场上去，睢阳王府把它买下了，他得了一千万个钱。睢阳王见了珠袍却认得它，说："是我女儿的袍子，怎么会在市场上卖？这一定是盗墓的。"就把谈生抓来拷问。谈生把经过一一实说，睢阳王还不信。他就到女儿墓上去察看，那坟墓完好如故。打开来看，棺盖下果然有一块衣襟。又叫谈生把儿子抱来看，也正像自己的女儿一模一样。睢阳王这才信了。就召来谈生，又赐给他财物，认他为女婿。他的儿子，后来做了郎中。

崔少府墓

卢充者，范阳人。家西三十里，有崔少府墓。充年二十，先冬至一日，出宅西猎戏。见一獐，举弓而射，中之。獐倒复起，充因逐之，不觉远。忽见道北一里许，高门，瓦屋四周，有如府舍，不复见獐。门中一铃下唱："客前。"充问："此何府也？"答曰："少府府也。"充曰："我衣恶，那得见少府？"即有一人提一襆新衣，曰："府君以此遗郎。"

充便着讫，进见少府，展姓名。酒炙数行，谓充曰：

“尊府君不以仆门鄙陋，近得书，为君索小女婚，故相迎耳。”便以书示充。充父亡时虽小，然已识父手迹，即欷歔，无复辞免。便敕内：“卢郎已来，可令女郎妆严。”且语充云：“君可就东廊。”及至黄昏，内白：“女郎妆严已毕。”充既至东廊，女已下车，立席头，却共拜。时为三日，给食。

三日毕，崔谓充曰：“君可归矣。女有娠相，若生男，当以相还，无相疑；生女，当留自养。”敕外严车送客。充便辞出。崔送至中门，执手涕零。出门，见一犊车，驾青衣，又见本所着衣及弓箭故在门外。寻传教将一人提襆衣与充，相问曰：“姻缘始尔，别甚怅恨。今复致衣一袭，被褥自副。”充上车，去如电逝。须臾至家，家人相见悲喜。推问，知崔是亡人而入其墓，追以懊惋。

别后四年，三月三日，充临水戏。忽见水旁有二犊车，乍沉乍浮，既而近岸，同坐皆见。而充往开车后户，见崔氏女与三岁男共载。充见之忻然，欲捉其手。女举手指后车曰：“府君见人。”即见少府。充往问讯。女抱儿还充，又与金碗，并赠诗曰：“煌煌灵芝质，光丽何猗猗。华艳当时显，嘉异表神奇。含英未及秀，中夏罹霜萎。荣耀长幽灭，世路永无施。不悟阴阳运，哲人忽来仪。会浅离别速，皆由灵与祇。何以赠余亲？金碗可颐儿。恩爱从此别，断肠伤肝脾。”充取儿、碗及诗，忽然不见二车处。

充将儿还，四坐谓是鬼魅，佥遥唾之，形如故。问儿：“谁是汝父？”儿径就充怀。众初怪恶，传省其诗，慨然叹死生之玄通也。

充后乘车入市卖碗，高举其价，不欲速售，冀有识。欻有一老婢识此，还白大家曰：“市中见一人乘车，卖崔氏女郎棺中碗。”大家即崔氏亲姨母也。遣儿视之，果如其婢言。上车，叙姓名，语充曰：“昔我姨嫁少府，生女，未出而亡。家亲痛之，赠一金碗，着棺中。可说得碗本末。”充以事对。此儿亦为之悲咽，赍还白母。母即令诣充家，迎儿视之，诸亲悉集。儿有崔氏之状，又复似充貌。儿、碗俱验，姨母曰：“我外甥三月末间产。父曰：‘春暖温也，愿休强也。’即字温休。温休者，盖幽婚也。其兆先彰矣。”

儿遂成令器，历郡守二千石。子孙冠盖，相承至今。其后植，字子幹，有名天下。

【译文】

卢充是范阳人。他家朝西三十里，有一座崔少府墓。卢充二十岁那年，到宅西去打猎做戏，看见一头麞，拿起弓来就射，中了，那麞跌倒了又站起来，卢充就去追，也不觉得走了有多远。忽然，他看到路北一里左右，有一所高门，四周都是瓦房，像是府第。卢充走上前去，不再看见那头麞了，只听得门里有个卫兵拖长了声音喊：“客人到！”卢充问：“这是什么府第？”卫兵回答说：“是少府的府第。”卢充说：“我衣着太差，怎么能去见少府？”刚说完，就有一个人提着一包新衣服来，说：“府君用这衣服送给郎君。”

卢充便换穿了新衣，进去见少府，互相通了姓名。少府备了酒肴，酒过数巡，对卢充说：“令尊大人不嫌我门第鄙陋，近日得到他的信，为你向小女求婚，我所以把你迎来。”说着就把信给卢充看。卢充的父亲死的时候卢充还小，但已经认得父亲的笔迹。看了信，不觉唏嘘，也不再推辞。少府便命令里面：“卢郎已经来了，可以叫小姐妆扮了。”一边对卢充说：“郎君可以到东廊去。”到黄昏时，里面说：“小姐妆扮完毕了。”卢充到了东廊，小姐也正好下车，两个人就在席前拜了天地。婚礼三日，设宴款待。

三天以后，崔少府对卢充说：“郎君可以回去了。小女已有怀孕的样子，如果生男孩，将来会还给你，你不用怀疑；如果生女孩，就留下自养。”说完命令外面准备车子送客。卢充便告辞而出。崔少府送到中门，握手流泪。卢充出门，看见一辆犊车，一头青牛驾着。又见原先穿来的衣服和弓箭仍旧放在门外。这时崔女又差遣来一个人，提了一包衣服，向卢充问了好，说：“姻缘刚开始，就分别了，很令人惆怅遗憾。现在再送上衣服一件，附上被褥。”卢充上了车，车像闪电一样驰去，顷刻到了家。家里人相见，又悲又喜。追问这三天的经历，知道崔少府是已经死了的人而进了他的墓。卢充不免有些懊悔怅恨。

分别以后四年，三月三日，卢充到河边游戏，忽然看见河中有两辆犊车，一会儿沉，一会儿浮，后来靠近岸了，一起坐着的人也都看见了。卢充前去打开车后的门，看见崔女与一个三岁的男孩在车上。卢充见了心里很高兴，想抓住她的手。崔女举起手来指向后车说：“我父亲要见你。”卢充就去见过了崔少府。回过来，又向崔女问长问短。崔女抱起儿子交还给卢充，又给了他一只金碗，并且赠诗一篇，诗写道：

灵芝烨烨放光辉，多么漂亮多么美。
花儿艳丽又神奇，含苞未放一时萎。
身向黄泉长幽暗，世路永绝不胜悲。
岂料阴阳气运变，郎君忽然来相配。
只恨欢短别离速，神灵做主不可违。
佳儿金碗赠我亲，从此死生难相会。
恩爱只能梦里忆，断肠人流不尽泪。

卢充抱过了儿子，拿了金碗和诗，忽然之间，二辆犊车都不见了。

卢充把儿子带回家，家里人说是鬼魅，都朝他远远地吐唾沫，孩子却依然如故。问他：“谁是你爸？”他就直扑向卢充怀中。大家起先嫌他是异类，后来传看了那首诗，才慨叹死生之间也有着神秘的相通点。

卢充后来乘车到市场上出卖金碗，故意抬高它的售价，不想很快卖掉，希望有认得这碗的人。很快，有个老婢女认出了这只碗，回去对主母说："市场上看见一个人乘车卖崔家小姐棺中的碗。"主母就是崔女的亲姨母。她打发儿子去看，果然像婢女说的一样。他就上车通了姓名，对卢充说："当初我姨母嫁给崔少府，生了个女儿，没出嫁就死了。我母亲痛惜她，送了一只金碗，放在棺材中。你不妨说说得到这只金碗的来由。"卢充把事实说了一遍。对方也为之悲伤哽咽。他就把碗带回家报告了经过情况。崔女的姨母就叫儿子到卢充家去，把小孩接来看看。这一天家里诸亲毕集，只见那孩子很有点崔女的模样，又有点像卢充的相貌。小孩、金碗都验证过了，姨母说："我外甥女是三月末生下来的，她父亲说：'春暖是"温"，希望她吉庆健康，这又是"休"。就起名叫温休吧。'温休，正是幽婚的反语（温休的反切是"幽"，休温的反切是"婚"），原来这事早就有了预兆了。"

这孩子后来就成了大器，做到俸禄二千石的郡太守。子孙都做官，相传到现在。他的后代卢植，字子干，天下有名。

汝阳鬼魅

后汉时，汝南汝阳西门亭有鬼魅。宾客止宿，辄有死亡。其厉厌者，皆亡发失精。寻问其故，云："先时颇已有怪物。其后郡侍奉掾宜禄郑奇来，去亭六七里，有一端正妇人，乞寄载。奇初难之，然后上车。入亭，趋至楼下。亭卒曰：'楼不可上。'奇云：'吾不恐也。'时亦昏冥，遂上楼，与妇人栖宿。未明发去。亭卒上楼扫除，见一死妇，大惊，走白亭长。亭长击鼓会诸庐吏，共集诊之。乃亭西北八里吴氏妇，新亡，夜临殡火灭，及火至，失之。其家即持去。奇发行数里，腹痛，到南顿利阳亭加剧，物故。楼遂无敢复上。”

【译文】

东汉的时候，汝南郡汝阳县西门亭的楼里有鬼魅。宾客在里面过夜，常会死亡。被恶鬼缠过的人，都没了头发，失去了精魂。问这鬼魅的起因，当地人说：“以前早就已经很有些怪物了。后来郡里的侍奉掾、宜禄县的郑奇来，在离亭六七里的地方遇到个打扮得很齐整的妇女要求搭乘他的车。郑奇开始有点为难，但后来也让她上车了。两个人到了西门亭，就下车走向楼下。亭卒说：‘这楼上不得。’郑奇说：‘我不怕。’当时也已经黄昏了，就上了楼，与那妇女一起过夜。天还没亮，郑奇动身走了。亭卒上楼打扫，看见一具女尸，大吃一惊，忙跑去告诉亭长。亭长打鼓集合管理人员一起来验看，原来是亭西北八里吴家的媳妇。这个女人新近刚死，夜里正在收殓尸体的时候，灯火熄灭了，等拿来火种，尸体就不见了。吴家就把女尸收去了。那个郑奇动身走了几里路，就肚子痛，到南顿县利阳亭歇下时，腹痛加剧，死在那里。从此，西门亭的楼上就没有人再敢上去了。”

钟　繇

颍川钟繇，字元常，尝数月不朝会，意性异常。或问其故，云：“常有好妇来，美丽非凡。”问者曰：“必是鬼物，可杀之。”妇人后往，不即前，止户外。繇问：“何以？”曰：“公有相杀意。”繇曰：“无此。”勤勤呼之，乃入。繇意恨，有不忍之，然犹斫之，伤髀。妇人即出，以新绵拭，血竟路。明日，使人寻迹之。至一大冢，木中有好妇人，形体如生人，着白练衫，丹绣裲裆。

伤左髀，以裲裆中绵拭血。

【译文】

颍川郡钟繇，字元常，曾经几个月不上朝，看上去心情也有些异常。有人问他什么缘故，他说：“常有个漂亮的女人到我这儿来，美丽非凡。”问的人说：“一定是鬼，你可以杀了她。”后来，这个女人再去，不直接进屋，停在门外。钟繇问：“为什么不进来?”女人说：“你有杀我的心思。”钟繇说：“没有的事。”连连呼唤她，她才进了屋。钟繇想狠一狠心，又有些不忍下手，但最后还是用刀向她砍去，伤了她的大腿。那女人就出去了，她用新丝绵揩拭伤口，血迹一路滴去。第二天，钟繇派人跟着血迹去寻找，到一个大坟墓、棺木中有一个漂亮的妇女，形体像活人一样，穿着白练衫，红色绣花的背心。左边的大腿伤了，用背心中的丝绵拭血。

卷十七

张汉直

陈国张汉直，到南阳，从京兆尹延叔坚学《左氏传》。行后数月，鬼物持其妹，为之扬言曰："我病死，丧在陌上，常苦饥寒。操二三量不借，挂屋后楮上；傅子方送我五百钱，在北墉下：皆忘取之。又买李幼一头牛，本券在书箧中。"往索取之，悉如其言。妇尚不知有此，妹新从婿家来，非其所及。家人哀伤，益以为审。父母诸弟衰绖到来迎丧。去舍数里，遇汉直与诸生十余人相追。汉直顾见家人，怪其如此。家见汉直，谓其鬼也，怅惘良久。汉直乃前为父拜，说其本末，且悲且喜。凡所闻见，若此非一，得知妖物之为。

【译文】

陈国的张汉直，到南阳郡去，跟京兆尹延叔坚学《春秋左传》。走了几个月，鬼附在他妹妹的身上，装成他的声音说："我生病死了，死在路上，常为饥寒所苦。我把两三双草鞋挂在屋后的楮树上，傅子方送给我五百钱在北墙下，都忘了拿。又买李幼一头牛，付款单在书箱里。"张家就到李幼家去要牛，确有其事，都与说的相符。他的妻子还不知有这件事。妹妹刚从女婿家来，也不可能知道这件事。家里人悲哀伤心，都以为汉直确实已经死了。父母兄弟就穿着丧服要去迎丧。走到离家几里远的地方，遇到汉直跟着十几个读书人来了。张汉直看见家里人，怪他们这身打扮。家里人看见汉直，以为他是鬼，怅惘了好久。汉直就上前拜见父亲，从头到尾叙说了自己的情况，家里人才知道他没有死，又悲伤又欢喜。当时所见所闻像这件事似的不止一起，才得知全是妖物作的怪。

范　丹

汉陈留外黄范丹，字史云，少为尉从佐使，檄谒督邮。丹有志节，自恚为厮役小吏，乃于陈留大泽中杀所乘马，捐弃官帻，诈逢劫者。有神下其家曰："我，史云也，为劫人所杀。疾取我衣于陈留大泽中。"家取得一帻。丹遂之南郡，转入三辅，从英贤游学，十三年乃归，家人不复识焉。陈留人高其志行，及没，号曰贞节先生。

【译文】

汉朝陈留郡外黄县范丹，字史云，年轻时在县里做个尉从佐使，奉命去谒见督邮。范丹是个有志气的人，自耻只是个当差的小吏，就在陈留的大沼泽中，杀掉所乘的马，丢掉头巾和冠，伪造了一个遇到打劫的现场。有神灵降临到他家中说："我是史云啊，我被打劫的强盗杀了，赶快到陈留大沼泽中去取我的衣冠。"家里人前去，取到了一幅头巾。范丹就到南郡去了，又转到三辅，跟着杰出贤明的人游学，过了十三年才回家，家里人已经不再认识他了。陈留人看重他的志气和行为，等他死了以后，给他起了一个贞节先生的号。

费　季

吴人费季，久客于楚，时道多劫，妻常忧之。季与同辈旅宿庐山下，各相问出家几时。季曰：“吾去家已数年矣。临来与妻别，就求金钗以行，欲观其志，当与吾否耳。得钗，乃以着户楣上。临发，失与道。此钗故当在户上也。”尔夕，其妻梦季曰：“吾行遇盗，死已二年。若不信吾言，吾行时取汝钗，遂不以行，留在户楣上，可往取之。”妻觉，揣钗得之，家遂发丧。后一年余，季乃归还。

【译文】

吴郡人费季，客居在楚地很久了。当时道途上多打劫的歹徒，他妻子常为他担忧。费季与同路的一些人旅宿在庐山脚下，互相询问出门有多少时日了。费季说：“我离家已经几年了。临走时，与妻子分别，向她索取一枚金钗，说路上带着走，其实不过想看看她的心意肯不肯给我罢了。我拿到了钗，就随手放在门楣上面，出发的时候，忘记带了上路了。这枚金钗至今还该在门楣上面呢。”这一夜，费妻梦见费季说：“我路上遇到强盗，死了已经两年了。你如不信我的话，我走的时候拿了你的金钗，并没有带走，还留在门楣上，你可以去取下来。”费妻醒来，去探摸金钗，得到了。家里就办了丧事。过了一年多，费季却回来了。

虞定国

余姚虞定国，有好仪容，同县苏氏女，亦有美色。定国常见，悦之。后见定国来，主人留宿。中夜，告苏公曰：“贤女令色，意甚钦之。此夕能令暂出否？”主人以其乡里贵人，便令女出从之。往来渐数，语苏公云：“无以相报。若有官事，某为君任之。”主人喜。自尔后，有役召事，往造定国。定国大惊，曰："都未尝面命，何由便尔？此必有异。"具说之。定国曰："仆宁肯请人之父而淫人之女？若复见来，便当斫之。"后果得怪。

【译文】

余姚有个虞定国，仪容很俊美。同县苏家的女儿，也很漂亮。虞定国曾见过她，对她有好感。后来，苏家看见虞定国来，主人就留他过夜。半夜里，他对苏公说："令媛好容貌，我心里很倾倒。今夜能请她出来一下吗？"苏公因为他是乡里的贵人，就叫女儿出来陪伴他。渐渐往来就多起来了。他对苏公说："没有什么好报答你。以后如果乡里有什么差事，我为你保留一个职位。"苏公很高兴。这以后，乡里有征召服役的事，苏公便去找虞定国。虞定国大惊，说："我都没有与你见过面，哪里答应过你任职？这里面一定有问题。"苏公便把事情一五一十都说了出来。虞定国说："我哪肯求人之父而淫人之女！如果再看见这个人来，你就用刀砍他。"后来，苏公果然砍到了一个妖怪。

朱诞给使

吴孙皓世，淮南内史朱诞，字永长，为建安太守。诞给使妻有鬼病，其夫疑之为奸。后出行，密穿壁隙窥之。正见妻在机中织，遥瞻桑树上，向之言笑。给使仰视树上，有一年少人，可十四五，衣青衿袖，青幧头。给使以为信人也，张弩射之。化为鸣蝉，其大如箕，翔然飞去。妻亦应声惊曰："噫！人射汝。"给使怪其故。

后久时，给使见二小儿在陌上共语。曰："何以不复见汝?”其一即树上小儿也，答曰：“前不遇，为人所射，病疮积时。”彼儿曰：“今何如?”曰：“赖朱府君梁上膏以傅之，得愈。”

给使白诞曰：“人盗君膏药，颇知之否?”诞曰：“吾膏久致梁上，人安得盗之?”给使曰：“不然。府君视之。”诞殊不信。试为视之，封题如故。诞曰：“小人故妄言，膏自如故。”给使曰：“试开之。”则膏去半，为掊刮，见有趾迹。诞因大惊，乃详问之，具道本末。

【译文】

淮南内史朱诞，字永长，吴国孙皓的时候，任建安太守。朱诞手下有个给使，妻子生有鬼病，给使怀疑她与人有奸情。后来他外出，却不走远，绕到屋后偷偷在墙上钻个眼子窥探妻子的动静，正见妻子在机上织布，一边远远望着桑树上，对它有说有笑的。给使抬头看树上，有个少年，大约十四五岁，穿着青布衫，青头巾，以为真是个人，就张开弓射他。只见那少年变成一只鸣蝉，有竹箕那么大，张开翅膀飞走了。妻子也应声吃惊地说：“噫，有人射你!”给使对这事觉得很奇怪。

过了很久以后，给使看见两个小孩在路上一起说话。一个说：“为什么好久不见你?”另一个就是树上的少年，回答说：“前一阵倒霉，被人射中，伤口养了好些时候。”那一个小孩说：“现在怎么样?”树上少年说：“幸亏靠了朱太守房梁上的膏药，涂上以后，已经好了。”

给使告诉朱诞：“有人偷大人的膏药，大人知道吗?”朱诞说：“我的膏药一直放在房梁上，别人哪能偷盗?”给使说：“不见得，大人请看一看。”朱诞很不相信，试着看了一下，封口题的字跟以前一样，说：“真是胡说，膏药还不是好好地跟过去一样。”给使说：“大人请打开看看。”朱诞就打开来看，只见膏药已经少掉了一半。是一点一点刮掉的，上面还可以看出昆虫脚趾的痕迹。朱诞因而大惊，详细问了给使，给使把事情经过一一说了。

倪 彦 思 附典农盗谷

吴时，嘉兴倪彦思，居县西埏里。忽见鬼魅入其家，与人语，饮食如人，惟不见形。彦思奴婢有窃骂大家者，云："今当以语。"彦思治之，无敢詈之者。

彦思有小妻，魅从求之，彦思乃迎道士逐之。酒肴既设，魅乃取厕中草粪，布着其上。道士便盛击鼓，召请诸神。魅乃取伏虎，于神座上吹作角声音。有顷，道士忽觉背上冷，惊起解衣，乃伏虎也。于是道士罢去。

彦思夜于被中窃与妪语，共患此魅。魅即屋梁上谓彦思曰："汝与妇道吾，吾今当截汝屋梁。"即隆隆有声。彦思惧梁断，取火照视。魅即灭火，截梁声愈急。彦思惧屋坏，大小悉遣出。更取火，视梁如故。魅大笑，问彦思："复道吾否？"

郡中典农闻之，曰："此神正当是狸物耳。"魅即往谓典农曰："汝取官若干百斛谷，藏着某处。为吏污秽，而敢论吾！今当白于官，将人取汝所盗谷。"典农大怖而谢之。自后无敢道者。三年后去，不知所在。

【译文】

吴国的时候，嘉兴倪彦思，住在县西边远的地方。忽然有妖魅进入他家，能与人说话，像人一样吃喝，就是不现形。倪彦思有个婢女曾暗地里骂过主母，这妖魅说，如今要告诉你主人了。结果真的说了，倪彦思就处罚了这个婢女，从此再也没有人敢暗中骂主人了。

倪彦思有个小老婆，妖魅想要得到她，倪彦思就请来一个道士驱妖。请道士的酒菜摆好以后，妖魅取了猪圈里的草粪撒在上面。道士就连声击鼓，召请诸神。妖魅却取了一只夜壶，在神座做出吹号角的声音。过了一会儿，道士忽然觉得背上发冷，吃惊地起来解开衣裳，原来是一只夜壶。于是道士就只好停止作法回去了。

夜里，倪彦思和老伴在被窝里私下说话，都觉得这个妖魅是个祸害。妖魅就在房梁上对倪彦思说："你与你老婆说我，我现在要截断你的房梁。"接着就听得一阵锯房梁的声音。倪彦思怕房梁断，取火来照了看，妖魅就把火灭掉，锯梁的声音更急了。倪彦思怕房顶坍下来，全家大小都移到屋外，再取来火，一照，房梁完好无损。妖魅大笑，问倪彦思："还说我么?"

郡中典农听说这件事后，说："这个神仙，一定是狐狸了。"妖魅就到典农那里说："你偷拿了官家几百斛谷子，藏在某处。做了官吏贪污，还敢议论我。我现在要去对官说，带人来拿你偷盗的谷子。"典农大为恐惧，连忙向它谢罪。从此以后，没有人再敢说它。三年以后它走了，不知到了哪里。

顿丘鬼魅

魏黄初中，顿丘界有人骑马夜行，见道中有一物，大如兔，两眼如镜，跳跃马前，令不得前。人遂惊惧，堕马。魅便就地捉之，惊怖暴死。良久得苏，苏已失魅，不知所在。乃更上马，前行数里，逢一人，相问讯已，因说："向者事变如此，今相得为伴，甚欢。"人曰："我独行，得君为伴，快不可言。君马行疾，且前，我在后相随也。"遂共行。语曰："向者物何如，乃令君怖惧耶?"对曰："其身如兔，两眼如镜，形甚可恶。"伴曰：

“试顾视我耶?”人顾视之，犹复是也。魅便跳上马，人遂堕地，怖死。家人怪马独归，即行推索，乃于道边得之。宿昔乃苏，说状如是。

【译文】

魏文帝黄初年间，顿丘地方有个人骑马赶夜路，看见路中间有个怪物，兔子般大小，两只眼睛像镜子一样闪闪发光，在马前跳来跳去，阻挡了去路。那人受了惊吓掉下马来，怪物便就地抓住了他。这人一下子惊魂出窍，昏了过去，好久才苏醒过来。醒来时那怪物已不见了，不知去了哪里。那人就重新上马，向前走了几里，遇到一个人，互相问讯已毕，就说：“刚才发生了如此这般的事，如今有你做伴，真是好极了。”遇到的这个人说：“我独自行路，得到你为伴，也十分高兴。你骑马快，就在前面走，我在后面跟着。”两个人便一起走。后面的人说：“刚才的怪物什么样子，把你吓成这个样?”回答说：“那怪物身体像兔子，两只眼睛像镜子一样闪闪发光，形状十分可怕。”后面的人说：“你回头看看我。”那人回头一看，还是那个怪物。怪物便一下子跳上了马，那人就掉下马去，吓昏过去。他家里的人奇怪马独自回来，就一路去找他，这才在路边发现了他。过了一夜才苏醒过来，说了如上的经过情形。

度朔君

袁绍，字本初，在冀州。有神出河东，号度朔君，百姓共为立庙。庙有主簿大福。

陈留蔡庸为清河太守，过谒庙。有子名道，亡已三十年。度朔君为庸设酒，曰：“贵子昔来，欲相见。”须臾，子来。度朔君自云父祖昔作兖州。有一士姓苏，母病往祷。主簿云：“君逢天士留待。”闻西北有鼓声而君至。须臾，一客来，着皂单衣，头上五色毛，长数寸。去后，复一人着白布单衣，高冠，冠似鱼头，谓君曰：“昔临庐山共食白李，忆之未久，已三千岁。日月易得，使人怅然。”去后，君谓士曰：“先来南海君也。”士是书生，君明通《五经》，善《礼记》，与士论礼，士不如也。士乞救母病，君曰：“卿所居东有故桥，人坏之。此桥所行，卿母犯之。能复桥，便差。”

曹公讨袁谭，使人从庙换千匹绢，君不与。曹公遣张郃毁庙。未至百里，君遣兵数万，方道而来。郃未达二里，云雾绕郃军，不知庙处。君语主簿：“曹公气盛，宜避之。”后苏并邻家有神下，识君声，云：“昔移入湖，阔绝三年。”乃遣人与曹公相闻：“欲修故庙，地衰不中居，欲寄住。”公曰：“甚善。”治城北楼以居之。数日，曹公猎，得物大如麑，大足，色白如雪，毛软滑可爱。公以摩面，莫能名也。夜闻楼上哭云：“小儿出行不还。”公拊掌曰：“此子言真衰也。”晨将数百犬，绕楼下。犬得气，冲突内外，见有物大如驴，自投楼下。犬杀之，庙神乃绝。

【译文】

袁绍字本初，他在冀州的时候，河东出了个神，号度朔君，百姓一同为他建立了庙，庙里有个主簿叫大福。

陈留郡的蔡庸任清河太守，路过这个庙的时候进去谒见。蔡庸有个儿子叫蔡道，死去已有三十年了。度朔君为蔡庸设酒，说：“令郎以前来过，他很想见你。”过了一会，儿子果然来了，谈话间，度朔君自称祖上以前做过兖州太守。有一个读书人姓苏，母亲生病，他就到庙里去祈祷。主簿说："度朔君遇到仙人把他留住了。"后来听到西北方向有鼓声，度朔君就来了。过了一会儿，有个客人来，身穿黑色单衣，头上有五色的毛，长几寸。这个客人走了以后，又来了一个人，身穿白色单衣，高高的冠，冠的形状像鱼头，他对度朔君说："想当初到庐山一起吃白李，回想起来还在眼前，已经三千年了。日月容易消逝，令人怅惘。"这个人走后，度朔君对苏生说："刚才来的是南海君。"苏生是个书生，度朔君也通晓五经，对《礼记》特别熟，与苏生讨论礼，苏生不如他懂得多。苏生求他救母亲的病，度朔君说："你住的地方东面原先有座桥，坏了已经很久了，这座桥是乡里人日常要走的，你能把桥修复，你母亲的病就会好。"

曹操征讨袁谭的时候，叫人向庙里借一千匹绢，度朔君不给。曹操就派张郃去把庙拆毁。张郃的兵马还差一百里路，度朔君就调来几万兵卒，分几路并排而来。张郃还有二里路不到，就有云雾绕住他的军队，看不清庙在什么地方。度朔君对主簿说："曹操气盛，要避他一避。"后来苏生和邻居家有神降临，他听出是度朔君的声音，说："前一阵我迁到胡地去，阔别了三年。"

度朔君差遣人到曹操那儿放出风声："本想要修复旧庙，但那地方气数已经衰落，不中住了，想寄住在你那儿。"曹操说："很好。"就整修了城北的楼阁让他居住。过了几天，曹操打猎，打到一个奇怪的野兽，像麂那么大，六只脚，颜色雪白，毛柔软润滑，很是可爱，曹操把它放在脸上摩挲，不知道它叫什么名字。夜里，听到城北楼阁上哭道："我的儿子外出回不来了！"曹操拍手道："这东西命该绝了！"早晨带了几百条狗，在楼下包围住。狗闻到气味，冲上楼去，只见有个动物像驴那么大，自己从楼上跳下来，被狗咬死了。庙里的神从此就断绝了。

竹中长人

临川陈臣，家大富。永初元年，臣在斋中坐。其宅内有一町筋竹。白日忽见一人，长丈余，面如方相，从竹中出，径语陈臣："我在家多年，汝不知。今辞汝去，当令汝知之。"去一月许日，家大失火，奴婢顿死。一年中，便大贫。

【译文】

临川郡陈臣家里十分富有。汉安帝永初元年，陈臣在书斋里闲坐，他宅内有一亩田竹子，白天忽然看见有个人从竹中出来，身长丈余，脸好像方相，前来对陈臣说："我在你家多年，你不知道。如今告别你他去，该让你知道。"去了一个多月，陈家遭了大火，奴婢都烧死了。一年之间，就从大富变成大贫。

釜中白头公

东莱有一家，姓陈，家百余口。朝炊，釜不沸。举甑看之，忽有一白头公从釜中出。便诣师卜。卜云："此大怪，应灭门。便归大作械，械成，使置门壁下，坚闭门在内。有马骑麾盖来扣门者，慎勿应。"乃归，合手伐得百余械，置门屋下。果有人至，呼不应。主帅大怒，令缘门入。从人窥门内，见大小械百余。出门还说如此。帅大惶惋，语左右云："教速来，不速来，遂无一人当去，何以解罪也？从此北行，可八十里，有一百三口，取以当之。"

后十日，此家死亡都尽。此家亦姓陈云。

【译文】

东莱郡有家姓陈的大家庭，全家大小有一百多口人。有一天烧早饭，锅里的水烧不开。把蒸锅拿起来一看，只见有一个白头发的老头儿从锅里出来。陈家把这件奇事告诉算命先生问卜，占卜下来说："这是个大怪，你们家要遭灭门之祸。快回去，多造些武器。武器造好，放在门边的墙壁下，把门紧闭，不要出去。有骑马坐指挥马的人来敲门的，千万不要答应。"从算命先生那儿回来以后，陈家的人合力砍伐了一百多根木条做成武器，放在门边墙壁下。不久，果然有人来叫人，没人答应。门外的主帅大怒，命令攀着门进去。手下人向门里窥探了一下，看见大小武器百余件，便出来向主帅报告说如此这般。主帅大为恐慌怅恨，对左右说："叫你们赶快来，你们不赶快来，现在捉不到一个人去交差，拿什么卸脱罪责？从这儿朝北走大约八十里，有一家一百零三口人，去拿了来代替。"

十天以后，这家人全都死尽了。这一家也是姓陈。

服留鸟

晋惠帝永康元年，京师得异鸟，莫能名。赵王伦使人持出，周旋城邑匝以问人。即日，宫西有一小儿见之，遂自言曰："服留鸟。"持者还白伦。伦使更求，又见之。乃将入宫，密笼鸟，并闭小儿于户中。明日往视，悉不复见。

【译文】

晋惠帝永康元年，京都洛阳捕到一只奇异的鸟，没有人叫得出它的名字。赵王司马伦叫人拿着它出去，走遍了全城每一个角落问人。当天，在皇宫以西有一个小孩儿看见这鸟，就自言自语说："服留鸟。"拿鸟的人回去报告了司马伦。司马伦吩咐他再出去，务必把这个小孩儿找到。后来又看到了他，就把这个孩子带进宫中。司马伦把鸟关在密密的鸟笼里，把小孩儿关在房间里。第二天去看，鸟和小孩儿都不见了。

南康甘子

南康郡南东望山，有三人入山，见山顶有果树，众果毕植，行列整齐，如人行。甘子正熟，三人共食，致饱，乃怀二枚，欲出示人。闻空中语云："催放双甘，乃听汝去。"

【译文】

南康郡南部有一座东望山。一次，有三个人进山，看见山顶上种着果树，各种果树都有，一排一排十分整齐，好像人的行列似的。这时正好柑子熟了，三个人一起吃了个饱，就在怀里藏了两个，想拿下山去给人看。只听空中有声音说："赶快把两只柑子放下，才能让你们回去。"

秦瞻

秦瞻居曲阿彭皇野，忽有物如蛇，突入其脑中。蛇来，先闻臭气，便于鼻中入，盘其头中，觉哄哄，仅闻其脑间食声咂咂，数日而出去。寻复来，取手巾缚鼻口，亦被入。积年无他病，唯患头重。

【译文】

秦瞻住在曲阿县彭皇村郊外，一天，忽然有条像蛇一样的东西，钻进了他的脑中。这东西来的时候，先闻到一股臭气，它就从鼻孔中进去，在头里盘旋，秦瞻只觉得凉丝丝的。接着便听到自己脑子间有咂咂的咬食的声音，过了几天才出去。不久又来了，秦瞻拿手巾蒙住了鼻和嘴，也照样被它钻了进去。过了几年，也没有别的病，只觉得头重。

卷十八

饭臿怪

魏景初中，咸阳县吏王臣家有怪，无故闻拍手相呼，伺无所见。其母夜作倦，就枕寝息。有顷，复闻灶下有呼声曰："文约，何以不来?"头下枕应曰："我见枕，不能往。汝可来就我饮。"至明，乃饭臿也。即聚烧之，其怪遂绝。

【译文】

魏明帝景初年间，咸阳县县吏王臣家里出了怪事，无缘无故听到拍手相呼的声音，等着看却什么也看不到。王母夜里织布很困倦了，就着枕头，睡下休息。过了一会儿，又听得灶间里有呼叫的声音说："文约，为什么不来?"王母枕着的枕头应声说："我正被枕着，不能去。你可以到我这里来喝一杯。"到天明一看，是一把铲刀。就把铲刀和枕头放在一起烧掉了，作怪的事也就断绝了。

细腰

魏郡张奋者，家本巨富，忽衰老财散，遂卖宅与程应。应入居，举家病疾，转卖邻人何文。文先独持大刀，暮入北堂中梁上。至三更竟，忽有一人，长丈余，高冠黄衣，升堂呼曰："细腰。"细腰应喏。曰："舍中何以有生人气也?"答曰："无之。"便去。须臾，有一高冠青衣者；次之，又有高冠白衣者。问答并如前。

及将曙，文乃下堂中，如向法呼之，问曰："黄衣者为谁?"曰："金也。在堂西壁下。""青衣者为谁?"曰："钱也。在堂前井边五步。""白衣者为谁?"曰："银也。在墙东北角柱下。""汝复为谁?"曰："我，杵也。今在灶下。"及晓，文按次掘之，得金、银五百斤，钱千万贯。仍取杵焚之。由此大富，宅遂清宁。

【译文】

魏郡的张奋，家里本来十分富有，后来忽然衰老了，钱财也散尽了，就把家宅卖给程应。程应住进去以后，全家生起了病，就又转卖给邻居何文。何文先独自拿了一把大刀，黄昏时分进了北堂，爬到中梁上伏着。到三更快尽时，忽然有一个人，长一丈多，高冠黄衣，走到堂上叫道："细腰!"细腰应了一声。那人说："屋子里怎么有陌生人的气味?"细腰回答说："没有的。"那人就走了。过了一会，又有一个高冠青衣的人来，走了以后，又有一个高冠白衣的人前来，问答都和第一个人一样。

到天将明时，何文就下到堂中，也照着样子叫了一声"细腰"，细腰果然回答了一声，何文就问："穿黄衣的是谁?"细腰说："是金子，在堂西墙壁下。"何文又问："穿青衣的是谁?"细腰说："是钱，在堂前离开井边五步的地方。"何文再问："穿白衣的是谁?"细腰说："是银子，在墙东北角的柱子下面。"何文最后问："你又是谁?"细腰说："我是杵，如今在灶下。"天亮以后，何文依次挖掘，得到金银五百斤，钱千万贯。接着把杵取来烧掉了。他从此大富，宅第也安宁了。

怒特祠

秦时，武都故道有怒特祠，祠上生梓树。秦文公二十七年，使人伐之，辄有大风雨。树创随合，经日不断。文公乃益发卒，持斧者至四十人，犹不断。士疲还息。其一人伤足，不能行，卧树下，闻鬼语树神曰："劳乎攻战？"其一人曰："何足为劳。"又曰："秦公将必不休，如之何？"答曰："秦公其如予何。"又曰："秦若使三百人被发，以朱丝绕树，赭衣灰坌伐汝，汝得不困耶？"神寂无言。

明日，病人语所闻。公于是令人皆衣赭，随斫创坌以灰。树断，中有一青牛出，走入丰水中。其后青牛出丰水中，使骑击之，不胜。有骑堕地复上，髻解被发，牛畏之，乃入水，不敢出。故秦自是置旄头骑。

【译文】

秦朝的时候，武都郡故道县有一座怒牛庙。庙里长了一棵梓树。秦文公二十七年，派人砍它，当时就出现了大风雨。树砍过的地方随即长合了，砍上一天也不断。秦文公就增派了兵，拿斧的达到四十个人，还是砍不断。兵士们疲乏不堪，回去休息，只有一个人伤了脚，不能走动，就躺在树下。夜里，躺在树下的兵听得鬼对树神说："你对付砍伐累不累？"树神说："那有什么累的。"鬼又说："秦文公一定不会罢休，你拿他怎么办？"树神回答道："秦文公能把我怎样！"鬼又说："他如果派三百个人披头散发，用红丝绕树，穿着赤褐色的衣服，用灰撒着砍你，你能不陷入困境么？"树神闭口无言。

第二天，受伤的兵把夜里听到的话报告了。秦文公就叫砍树的人都穿上赤褐色的衣服，一边砍伐一边把灰撒上去，树终于砍断了。从中出来一头青牛，跑进了丰河中。后来，青牛从丰河中出来，秦文公派骑兵去攻击它，打它不过。有个骑兵落马掉在地上，重新上马时，发髻散了，头发披下来，牛看了就畏怯了，进入河中不敢再出来。所以秦国从此设置了旄头骑兵。

树神黄祖

庐江龙舒县陆亭，流水边有一大树，高数十丈，常有黄鸟数千枚巢其上。时久旱，长老共相谓曰："彼树常有黄气，或有神灵，可以祈雨。"因以酒脯往。亭中有寡妇李宪者，夜起，室中忽见一妇人，着绣衣，自称曰："我，树神黄祖也，能兴云雨。以汝性洁，佐汝为生。朝来父老皆欲祈雨，吾已求之于帝，明日日中大雨。"至期果雨，遂为立祠。神谓宪曰："诸卿在此。吾居近水，当致少鲤鱼。"言讫，有鲤鱼数十头飞集堂下，坐者莫不惊悚。如此岁余，神曰："将有大兵，今辞汝去。"留一玉环，曰："持此可以避难。"后刘表、袁术相攻，龙舒之民皆徙去，唯宪里不被兵。

【译文】

庐江郡龙舒县陵亭，在流水边有一棵大树，高达几十丈，常有几千只黄鸟栖居在上面。有个时期久旱不雨，年长的老人聚在一起商议道："那棵树顶上常有黄色云气，或者有神灵，我们可以向它求雨。"就拿了酒肉前去。陵亭有一个寡妇叫李宪，她夜里起来，屋子里忽然现出一个女人，穿着绣花衣裳，自称道："我是树神黄祖，能兴云布雨。因为你生性洁净，我要助你为生。明天早起父老们都要来求雨，我已向天帝请求过了，明天中午要下大雨。”到了时间，果然下了雨。父老们就为她建了一座庙。庙建好以后，树神对李宪说：“各位乡亲父老都在这里。我住的地方近水，要为他们弄点鲤鱼来。”说罢，就有几十条鲤鱼从空中飞来，落在堂上。当时在座的人莫不惊惧。这样过了一年多，树神对李宪说：“即将有大规模的战争要发生，我如今要告别你离开这里。”就给李宪留下一只玉环，说：“拿着这个可以避灾难。”后来刘表、袁术在这一带互相攻打，龙舒县的居民都逃难到别的地方去，只有李宪所住的地方没有受到兵灾。

张叔高

魏桂阳太守江夏张辽，字叔高，去鄢陵，家居买田。田中有大树十余围，枝叶扶疏，盖地数亩，不生谷。遣客伐之。斧数下，有赤汁六七斗出。客惊怖，归白叔高。叔高大怒曰：“树老汁赤，如何得怪！”因自严行，复斫之，血大流洒。叔高使先斫其枝，上有一空处，见白头公，可长四五尺，突出，往赴叔高，高以刀逆格之。如此凡杀四五头，并死。左右皆惊怖伏地，叔高神虑怡然如旧。徐熟视，非人非兽，遂伐其木。此所谓“木石之怪，夔、蝄蜽”者乎？是岁，应司空辟侍御史、兖州刺史。以二千石之尊，过乡里，荐祝祖考，白日绣衣荣羡，竟无他怪。

【译文】

魏国桂阳太守、江夏郡的张辽，字叔高，到鄢陵去安家买了田产。田中有棵大树，树干要十几个人才围得住，树叶茂密，覆盖了几亩地，不能长粮食。张辽就派人去砍树。挥斧砍了几下，有红色的汁水六七斗渗了出来，砍树的人惊恐了，回去告诉张辽。张辽大怒道："树老了有点红汁，有什么大惊小怪的！"就亲自打点了一下前去，重新砍伐，树里流出了许多血。张辽叫人先把枝条砍掉，树上出现一个空洞，有个白发老头儿，大约有四五尺高，突然出来，扑向张辽。张辽用刀迎击，接连格杀了四五个，都死了。左右的人全吓得趴在地上，张辽却神态怡然，像什么也没发生一样。仔细看那四五个死去的东西，既不是人，也不是兽。于是，就把树砍断了。这就是所谓"木石之怪，夔、蝄蜽"之类的东西吧？这一年，张辽应司空的征召，任侍御史、兖州刺史，以食禄二千石的尊荣，回乡祭祀祖宗，大白天穿着绣衣显示荣耀，竟没有发生其他怪异。

陆敬叔

吴先主时，陆敬叔为建安太守，使人伐大樟树。下数斧，忽有血出。树断，有物人面狗身，从树中出。敬叔曰："此名'彭侯'。"乃烹食之，其味如狗。《白泽图》曰："木之精名'彭侯'，状如黑狗，无尾，可烹食之。"

【译文】

吴国孙权时，陆敬叔任建安太守。他叫人砍伐一棵大樟树，没几斧，忽然有血流出来。树砍断后，有一只人面狗身的怪物从树中出来。陆敬叔说："这东西叫彭侯。"就煮来吃了，味道和狗肉差不多。《白泽图》说："树木的精怪叫彭侯，形状好像黑狗，没有尾巴，可以煮来吃。"

船飞

吴时，有梓树巨围，叶广丈余，垂柯数亩。吴王伐树作船，使童男女三十人牵挽之。船自飞下水，男女皆溺死。至今潭中时有唱唤督进之音也。

【译文】

吴国的时候，有一棵梓树树干十分粗，叶子有一丈多阔，下垂的枝条覆盖了几亩地。吴王伐树造了一只船，叫三十个童男童女拉纤。船自动飞下水中，童男童女都落水溺死了。到现在潭中还时常有唱唤拉船号子督促前进的声音。

老　狸

董仲舒下帷讲诵，有客来诣，舒知其非常。客又云："欲雨。"舒戏之曰："巢居知风，穴居知雨。卿非狐狸，则是鼷鼠。"客遂化为老狸。

【译文】

董仲舒垂下帐帷讲授经学，有个客人来访。董仲舒知道这不是个平常人。客人又说："要下雨了。"董仲舒开玩笑地说："住在巢中的知道风，住在洞中的知道雨。你不是狐狸，就是鼷鼠。"这客人就变成了一只老猫。

张　茂　先

张华，字茂先，晋惠帝时为司空。于时燕昭王墓前有一斑狐，积年能为变幻。乃变作一书生，欲诣张公。过问墓前华表曰："以我才貌，可得见张司空否？"华表曰："子之妙解，无为不可。但张公智度，恐难笼络，出必遇辱，殆不得返。非但丧子千岁之质，亦当深误老表。”狐不从，乃持刺谒华。

华见其总角风流，洁白如玉，举动容止，顾盼生姿，雅重之。于是论及文章，辨校声实，华未尝闻。比复商略三史，探赜百家，谈《老》《庄》之奥区，披《风》《雅》之绝旨，包十圣，贯三才，箴八儒，擿五礼，华无不应声屈滞。乃叹曰：“天下岂有此年少！若非鬼魅，则是狐狸。”乃扫榻延留，留人防护。此生乃曰：“明公当尊贤容众，嘉善而矜不能。奈何憎人学问！墨子兼爱，其若是耶?”言卒，便求退。华已使人防门，不得出。既而又谓华曰：“公门置甲兵栏骑，当是致疑于仆也。将恐天下之人，卷舌而不言；智谋之士，望门而不进。深为明公惜之。”华不应，而使人防御甚严。

时丰城令雷焕，字孔章，博物士也。来访华，华以书生白之。孔章曰：“若疑之，何不呼猎犬试之?”乃命犬以试，竟无惮色。狐曰：“我天生才智，反以为妖，以犬试我，遮莫千试万虑，其能为患乎?”华闻益怒，曰：“此必真妖也。闻魑魅忌狗，所别者数百年物耳。千年老精，不能复别。惟得千年枯木照之，则形立见。”孔章曰：“千年神木，何由可得?”华曰：“世传燕昭王墓前华表木已经千年。”乃遣人伐华表。

使人欲至木所，忽空中有一青衣小儿来，问使曰：“君何来也?”使曰：“张司空有一年少来谒，多才巧辞，疑是妖魅。使我取华表照之。”青衣曰：“老狐不智，不听我言，今日祸已及我，其可逃乎?”乃发声而泣，倏然不见。使乃伐其木，血流，便将木归。燃之以照书生，乃一斑狐。华曰："此二物不值我，千年不可复得。"乃烹之。

【译文】

张华字茂先，晋惠帝时官任司空。那时燕昭王墓前有一只花狐狸，年深月久能够变化，就变了一个书生，想去拜会张华，它去询问墓前的华表说："以我的才貌，可以去见张司空么？"华表说："你对学问的精妙理解，是没有什么不可以的。但张公的智力和度量，你恐怕难以笼络他。你去的话，一定会受辱，恐怕就回不来了。非但丧失了你千年的功业，也会使我老华表深受其害。"狐狸不听他的，就拿了名片谒见张华。

张华看他年少风流，洁白如玉，行动举止，顾盼生姿，非常看重他。于是谈论到文章，比较辨析形式和内容，都是张华所不曾听到过的。接着又讨论三史，探究百家，畅谈《老》《庄》的深奥之处，揭示《风》《雅》的微妙之旨，包容十圣，纵贯三才，分析儒家八派，申述三礼五常，张华无不应声辞穷，难以对答。就叹道："天下岂有这样的少年！如果不是鬼魅，那就一定是狐狸。"张华就清扫床榻，请他留住，派了人看守他。这少年书生就说："明公应该尊重贤才，容纳众人，嘉奖善良，怜惜无能。为什么要憎恨别人有学问！墨子主张的兼爱，是这样的吗？"说完，就要求告退。张华已经派人看住了门，不能出去。过后又对张华说："您门口安置了兵马武装，一定是对我有所怀疑了。我恐怕天下的人将要卷起舌头不说话，智谋之士将要遥望大门不进来。我深为明公感到可惜。"张华不回答他，而派人看守得更严密了。

当时丰城县县令雷焕，字孔章，是一个博学的人，来访问张华。张华把少年书生的事告诉了他。雷焕说："如果怀疑他，为什么不叫猎狗来试试他？"张华就下令用狗去试验，结果少年书生竟然毫无惧色。这狐狸精说："我天生才智，反而以为我是妖怪，用狗来试我。尽管你千试万试，就对我造成祸患吗？"张华听了，更加发怒了，说："这一定是真正的妖怪了。听说魑魅怕狗，但狗只能辨识出几百年的怪物；千年老妖精，就不能辨识了。只有弄到千年古木点燃了照它，才能立刻现原形。”雷焕说：“千年神木，哪儿可以弄到呢？”张华说：“世间传说燕昭王墓前的华表木，已经有一千年了。”就派人去砍伐华表。

派出的人正要到华表木旁边，忽然空中有个青衣小孩儿来，问他：“你为什么来？”他说：“张司空处有一个少年书生来谒见，多才多艺，能言善辩，张司空怀疑他是妖魅，叫我来取华表木点火照他。”青衣小孩儿说：“老狐狸太不理智，不听我的话，今天灾祸已经到我身上，还能逃避吗！”就出声哭泣，一下子不见了。派来的人就砍伐这根华表木，有血流出来。他便把木头带了回去。张华用华表木点燃了照书生，乃是一只花狐狸。张华说：“这两个怪物不遇到我，再过一千年也不可能得到。”他就用华表木烹煮了狐狸。

吴兴老狸

晋时，吴兴一人有二男，田中作时，尝见父来骂詈，赶打之。儿以告母。母问其父，父大惊，知是鬼魅，便令儿斫之。鬼便寂不复往。父忧，恐儿为鬼所困，便自往看。儿谓是鬼，便杀而埋之。鬼便遂归，作其父形，且语其家：“二儿已杀妖矣。”儿暮归，共相庆贺，积年不觉。

后有一法师过其家，语二儿云：“君尊候有大邪气。”儿以白父，父大怒。儿出以语师，令速去。师遂作声入，父即成大老狸，入床下，遂擒杀之。向所杀者，乃真父也，改殡治服。一儿遂自杀，一儿忿懊亦死。

【译文】

晋朝的时候，吴兴一个人有两个儿子。两个儿子在田里耕作时，曾经看到父亲来骂他们，还赶打他们。两个儿子回去就告诉了母亲。母亲问他们的父亲，父亲大惊，知道这是妖怪作祟，就叫两个儿子以后看到就砍它。这妖怪就安静了，不再到田里去。父亲放心不下，怕儿子被妖怪困住，便自己跑去看。儿子以为妖怪又来了，就把他杀了，埋起来。妖怪就变成了父亲的形状，回到家里，还对家里人说："两个儿子已经把妖怪杀死了。"儿子晚上回家，全家共相庆贺。过了几年，也不曾发觉。

后来有个法师走过他家，对两个儿子说："令尊看上去有一股大邪气。"儿子把这话告诉了父亲，父亲大怒。儿子出来，把情况对法师说了，叫他快走。法师却念念有词，走了进去，那父亲顿时变成一只很大的老狸猫，钻进了床下，当即把它抓住杀了。两个儿子这才知道当初在田里杀的是真的父亲，于是改葬，补行了丧礼。一个儿子就自杀了，另一个又气又懊悔，也死了。

狸　婢

句容县麋村民黄审，于田中耕。有一妇人过其田，自畻上度，从东适下而复还。审初谓是人，日日如此，意甚怪之。审因问曰："妇数从何来也？"妇人少住，但笑而不言，便去。审愈疑之。预以长镰，伺其还，未敢斫妇，但斫所随婢。妇化为狸，走去。视婢，乃狸尾耳。审追之不及。后人有见此狸出坑头，掘之，无复尾焉。

【译文】

句容县麋村村民黄审，在田里耕作。有一个妇女经过他的田，从田埂上过去，到东面下去，刚下去又往回走。黄审开始以为是人，天天如此，心里觉得很奇怪。就问她："大嫂经常从哪里来？"那妇女稍稍停了一下，只笑而不说话，就走了。黄审更加起了疑团。他准备了一把长镰刀，等那妇女往回走时，不敢斫她，只斫她所带的婢女。只见那妇女变成一只狸猫跑掉了，再看那婢女，原来是一条狸猫的尾巴。黄审想追那狸猫，已经来不及了。后来，有人看见这只狸猫从坑头里出来，就从坑里掘下去，捉住了它，它已经没有尾巴了。

刘伯祖狸神

博陵刘伯祖为河东太守，所止承尘上有神，能语，常呼伯祖与语。及京师诏书诰下消息，辄预告伯祖。伯祖问其所食啖，欲得羊肝。乃买羊肝，于前切之，脔随刀不见，尽两羊肝。忽有一老狸，眇眇在案前。持刀者欲举刀斫之，伯祖呵止。自着承尘上，须臾大笑曰："向者啖羊肝，醉忽失形，与府君相见，大惭愧。"

后伯祖当为司隶，神复先语伯祖曰："某月某日，诏书当到。"至期如言。及入司隶府，神随逐在承尘上，辄言省内事。伯祖大恐怖，谓神曰："今职在刺举，若左右贵人闻神在此，因以相害。"神答曰："诚如府君所虑，当相舍去。"遂即无声。

【译文】

博陵郡的刘伯祖任河东太守，他所住的地方天花板上有个神，能说话，常呼叫刘伯祖与他一起说话，凡有京师上来的诏书之类的消息，总是预先告知刘伯祖。刘伯祖问他吃什么东西，他说想得到一点羊肝。于是刘伯祖买来羊肝，在天花板下切片，随切，那羊肝片就不见了，吃完了两副羊肝。忽然有一只狸猫，妙妙地在桌子前叫着，操刀的人想举刀斫它，刘伯祖喝住了。那狸猫自己上了天花板，过了一会大笑道："刚才吃了羊肝，喝醉了酒，忽然失形，与大人相见，十分惭愧。”

后来刘伯祖要任司隶校尉之职，狸猫神又先对他说了：“某月某日，诏书要到。”到了日子，果然像他所说的那样。等刘伯祖进了司隶府，狸猫神跟着他又到新居的天花板上，常向他说宫廷里的事。刘伯祖大为恐慌，对神说：“如今我的职责是察举百官以下犯法的人。如果皇上左右的贵人们听说神道在这里，恐怕要因此受害。”狸猫神回答道：“确实像大人所顾虑的，我要告别了。”于是就没有声音了。

阿　紫

后汉建安中，沛国郡陈羡为西海都尉。其部曲士灵孝无故逃去，羡欲杀之。居无何，孝复逃走。羡久不见，囚其妇，妇以实对。羡曰：“是必魅将去，当求之。”因将步骑数十，领猎犬，周旋于城外求索，果见孝于空冢中。闻人犬声，怪遂避去。羡使人扶孝以归，其形颇象狐矣，略不复与人相应，但啼呼“阿紫”。阿紫，狐字也。后十余日，乃稍稍了悟，云：“狐始来时，于屋曲角鸡栖间，作好妇形，自称‘阿紫’，招我。如此非一。忽然便随去，即为妻，暮辄与共还其家，遇狗不觉。”云乐无比也。

道士云：“此山魅也。”《名山记》曰：“狐者，先古之淫妇也，其名曰‘阿紫’，化而为狐。故其怪多自称‘阿紫’。”

【译文】

东汉建安年间，沛国郡陈羡任西海都尉。他的部下王灵孝无故逃走，过些日子回来，陈羡想杀了他。过了不久，王灵孝又逃走了。陈羡好久没看见他，就把他妻子关起来。他妻子把事实经过说了，陈羡说："这一定是妖魅把他带走了，该去找到他。"就率领几十个步兵、骑兵，带了猎狗，在城外兜来兜去寻找，果然发现王灵孝在一座空墓中。听到人声狗声，妖魅已经躲开了。陈羡叫人扶着王灵孝回来，看他的形状很有点像狐狸了，一句话也不与人说，只是呼叫"阿紫"。阿紫，是狐狸精的名字。十几天以后，王灵孝才稍稍明白过来。说："狐狸精开始来的时候，在屋子的转弯角落和鸡棚之间，作出美女的样子，自称阿紫，招呼我。这样不止一次了。我恍恍惚惚就跟了她去，她就成了我的老婆，晚上就与她一起回到她的家里。遇到狗我也不曾醒过来。"又说与阿紫在一起，其乐无比。

道士说：这是山上的妖魅。《名山记》记载："狐狸精是古代的淫妇，她的名字叫阿紫，变化成为狐狸。"所以这种妖魅大多自称阿紫。

宋大贤

南阳西郊有一亭，人不可止，止则有祸。邑人宋大贤，以正道自处，尝宿亭楼，夜坐鼓琴，不设兵仗。至夜半时，忽有鬼来，登梯与大贤语，眝目磋齿，形貌可恶。大贤鼓琴如故，鬼乃去。于市中取死人头来，还语大贤曰："宁可少睡耶？"因以死人头投大贤前。大贤曰："甚佳。吾暮卧无枕，正欲得此。"鬼复去。良久乃还，曰："宁可共手搏耶？"大贤曰："善。"语未竟，鬼在前，大贤便逆捉其腰。鬼但急言"死"。大贤遂杀之。明日视之，乃老狐也。自是亭舍更无妖怪。

【译文】

南阳西郊有个亭，人不能留住在那里，留住就有祸事发生。当地人宋大贤，用正道自处，曾在亭楼里过夜。夜间他坐着弹琴，没准备什么武器。到夜半时，忽然有个鬼来，登上楼梯与宋大贤说话。那鬼目光狰狞，锯牙利齿，形貌可恶。宋大贤照旧弹琴，鬼就去了。它到市里去取了一颗死人头，回来对宋大贤说："你能睡一会吗?"就把死人头扔在宋大贤面前。宋大贤说："很好，我晚上睡觉没有枕头，正要得到它，"鬼又去了。这次过了好久才回来，说："你能和我较量手劲吗?"宋大贤说："好。"话还没说完，鬼已经在他面前了，宋大贤就从后面抓住了鬼的腰。鬼只急促地叫："死，死!"宋大贤就把它杀了。第二天一看，是一只老狐狸。从此，亭舍里就再也没有妖怪了。

郅伯夷

北部督邮西平郅伯夷，年三十许，大有才决。长沙太守郅若章孙也。日晡时到亭，敕前导人且止。录事掾白："今尚早，可至前亭。"曰："欲作文书。"便留。吏卒惶怖，言当解去。传云："督邮欲于楼上观望，亟扫除。"须臾便上。未暝，楼镫阶下复有火。敕云："我思道，不可见火，灭去。"吏知必有变，当用赴照，但藏置壶中。

日既暝，整服坐，诵《六甲》、《孝经》、《易》本讫，卧。有顷，更转东首，以帑巾结两足，帻冠之，密拔剑解带。夜时，有正黑者四五尺稍高，走至柱屋，因覆伯夷。伯夷持被掩之，足跣脱，几失再三。以剑带击魅脚，呼下火上。照视之，老狐正赤，略无衣毛，持下烧杀。

明旦，发楼屋，得所髡人髻百余。因此遂绝。

【译文】

北部督邮、西平郡的郅伯夷，三十来岁，十分有才干而果断，是长沙太守郅君章的孙子。黄昏时分，他来到一个亭，吩咐前导人员进去住下。录事掾报告说："天色还早，可以到前面一个亭。"郅伯夷说："我要在这里起草文书，就留下吧。"小吏和士卒都很惊恐，说不应该住在这个地方。但这时已经传下话来："督邮要在楼上观望，赶快打扫。"小吏就很快上楼去了。天还没黑，楼上就点亮了灯，阶下也有灯火。郅伯夷下令道："我要思道，不能看见火，把灯灭掉。"小吏知道一定有什么事要发生，到时会需要用灯去照，就把灯藏在壶中，并不灭掉。

天黑以后，郅伯夷整了整衣服，坐在楼上诵读《六甲》、《孝经》、《易经》，朗读完以后，就躺下了。过了一会儿，他把头转到东面，用大巾缚在两只脚上，头上也戴好了巾，暗中拔出剑，解下剑带。到夜里，一个墨黑的怪物，有四五尺还稍高一点，走进屋里，扑在郅伯夷身上。郅伯夷拿一条被子把它蒙住，这时脚上的拖鞋脱掉了，几乎被这怪物逃走。双方争持再三，郅伯夷用剑带抽打怪物的脚，呼叫下面拿灯火上来，照着一看，是一头老狐狸，光着身子，一点毛也没有。就拿下去烧死了。第二天，把亭楼的房间清理一下，发现被剪下的人的发髻一百多个。妖怪从此就绝迹了。

胡　博　士

吴中有一书生，皓首，称胡博士，教授诸生。忽复不见。九月初九日，士人相与登山游观，闻讲书声，命仆寻之。见空冢中群狐罗列，见人即走。老狐独不去，乃是皓首书生。

【译文】

吴郡有个书生，满头白发，自称胡博士，教授一批学生，忽然失踪了。

九月九日，几个读书人一起登山游览，听到有讲书的声音，就叫仆人寻找。发现在一座空墓中，群狐罗列，看见人来，马上就逃走了。只有老狐狸不走，就是那个白头书生。

谢鲲

陈郡谢鲲，谢病去职，避地于豫章。尝行经空亭中夜宿，此亭旧每杀人。夜四更，有一黄衣人呼鲲字云："幼舆，可开户。"鲲澹然无惧色，令申臂于窗中。于是授腕，鲲即极力而牵之，其臂遂脱，乃还去。明日看，乃鹿臂也，寻血取获。尔后此亭无复妖怪。

【译文】

陈郡谢鲲，生病辞去了职务，隐居在豫章郡。他曾经走过一所空亭，在里面过夜。这个亭里以前经常发生妖魅杀人的事。下半夜四更天，有一个穿黄衣服的人，呼叫谢鲲的字说："幼舆，你把门开开。"谢鲲处之泰然，毫无惧色，叫黄衣人把手臂从窗口伸进来。于是黄衣人就把手腕伸了进来，谢鲲抓住了竭力朝里拖拉，结果那条手臂就拉断了，黄衣人也狼狈地逃走了。

第二天一看，拉断的手臂原来是一条鹿的前腿。谢鲲沿着血迹去找，抓到了那头鹿。从这以后，这个亭就不再有妖怪了。

猪臂金铃

晋有一士人，姓王，家在吴郡。还至曲阿，日暮，引船上当大埭。见埭上有一女子，年十七八，便呼之留宿。至晓，解金铃系其臂。使人随至家，都无女人。因逼猪栏中，见母猪臂有金铃。

【译文】

晋朝有一个读书人，姓王，家在吴郡。一次外出回家，到了曲阿县，太阳已经下山了，就把船靠在一条大坝上。王生看到坝上有一个女子，十七八岁，便叫她到船上留宿。天亮时，王生解下身上系的一只金铃，系在这女子的臂上，她就走了。王生派人跟在她的后面，看她住在什么地方。只见她到了一处，一闪身就进去了。派去的人上门打听，这一家一个女人也没有。

后来他靠近猪圈一看，发现有一头母猪，前腿上缚了一只金铃。

高 山 君

汉齐人梁文，好道。其家有神祠，建室三四间，座上施皂帐，常在其中，积十数年。后因祀事，帐中忽有人语，自呼“高山君”。大能饮食，治病有验。文奉事甚肃。积数年，得进其帐中。神醉，文乃乞得奉见颜色。谓文曰：“授手来。”文纳手，得持其颐，髯须甚长。文渐绕手，卒然引之，而闻作羊声。座中惊起，助文引之，乃袁公路家羊也。失之七八年，不知所在。杀之，乃绝。

【译文】

汉朝齐郡人梁文，爱好道术。他家里有一所神祠，专门造了三四间房间，神座上罩了黑色的帷帐，他自己常常在这些房间里。

过了十几年，后来因为祭祀，帐中忽然有说话的声音，自称高山君。这高山君很能吃喝，给人看病，往往有效验。梁文事奉他十分诚心诚意。又过了几年，高山君允许他进帷帐了。一次，趁高山君喝醉了酒，梁文有机会求得见一见他的容貌。高山君对梁文说：“把手递过来。”梁文就把手伸过去，得以摸到他的下巴颏，只觉得须髯很长，梁文逐渐把须髯绕在手上。突然一拉，却听到一声羊叫。坐在房间里的人吃了一惊，急忙起身，帮梁文来拉，结果拉出了一头羊，是袁术家里走失了七八年的，一直不知去向。把它杀了，神也就绝迹了。

田　琰

北平田琰，居母丧，恒处庐。向一期，夜忽入妇室。密怪之，曰：“君在毁灭之地，幸可不甘。”琰不听而合。后琰暂入，不与妇语，妇怪无言，并以前事责之。琰知鬼魅。临暮竟未眠，衰服挂庐。须臾，见一白狗，攫衔衰服，因变为人，着而入。琰随后逐之，见犬将升妇床，便打杀之。妇羞愧而死。

【译文】

北平郡的田琰，因为母亲去世守孝，一直单身住在墓边的草庐里。将近周年时，一天夜间，他忽然进了妻子的卧室。妻子暗暗觉得奇怪，说：“你在哀伤隔绝的地方，怎么可以这样？”田琰不听她的，与她交合。第二天，田琰有事暂时进屋，他也不与妻子说话，妻子怪他一句话也没有，并且拿昨天夜里的事责备他。田琰知道是妖魅在作怪。夜幕降临时，他一直没睡着。他的丧服挂在草庐里，一会儿，看见一条白狗窜进草庐把他的丧服衔下来，就变成了人，穿着它进了家。田琰跟在后面追它，只见狗就要爬上妻子的床，就把它打死了。他的妻子也羞愧而死。

沽酒家狗

司空南阳来季德，停丧在殡，忽然见形，坐祭床上，颜色服饰声气，熟是也。孙儿妇女，以次教戒，事有条贯。鞭扑奴婢，皆得其过。饮食既绝，辞诀而去。家人大小，哀割断绝。如是数年，家益厌苦。其后饮酒过多，醉而形露，但得老狗，便共打杀。因推问之，则里中沽酒家狗也。

【译文】

司空、南阳郡的来季德，死后刚办完丧事，棺材还没落葬，忽然现形坐在祭床上，容貌，服饰、声音、口气，着实是他。他对孙子、媳妇们挨着个儿一一教训了一番，说的事都有条有理。责打奴仆婢女，也都确有过失。接着就吃喝一通，告别而去。家里大大小小对他离去都哀痛欲绝。像这样，过了几年，家里人渐渐感到厌烦和不胜其苦了。后来有一次，酒喝得太多，醉了，露出了本相，只见是条老狗，家里人就一起把它打死了。查问下来。是同里卖酒人家的狗。

白衣吏

山阳王瑚，字孟琏，为东海兰陵尉。夜半时，辄有黑帻白单衣吏诣县叩阁，迎之则忽然不见。如是数年。后伺之，见一老狗，黑头白躯犹故，至阁便为人。以白孟琏，杀之乃绝。

【译文】

山阳郡的王瑚，字孟琏，任东海郡兰陵县的县尉。每天半夜，总有一个戴黑色头巾穿白衣的小吏，到县衙门敲侧门。开门一看。却又忽然不见。像这样有几年了。后来有人事先等候着，只见一条老狗，白身黑头，一走到侧门那儿，便变成了人。他就把这情况告诉了王瑚，杀了这条狗，怪事也就绝迹了。

李 叔 坚

桂阳太守李叔坚，为从事。家有犬，人行，家人言当杀之。叔坚曰："犬马喻君子。犬见人行，效之，何伤?"顷之，狗戴叔坚冠走，家大惊。叔坚云："误触冠缨，挂之耳。"狗又于灶前畜火，家益怔营。叔坚复云："儿婢皆在田中，狗助畜火，幸可不烦邻里。此有何恶?"数日，狗自暴死，卒无纤芥之异。

【译文】

桂阳太守李叔坚，他在任从事的时候，家里有一条狗，像人一样两条腿立着走路。家里人说要杀掉它，李叔坚说："古人把君子比作犬马，狗看见人走路，也学着走，有什么关系呢?"过了一会儿，狗戴着李叔坚的冠奔跑，家里人大惊。李叔坚说："这是狗偶尔碰到了我的冠，被冠上的带子挂住罢了。"狗又在灶前添柴烧火，家里人更加惶恐不安了。李叔坚又说："儿子和婢女都在田里干活，狗能帮着添柴烧火，还可以不烦劳邻居帮忙，这有什么不好。"过了几天，狗自己突然死去了。后来一直也没有一点儿其他的怪异。

苍　獭

吴郡无锡有上湖大陂。陂吏丁初，天每大雨，辄循堤防。春盛雨，初出行塘。日暮回，顾有一妇人，上下青衣，戴青伞，追后呼："初掾待我。"初时怅然，意欲留俟之。复疑本不见此，今忽有妇人冒阴雨行，恐必鬼物。初便疾走，顾视妇人，追之亦急。初因急行，走之转远，顾视妇人，乃自投陂中，泛然作声，衣盖飞散。视之，是大苍獭，衣伞皆荷叶也。此獭化为人形，数媚年少者也。

【译文】

吴郡无锡县，有个大湖叫上湖。管理湖的小吏丁初，每当天下雨，就在堤防上巡视。春天，雨特别多，丁初又到塘上去巡视了，到黄昏时分才回来。一回头，看见有个妇女，上下身一色青衣，戴一顶青斗笠，在后面追来，叫道："丁管理员等一等我。"丁初当时有些惘然，想停下来等她，又心生怀疑："原来没看到有什么人，如今忽然有个妇女冒着黄昏大雨前来，恐怕一定是鬼魅。"丁初便加快步子，回头看那妇女，追得也很急。丁初走得快，渐渐距离就拉大了。再回头看，那妇女自己跳进了湖中，砰的一声，青衣青笠飞散开来，定神一看，是一只大苍獭，衣、笠都是荷叶变的。这只獭变成女人的模样，屡屡媚惑年轻人。

王　周　南

魏齐王芳正始中，中山王周南为襄邑长。忽有鼠从穴出，在厅事上语曰："王周南，尔以某月某日当死。"周南急往，不应，鼠还穴。后至期复出，更冠帻皂衣而语曰："周南，尔日中当死。"亦不应。鼠复入穴。须臾复出，出复入，转行数语如前。日适中，鼠复曰："周南，尔不应，我复何道。"言讫，颠蹶而死，即失衣冠所在。就视之，与常鼠无异。

【译文】

魏齐王曹芳正始年间，中山国的王周南在襄邑县任县长。一天，他在厅上，忽然有只老鼠从洞中出来，说道："王周南，你某月某日要死了。"王周南赶快走开，不应它。老鼠就回到洞里去了。后来到了这一天，老鼠又出来了，改了装束，戴着冠，穿着黑衣，说："王周南，你中午要死了。"王周南也不应它。老鼠重新又进洞去。过了一会儿，又出来了，出来又进去，来来去去反复说那句话。太阳顶头的时候，老鼠又说："王周南，你不应声，我还有什么法子。"说完，跌跌撞撞地死了，身上的冠和衣服就不见了。走近去看，与平常的老鼠没有不同。

安阳亭书生

安阳城南有一亭，夜不可宿，宿辄杀人。书生明术数，乃过宿之。亭民曰："此不可宿，前后宿此，未有活者。"书生曰："无苦也，吾自能谐。"遂住廨舍，乃端坐诵书，良久乃休。

夜半后，有一人着皂单衣，来往户外，呼亭主。亭主应诺。"见亭中有人耶?"答曰："向者有一书生在此读书。适休，似未寝。"乃喑嗟而去。须臾，复有一人冠赤帻者，呼亭主，问答如前，复喑嗟而去。既去寂然。

书生知无来者，即起诣向者呼处，效呼亭主。亭主亦应诺。复云："亭中有人耶?"亭主答如前。乃问曰："向黑衣来者谁?"曰："北舍母猪也。"又曰："冠赤帻来者谁?"曰："西舍老雄鸡父也。"曰："汝复谁耶?"曰："我是老蝎也。"于是书生密便诵书至明，不敢寐。

天明，亭民来视，惊曰："君何得独活?"书生曰："促索剑来，吾与卿取魅。"乃握剑至昨夜应处，果得老蝎，大如琵琶，毒长数尺。西舍得老雄鸡父，北舍得老母猪。凡杀三物，亭毒遂静，永无灾横。

【译文】

安阳县城南有个亭，不能在里面过夜，过夜的就被杀死。有一个书生，明白术数，前去住宿。当地百姓说："这里不能过夜，前前后后在里面过夜的，没有一个活的。"书生说："不妨事的，我自有安排。"就住在亭长办事的房间里，端坐朗读书本，好久才休息。

半夜过后，有一个人穿着黑色单衣，在门外走来走去，唤叫"亭主"，"亭主"就答应了。那人问："你看见亭中有人吗?""亭主"回答说："刚才有个书生，在这里读书，才休息，好像还没睡着。"那人就轻轻叹息着走了。过了一会儿，又有一个人，戴着大红色的头巾，也叫"亭主"，一问一答，和第一个人一样，也轻轻叹息着走了。走了以后，就一片寂静。

书生知道没有再来的了，就起来到刚才两个人呼叫的地方，也模仿着呼叫"亭主"，"亭主"也答应了。书生也说："亭中有人吗?""亭主"的回答像以前一样。书生就问道："刚才来的穿黑衣的是谁?""亭主"说："是北屋的母猪。"书生又问："戴大红色头巾来的是谁?""亭主"说："西屋的老雄鸡。"书生又问："你又是谁?""亭主"说："我是老蝎子。"于是书生就独自诵书，直到天明，不敢睡觉。

天亮以后，当地百姓来看，都吃惊地说："你怎么能活下来的？"书生说："赶快拿把铲子来，我给你们抓妖怪。"就到昨夜"亭主"答应的地方去挖掘，果然捉到一只老蝎子，有琵琶那么大，毒尾长几尺。接着，到西屋捉了老雄鸡，北屋捉了母猪。共计杀了三个怪物，亭里的祸害就消除了，永远不再有灾殃。

汤　应

吴时，庐陵郡都亭重屋中常有鬼魅，宿者辄死。自后使官莫敢入亭止宿。时丹阳人汤应者，大有胆武，使至庐陵，便止亭宿。吏启不可，应不听。迸从者还外，唯持一大刀，独处亭中。

至三更竟，忽闻有叩阁者。应遥问："是谁？"答云："部郡相闻。"应使进，致词而去。顷间，复有叩阁者如前，曰："府君相闻。"应复使进，身着皂衣。去后，应谓是人，了无疑也。旋又有叩阁者，云："部郡、府君相诣。"应乃疑曰："此夜非时，又部郡、府君不应同行。"知是鬼魅，因持刀迎之。见二人，皆盛衣服，俱进。坐毕，府君者便与应谈。谈未竟，而部郡忽起，至应背后。应乃回顾，以刀逆击，中之。府君下坐走出。应急追，至亭后墙下，及之。斫伤数下，应乃还卧。

达曙，将人往寻，见有血迹，皆得之。云称府君者，是一老猯也；部郡者，是一老狸也。自是遂绝。

【译文】

吴国的时候，庐陵郡都亭的套房里面，常常有鬼魅出现，在里面过夜的人往往死去。这以后出公差的官吏，没有人敢到亭里去留宿。当时有个丹阳人叫汤应的，胆大有武艺，出差到庐陵，就留在都亭过夜。都亭的管理人员告诉他不可以住，汤应不听。他把随从人员摒在门外，只拿一把大刀，独自住在亭中。

到三更将尽，忽然听得有敲边门的声音。汤应远远地问："是谁？"回答说："我是郡吏，前来相见。"汤应叫他进来，说了几句话就走了。过了一会儿，又有敲边门的，汤应问："是谁？"回答说："我是太守，前来相见。"汤应又叫他进来，只见他身穿黑衣。走了以后，汤应以为是人，一点也不疑心。没多久，又有敲边门的，说："郡吏和太守前来拜访。"汤应这才起了疑心想："这半夜三更的，不是拜客的时间。况且郡从事吏和太守也不该一起来。"心里知道是鬼魅，就手握大刀迎接他们。只见两个人衣服穿得都很华丽，一起进来。坐下以后，那自称太守的便与汤应交谈，谈到一半，那个郡吏忽然起身走到汤应背后，汤应就回顾，用刀倒劈，劈中了。那太守离座奔出，汤应急忙追赶，到亭后墙下追到了，斫了几下，这才回屋躺下。

到天亮以后，汤应带着人沿着血迹去找寻，都抓到了。自称太守的，是一头老猪。自称郡吏的，是一只老野猫。从此以后，都亭的妖怪就绝迹了。

卷十九

李寄

东越闽中有庸岭，高数十里。其西北隙中有大蛇，长七八丈，大十余围，土俗常惧。东治都尉及属城长吏多有死者。祭以牛羊，故不得祸。或与人梦，或下谕巫祝，欲得啖童女年十二三者。都尉令长，并共患之。然气厉不息。共请求人家生婢子，兼有罪家女养之。至八月朝祭，送蛇穴口，蛇出吞啮之。累年如此，已用九女。

尔时预复募索，未得其女。将乐县李诞家，有六女，无男。其小女名寄，应募欲行，父母不听。寄曰："父母无相，惟生六女，无有一男，虽有如无。女无缇萦济父母之功，既不能供养，徒费衣食，生无所益，不如早死。卖寄之身，可得少钱，以供父母，岂不善耶?"父母慈怜，终不听去。寄自潜行，不可禁止。

寄乃告请好剑及咋蛇犬。至八月朝，便诣庙中坐，怀剑将犬。先将数石米糍，用蜜麨灌之，以置穴口。蛇便出，头大如囷，目如二尺镜。闻糍香气，先啖食之。寄便放犬，犬就啮咋，寄从后斫得数创。疮痛急，蛇因踊出，至庭而死。寄入视穴，得其九女髑髅，悉举出，咤言曰："汝曹怯弱，为蛇所食，甚可哀愍。"于是寄女缓步而归。

越王闻之，聘寄女为后，拜其父为将乐令。母及姊皆有赏赐。自是东冶无复妖邪之物。其歌谣至今存焉。

【译文】

东越闽中，有一座山叫庸岭，从山脚到山顶要走几十里。西北山坳里，有一条大蛇，长七八丈，粗十几围，当地土俗都把它当作一大祸患。东冶县的都尉和县长属吏，常有被它害死的。用牛羊去祭祀它，就不降祸。这条大蛇有时向人托梦有时通过巫师传话，想要吃十二三岁的童女。都尉和县长都很担忧，但大蛇凶恶的气焰始终不息，只好向大户人家要来奴婢生下的女儿，再加上犯罪人家的女儿，一起养着，到每年八月朝祭的时候，送一个到洞口，蛇就出来把她吞吃了。连年都是这样，已经用掉九个女孩儿了。

这时，又预先征求寻觅童女，还没有弄到。将乐县李诞家里，有六个女儿，没有男孩。小女儿叫李寄，想要应募前去，父母不答应。李寄说："父母命不好，只生了六个女儿，没有一个儿子，虽然有这么多女孩。还像没有一样。女儿我未能像缇萦那样帮助父母，既不能赡养父母，还白白地费了衣食，活着也没什么用处，不如早点死了。把我卖给官府，还能多少得些钱给父母，这难道不好吗?"父母慈爱，怜惜女儿，到底不让她去。谁知李寄偷偷地去了，想阻止也阻止不了。

李寄到了东冶县，在到蛇洞去之前，先要了一把剑，和一头能咬蛇的狗。到八月初一早晨，她就到蛇洞口的庙里坐着，怀里藏着剑，带着狗。她先用几石米做成粢饭，用蜜拌麦芽糖裹在里面，放在洞口。蛇就出来了，头像谷仓那么大，眼睛像直径两尺的镜子。它闻到粢饭的香气，先吃起来。李寄便放出狗来，狗冲上去去咬蛇。李寄绕到蛇后面连斫了几下，蛇痛得厉害，就窜出了洞，到庙前院子里死了。李寄到蛇洞里去看，发现九具童女的枯骨，把它们都拿出来，感叹地说："你们太胆小懦弱，被蛇吞吃，很是可怜。"于是她就缓步回到县里。

越王听说这件事，聘李寄做王后，拜她的父亲任将乐县县令，母亲和五个姐姐也都有赏赐。从此东冶县不再有妖邪之物。当地歌谣至今还流传这个故事。

司徒府蛇怪

晋武帝咸宁中，魏舒为司徒。府中有二大蛇，长十许丈，居厅事平橑上。止之数年，而人不知，但怪府中数失小儿及鸡犬之属。后有一蛇夜出，经柱侧，伤于刃，病不能登，于是觉之。发徒数百，攻击移时，然后杀之。视所居，骨骼盈宇之间。于是毁府舍，更立之。

【译文】

晋武帝咸宁年间，魏舒任司徒。他的府中有两条大蛇，十来丈长，盘踞在厅堂房椽上面的夹层中，留在那里几年，人们都不知道，只是奇怪府中屡次发生小孩和鸡犬失踪的事。后来一条大蛇夜间出来，经过柱子旁边，被放在那里的兵器划伤，上不去了，这才发觉。魏舒调派了几百个人，攻打了好久，才把两条蛇杀死了。看它们盘踞的地方，充满了各种骨骼。于是把这幢房子拆了，重新造了一幢。

扬州二蛇

汉武帝时，张宽为扬州刺史。先是有二老翁争山地，诣州讼疆界，连年不决。宽视事，复来。宽窥二翁形状非人，令卒持杖戟将入，问："汝何等精？"翁走。宽呵格之，化为二蛇。

【译文】

汉武帝时，张宽任扬州刺史。早先有两个老头儿，为争夺山地，到州里来打官司，要求确定疆界，接连几年得不到解决。到张宽上任以后，又来了。张宽看两个人的形状不像是人，命令兵士拿了棍棒兵器把他们带进来，问道："你们是什么精怪？"两个老头儿扭头就跑，张宽喝令格打他们，结果变成了两条蛇。

鼍　妇

鄱阳人张福，船行还野水边。夜有一女子，容色甚美，自乘小船来投福，云："日暮畏虎，不敢夜行。"福曰："汝何姓，作此轻行？无笠雨驶，可入船就避雨。"因共相调，遂入就福船寝，以所乘小舟系福船边。三更许，雨晴月照，福视妇人，乃是一大鼍，枕臂而卧。福惊起，欲执之，遽走入水。向小舟，是一枯槎段，长丈余。

【译文】

鄱阳人张福，乘船往回赶路，夜间泊在荒野的水边。有一个女子，容貌姣美，自己乘着小船，到张福的船边来，说："天黑了，我怕老虎，不敢上岸走夜路。"张福问她："你姓什么？怎么一个人驾这么一只小船，你又没戴斗笠，在雨里行驶，你还是上我的船来避雨吧。"两个人就互相调情，到张福的船舱里睡觉。那女子把自己的小船，系在张福的船边。三更左右，雨停了，月光朗照，张福醒来，看那女子，哪是什么美女，分明是一条大扬子鳄，正枕在自己的臂弯里睡着。张福这一惊非同小可，急忙跃起，想要抓住它，匆忙中被它窜入水中。那条小船，原来是一段长一丈多的枯木头。

丹阳道士

丹阳道士谢非，往石城买冶釜。还，日暮，不及至家。山中庙舍于溪水上，入中宿。大声语曰："吾是天帝使者，停此宿。"犹畏人劫夺其釜，意苦搔搔不安。

二更中，有来至庙门者呼曰："何铜！"铜应喏。曰："庙中有人气，是谁？"铜云："有人，言是天帝使者。"少顷便还。须臾，又有来者呼铜，问之如前，铜答如故，复叹息而去。非惊扰不得眠，遂起，呼铜问之："先来者谁？"答言："是水边穴中白鼍。""汝是何等物？"答言："是庙北岩嵌中龟也。"非皆阴识之。

天明，便告居人，言："此庙中无神。但是龟、鼍之辈，徒费酒食祀之。急具锸来，共往伐之。"诸人亦颇疑之。于是并会伐掘，皆杀之。遂坏庙绝祀，自后安静。

【译文】

丹阳郡道士谢非，到石城去买了一口冶炼金属的锅子，回来的路上，太阳下山了，来不及到家。正好看到有一所庙宇，在山中溪水旁，就进去住一夜。到了里面，大声说道："我是天帝使者，停在这里过夜。"还怕锅子被人偷走，东想西想，难以安睡。

二更时分，有个人到庙门，唤道："何铜！"那个叫何铜的人应了一声。门口的人问："庙里有人的气味，是谁？"何铜说："有个人，说是天帝使者。"那人听说，过了一会儿就回去了。不多久，又有一个人来了，也叫"何铜"，也问庙里怎么有人的气味，何铜的回答也像刚才一样。第二个人也叹息着走了。谢非被惊扰得不能入眠，就起来，也呼唤何铜，问他："刚才来的是谁？"回答说：

“是水边洞穴中的白扬子鳄。”谢非又问：“你是什么东西？”回答说：“是庙北岩缝中的乌龟。”谢非都默记着。

天亮以后，他就告诉当地居民：“这庙里没有神，只不过是乌龟、鳄鱼之辈。你们白白花费了酒食去祭祀了。赶快准备好铲子来，我领你们一起去挖它们出来。”当地人也很有点疑心。于是一同挖掘，把扬子鳄和乌龟都杀了。拆毁了庙，断绝了祭祀，从此以后这一方就安静了。

五 酉

孔子厄于陈，弦歌于馆中。夜有一人，长九尺余，着皂衣高冠，大吒，声动左右。子贡进，问：“何人耶？”便提子贡而挟之。子路引出，与战于庭。有顷，未胜。孔子察之，见其甲车间时时开如掌。孔子曰：“何不探其甲车，引而奋登？”子路引之，没手仆于地，乃是大鳀鱼也，长九尺余。孔子曰：“此物也，何为来哉？吾闻物老则群精依之，因衰而至。此其来也，岂以吾遇厄绝粮，从者病乎？夫六畜之物，及龟、蛇、鱼、鳖、草、木之属，久者神皆凭依，能为妖怪，故谓之‘五酉’。五酉者，五行之方，皆有其物。酉者，老也。物老则为怪，杀之则已，夫何患焉？或者天之未丧斯文，以是系予之命乎？不然，何为至于斯也？”弦歌不辍。子路烹之，其味滋，病者兴。明日遂行。

【译文】

孔子在陈国受困，住在招待所弹琴唱歌。夜间有一个人，身长九尺有余，穿黑衣，戴高冠，大声呼喝，声音惊动了左右。子贡进来，问："是什么人？"这人就把子贡提起来，夹在腋下。子路把他引出去，与他在庭院中大战。打了好一会，赢不了他。孔子在一旁观察，只见这个人的牙床骨处常常好像甲壳一样掀开一个手掌那么大小的空隙。孔子说："子路，你何不把手伸到他牙床骨掀开的地方去，拎起来奋力向下？"子路一拎，对方就随手跌倒在地，变成了一条大鳀鱼，长九尺有余。孔子说："这东西，为什么来呢？我听说，万物老了，就有众多的精灵去依附它，专门找薄弱的环节而来。他到这里，难道是因为我遇到困难断了粮食，跟随我的人病倒了的缘故吗？六畜与龟、蛇、鱼、鳖、草、木之类的东西，年代久远了精灵都会凭依，能兴妖作怪，所以称为'五酉'。所谓五酉，是与五行相配的五个方位，都各有相应的物种。'酉'是老的意思。物老了就成怪，像这条鳀鱼，杀了就罢了，有什么可怕的呢。也许是天意不使我们这批斯文的人死亡，用它来救我们的命吧？不然，它为什么要到这里来呢？"说完，仍然不停地弹琴唱歌。子路把大鳀鱼煮熟，味道好极了，吃了它，病倒的人都起来了。第二天，他们就动身出发了。

鼠　妇

豫章有一家，婢在灶下，忽有人长数寸，来灶间壁。婢误以履践之，杀一人。须臾，遂有数百人着衰麻服，持棺迎丧，凶仪皆备。出东门，入园中覆船下。就视之，皆是鼠妇。婢作汤灌杀，遂绝。

【译文】

豫章郡有家人家，婢女在灶下劳作，忽然有几寸长的小人到灶间的墙边来，婢女不小心踩了一脚，踩死了一个。一转眼，就有几百个小人，穿着吊孝的麻衣，抬着棺材来迎丧，一切办丧事的仪仗都齐备的。一行人出了东门，到园中一条倒放着的船下。走近去看，都是一种俗称鼠妇的甲壳虫。婢女烧了开水去浇，都烫死了，那种小人也就绝迹了。

千 日 酒

狄希，中山人也。能造千日酒，饮之千日醉。时有州人姓刘，名玄石，好饮酒，往求之。希曰："我酒发来未定，不敢饮君。"石曰："纵未熟，且与一杯，得否？"希闻此语，不免饮之。复索曰："美哉！可更与之。"希曰："且归，别日当来，只此一杯，可眠千日也。"石别，似有怍色。至家，醉死。家人不之疑，哭而葬之。

经三年，希曰："玄石必应酒醒，宜往问之。"既往石家，语曰："石在家否？"家人皆怪之，曰："玄石亡来，服以阕矣。"希惊曰："酒之美矣，而致醉眠千日。今合醒矣。"乃命其家人凿冢破棺看之。冢上汗气彻天，遂命发冢。方见开目张口，引声而言曰："快哉，醉我也！"因问希曰："尔作何物也，令我一杯大醉，今日方醒！日高几许？"墓上人皆笑之。被石酒气冲入鼻中，亦各醉卧三月。

【译文】

狄希是中山国人，他能酿造千日酒，喝了要醉倒一千天。当时有个同乡人姓刘名玄石，爱好喝酒，前去求饮。狄希说："我的酒是否酿好了还不一定，不敢给你喝。"刘玄石说："即使还没酿熟，就给我一杯，行不行？"狄希听了这话，不免给他喝了一杯。刘玄石喝了还要，说："好酒！再给我一杯。"狄希说："你暂且先回去，下次再来。只这么一杯，就够你睡上一千天了。”刘玄石告别时，脸色似乎有些变了。到家里，就醉得像死去一样。家里人也不怀疑有别种情况，哭着把他葬了。

过了三年，狄希说：“刘玄石酒一定要醒了，我该去问问他。”到了刘家以后，他问道：“刘玄石在吗？”刘家的人都奇怪起来，说：“玄石死到现在，三年丧期都已满了。”狄希吃惊地说：“刘玄石是喝了美酒，这酒太好了，可以使人醉倒睡上一千天，如今理该醒了。”就叫他家里人掘墓破棺去看。到了坟地，只见刘玄石墓上水气蒸腾，狄希就叫快把墓掘开。正好看见刘玄石睁开眼睛，张开嘴巴，拖长了声音说：“痛快极了！把我醉成这个样！”就问狄希：“你酿造出了什么东西，使我一杯大醉，今天方醒？太阳已经有多高了？”墓上的人都笑他。不料一笑之际，被刘玄石喷出的酒气冲入鼻中，也个个醉倒了三个月。

陈仲举

陈仲举微时，常宿黄申家。申妇方产，有扣申门者，家人咸不知。久久，方闻屋里有人言：“宾堂下有人，不可进。”扣门者相告曰：“今当从后门往。”其人便往。有顷还，留者问之：“是何等？名为何？当与几岁？”往者曰：“男也，名为‘奴’。当与十五岁。”“后应以何死？”答曰：“应以兵死。”

仲举告其家曰：“吾能相，此儿当以兵死。”父母惊之，寸刃不使得执也。至年十五，有置凿于梁上者，其末出。奴以为木也，自下钩之，凿从梁落，陷脑而死。

后仲举为豫章太守，故遣吏往饷之申家，并问奴所在。其家以此具告。仲举闻之，叹曰：“此谓命也！”

【译文】

陈仲举贫贱的时候，常住宿在黄申家中。黄申的妻子正要生产，有敲黄家门的，黄家的人一个也不知道。过了好一会，陈仲举才听得屋里有人说："客堂里有人，不能进来。"敲门的就告诉说："那我现在从后门进去吧。"那人就到后门去了。过了一会儿，去的人回来了。另一个留下的人问他："生下的是怎样的人？叫什么名字？该有几年寿命？"去的人说："生下的是男孩，名叫'奴'，该活到十五岁。"又问："以后该因为什么而死？"回答说："该因为武器而死。"

陈仲举就对黄家说："我会看相。这小孩命中该因为武器而死。"黄申夫妇俩都很吃惊，从此哪怕只有一寸长的小刀也不给他拿。黄奴长到十五岁，家里有人将一把凿子放在梁上，露出了一点柄的末端。黄奴以为是一段木头，就用钩子从下面去钩，凿子从梁上落下来，刺进了黄奴的脑壳而死。

后来陈仲举做了豫章太守，派了个手下人到黄申家去送礼，并问黄奴的所在。黄家把这情况都告诉了他。陈仲举听了，叹道："这就是所谓命啊。"

卷二十

病龙雨

晋魏郡亢阳，农夫祷于龙洞，得雨，将祭谢之。孙登见曰："此病龙雨，安能苏禾稼乎？如弗信，请嗅之。"水果腥秽。龙时背生大疽，闻登言，变为一翁，求治，曰："疾痊，当有报。"不数日，果大雨。见大石中裂开一井，其水湛然。龙盖穿此井以报也。

【译文】

晋朝魏郡亢阳县的农夫，在龙洞祈祷，结果求到了雨，打算去祭祀表示感谢。孙登看了说："这是病龙下的雨，怎么能使庄稼复苏？你们如果不相信，请你们闻一闻。"果然，雨水有一股腥秽的气味。龙当时背上生了一个大疽，听到孙登的话，就变成一个老翁，前来求医，说："病好了，一定有所报答。"孙登给他治了。不多久，果然下了大雨。还看见大石中裂开一口井，井水清而深。龙大概穿了这口井来作为报答的。

苏易

苏易者，庐陵妇人，善看产，夜忽为虎所取。行六七里，至大圹，厝易置地，蹲而守。见有牝虎当产，不得解，匍匐欲死，辄仰视。易怪之，乃为探出之，有三子。生毕，牝虎负易还，再三送野肉于门内。

【译文】

苏易是庐陵郡的一个妇女，善于接生。一天夜里，忽然被老虎衔了去。老虎走了六七里路，到一片空旷的原野，就把苏易放在地上，蹲着守住她。苏易一看，有一头母老虎要生产，小老虎出不来，伏在地上几乎要死过去，抬起头向苏易投来求救的目光。苏易感到奇怪，就为它助产，把手伸进去接出了三头小老虎。生完以后，母老虎就背苏易回到家。以后，多次衔了野兽肉送到她门中。

鹤 衔 珠

哙参养母至孝。曾有玄鹤为弋人所射，穷而归参。参收养，疗治其疮，愈而放之。后鹤夜到门外，参执烛视之，见鹤雌雄双至，各衔明珠，以报参焉。

【译文】

哙参赡养母亲极为孝顺。曾有一只玄鹤，被猎人射中，力竭飞到哙参家中。哙参把它收养下来，治疗它的创伤，痊愈以后就把它放了。后来鹤夜间来到哙参门外，哙参拿了烛去看，只见雄鹤雌鹤双双前来，各衔了一颗明珠，来报答他。

黄 衣 童 子

汉时弘农杨宝，年九岁时至华阴山北，见一黄雀为鸱枭所搏，坠于树下，为蝼蚁所困。宝见愍之，取归置巾箱中，食以黄花。百余日，毛羽成，朝去暮还。一夕三更，宝读书未卧。有黄衣童子向宝再拜曰："我，西王母使者。使蓬莱，不慎为鸱枭所搏。君仁爱见拯，实感盛德。"乃以白环四枚与宝，曰："令君子孙洁白，位登三事，当如此环。"

【译文】

汉朝的时候，弘农郡杨宝在九岁那年上，到华阴山北麓，看见一只黄雀被猫头鹰击伤了，掉在树下，受到蚂蚁的困扰，杨宝看了心生怜悯，就把黄雀拿回家，放在巾箱中，用黄花喂它。养了一百多天，羽毛长好了，黄雀早上飞出去，晚上飞回来。一夜，三更时分杨宝读书还没安息，有个黄衣童子来，向他拜了又拜，说："我是西王母的使者，出使到蓬莱，不小心被猫头鹰击伤了。你心地仁慈，拯救了我，实在感谢你的大恩大德。"说着，拿出四枚白玉环送给杨宝，说："要使你的子孙像玉一样洁白，位登三公，一代接着一代，像这环一样。"

随侯珠

随县溠水侧，有断蛇丘。随侯出行，见大蛇被伤中断，疑其灵异，使人以药封之，蛇乃能走，因号其处"断蛇丘"。岁余，蛇衔明珠以报之。珠盈径寸，纯白，而夜有光明，如月之照，可以烛室，故谓之"随侯珠"。亦曰"灵蛇珠"，又曰"明月珠"。丘南有随季良大夫池。

【译文】

随县溠水旁边，有座山丘叫断蛇丘。当初随侯出行，看见一条大蛇受伤断成两截，怀疑它是条灵异的神蛇，就叫人用药替它包扎起来。蛇就能走了。从此这儿便叫做断蛇丘。过了一年多，蛇衔来一颗明珠报答隋侯。这颗珍珠直径达到一寸，纯白，夜里能放射出光芒，与月亮的光辉相仿佛，可以照亮一间屋子。所以叫它“随侯珠”，也叫“灵蛇珠”，又叫“明月珠”。断蛇丘南面，有以随国大夫季梁命名的池塘。

孔　愉

孔愉，字敬康，会稽山阴人。元帝时，以讨华轶功封侯。愉少时，尝经行余不亭，见笼龟于路者，愉买之，放于余不溪中。龟中流，左顾者数过。及后以功封余不亭侯，铸印而龟钮左顾，三铸如初。印工以闻，愉乃悟其为龟之报，遂取佩焉。累迁尚书左仆射，赠车骑将军。

【译文】

孔愉字敬康，是会稽郡山阴县人。晋元帝时，以讨伐华轶有功，封侯。孔愉年轻时，曾经过余不亭，看见路边有把乌龟放在笼子里出卖的，他就买了，放在余不溪中。乌龟游到溪水中流，向左回顾了好几次。到后来，他因功封为余不亭侯，铸印的时候，印上的龟纽老是向左回顾，铸了三次都是这样。铸印的工匠把这事报告了他，他这才悟到自己封侯是出于乌龟的报答，就把印取来佩了。孔愉后来做到尚书左仆射，赠车骑将军的名号。

古巢老姥

古巢一日江水暴涨，寻复故道。港有巨鱼，重万斤，三日乃死。合郡皆食之，一老姥独不食。忽有老叟曰：

“此吾子也，不幸罹此祸。汝独不食，吾厚报汝。若东门石龟目赤，城当陷。”姥日往视。有稚子讶之，姥以实告。稚子欺之，以朱傅龟目。姥见，急出城。有青衣童子曰：“吾，龙之子。”乃引姥登山，而城陷为湖。

【译文】

古巢城，有一天江水暴涨，后来水又退到原来的河道。有一条大鱼，搁浅在港口，足有一万斤重，过了三天就死了。整个郡的人个个吃了鱼肉，只有一个老婆子没吃。忽然有个老头来，对老婆子说：“那条大鱼，是我的儿子，不幸遭到这场灾祸。只有你不吃它的肉，我要重重地报答你。告诉你一个信息：如果东门石龟眼睛变红，这座城就要陷入地下了。”老婆子听了这话，就天天到东门去看石龟的眼睛。有个小孩看见老婆子天天跑来，感到奇怪，就问她看石龟干什么。老婆子把实话告诉了他。那小孩有心想骗骗老婆子开个玩笑，就用朱砂涂在石龟的眼睛上。老婆子跑来了，看见石龟的眼睛变红了，马上出城。有个青衣童子迎接她说：“我是龙的儿子。”就引老婆子上了山。古巢城就陷入地下，变成了一个湖。

董 昭 之

吴富阳县董昭之，尝乘船过钱塘江，中央见有一蚁，着一短芦，走一头回，复向一头，甚惶遽。昭之曰：“此畏死也。”欲取着船。船中人骂：“此是毒螫物，不可长。我当踏杀之！”昭意甚怜此蚁，因以绳系芦着船。船至岸，蚁得出。其夜，梦一人乌衣，从百许人来谢云：“仆是蚁中之王，不慎堕江，惭君济活。若有急难，当见告语。”

历十余年，时所在劫盗，昭之被横录为劫主，系狱余杭。昭之忽思蚁王梦，缓急当告，“今何处告之?”结念之际，同被禁者问之，昭之具以实告。其人曰：“但取两三蚁着掌中，语之。”昭之如其言。夜果梦乌衣人云：“可急投余杭山中。天下既乱，赦令不久也。”于是便觉。蚁啮械已尽，因得出狱，过江投余杭山。旋遇赦，得免。

【译文】

吴郡富阳县董昭之，曾乘船过钱塘江，到了江中心，看见一只大蚂蚁在一段芦苇秆上，急匆匆走向一头，遇到水，回过身子，又走向另一头，看它的样子，很是惊恐慌张。董昭之说：“这是怕死啊。”就想把它捞到船上。船上的人骂道：“这种螫人的毒虫。怎么可以让它上来！你捞上来，我就把它踩死。”董昭之心里很可怜这只蚂蚁，就用一根绳子把芦苇秆系在船舷上。船到岸以后，蚂蚁也得以登陆了。这一夜，董昭之做了一个梦，梦见一个人穿着黑衣，带领着一百多人来向他致谢说：“我是蚁中之王，不小心掉进了江里，很不好意思，靠您救活了。今后您如果有什么急难，可以告诉我。”

过了十几年，董昭之所住的地方发生了强盗抢劫案，董昭之被冤枉为抢劫主犯逮捕了，收在余杭县监狱里，这时他忽然想起蚁王梦中说的话，有急难可以告诉它，但是到什么地方去告诉呢？他正在想不出办法的时候，一起被监禁的人问他在想什么，他就照实直说了。那人说：“你只要捉两三只蚂蚁放在手掌中，对它们说就行了。”董昭之照着做了。当夜果然梦见黑衣人来说：“你可以马上躲进余杭山中。天下既然已经乱了，大赦令不久也要发布下来了。”于是就醒来了。这时，一大群蚂蚁已经把他的桎梏咬开，他因而得以逃出监狱。过了江，就上了余杭山。不久，果然遇到大赦，他得到了赦免。

义犬冢

孙权时，李信纯，襄阳纪南人也。家养一狗，字曰“黑龙”。爱之尤甚，行坐相随，饮馔之间，皆分与食。

忽一日，于城外饮酒大醉，归家不及，卧于草中。遇太守郑瑕出猎，见田草深，遣人纵火爇之。信纯卧处，恰当顺风。犬见火来，乃以口拽纯衣，纯亦不动。卧处比有一溪，相去三五十步。犬即奔往，入水湿身，走来卧处周回，以身洒之，获免主人大难。犬运水困乏，致毙于侧。

俄尔信纯醒来，见犬已死，遍身毛湿，甚讶其事。睹火踪迹，因尔恸哭。闻于太守。太守悯之曰：“犬之报恩甚于人！人不知恩，岂如犬乎？”即命具棺椁衣衾葬之。今纪南有义犬冢，高十余丈。

【译文】

孙权的时候，有个李信纯，是襄阳郡纪南人。家里养了一条狗，名叫黑龙。他极其喜爱这条狗，走到哪儿，黑龙也跟到哪儿；坐在哪儿，黑龙也就蹲在哪儿。他吃什么东西，都要分一点给黑龙吃。

忽然有一天，李信纯到城外喝酒，喝得酩酊大醉，回不了家，躺在草中。遇到太守郑瑕出猎，看见田野里草很深密，派人纵火焚烧。李信纯睡的地方，正好是下风头。黑龙看见火烧过来了，就用嘴拖主人的衣服，李信纯睡得不省人事，一动也不动。睡的地方近处有一条小溪，相距三五十步，黑龙就奔过去，跳到水里，弄湿了身子，再奔到主人睡的地方，在他周围抖动身子洒水，洒完了再奔向溪中。如此往反，使主人得以免了大难，黑龙却因为运水困乏，力竭倒毙在主人身旁。

过了一阵，李信纯醒来，看见黑龙已经死了，浑身的毛都是湿漉漉的，觉得很惊讶。再看四周火焚的踪迹，才明白黑龙是为了救自己而死的，忍不住放声恸哭起来。

这件事被太守知道了，太守怜悯地说："狗的报恩，比人还强。人要是不知道报恩，岂不是比狗也不如了吗？"就下令为黑龙准备棺材衣衾，把它葬了。至今纪南有一座义犬墓，高达十余丈。

华隆家犬

太兴中，吴民华隆养一快犬，号"的尾"，常将自随。隆后至江边伐荻，为大蛇盘绕，犬奋咋蛇，蛇死。隆僵仆无知，犬彷徨涕泣，走还舟，复反草中。徒伴怪之，随往，见隆闷绝，将归家。犬为不食。比隆复苏，始食。隆愈爱惜，同于亲戚。

【译文】

晋元帝大兴年间，吴郡人华隆，养了一条快狗，名叫"的尾"，常带在自己身边。后来有一次，华隆到江边伐荻，被大蛇盘绕住了。的尾奋力咬蛇，把蛇咬死了。华隆却被蛇盘得窒息了，僵卧在地上，不省人事。的尾彷徨啼泣，奔回到船上，又回身跑到草中。华隆的同伴们看了，觉得奇怪，跟它前去，看见华隆昏死过去，就把他背了回家。的尾看见主人这样，不肯吃食，等华隆复苏过来以后，才肯进食。华隆从此对它更为爱惜，把它当成亲人一样。

蝼蛄神

庐陵太守太原庞企，字子及。自言其远祖不知几何世也，坐事系狱，而非其罪，不堪拷掠，自诬服之。及狱将上，有蝼蛄虫行其左右，乃谓之曰："使尔有神，能活我死，不当善乎？"因投饭与之，蝼蛄食饭尽去。顷复来，形体稍大。意每异之，乃复与食。如此去来，至数十日间，其大如豚。及竟报，当行刑。蝼蛄夜掘壁根为大孔，乃破械，从之出去。久时遇赦得活。于是庞氏世世常以四节祠祀之于都衢处。后世稍怠，不能复特为馔，乃投祭祀之余以祀之。至今犹然。

【译文】

庐陵太守、太原人庞企，字子及。他自己说，他的不知多少世以前的远祖，曾因为什么事蹲了监狱，并不是他的罪，只是因为不堪拷掠，屈打成招。案子将要报上去时，有一只蝼蛄在他周围爬行，他就对蝼蛄说："如果你有灵，能把我救活，不是太善良了吗？"就扔了点饭给它吃。蝼蛄把饭吃完就离去了，过了一会儿又来，形体变得稍大了一点。远祖心里觉得有点奇怪，就又给它吃食。这样一来二去，数十天之间，蝼蛄大得像头猪一样。案子上报手续办完，要行刑了。蝼蛄夜间在墙脚根挖了一个大洞，又把他的脚镣手铐咬坏了，远祖手脚得了自由，就跟它钻出洞去。隐伏了好久，遇到大赦，才得了一条活路。于是庞家世世代代常在一年的四个大节里到城中大路口去祭祀蝼蛄神。后世稍为懈怠了一点，不再特为蝼蛄神供应酒食，也在祭祖之余附带地祭祀蝼蛄神，至今还是这样。

猿母猿子

临川东兴有人入山，得猿子，便将归。猿母自后逐至家。此人缚猿子于庭中树上，以示之。其母便搏颊向人，欲乞哀状，直是口不能言耳。此人既不能放，竟击杀之。猿母悲唤，自掷而死。此人破肠视之，寸寸断裂。未半年，其家疫死，灭门。

【译文】

临川郡东兴县，有个人进山，捉到一只小猴子，就带了回家。母猴从后面追到了家。这人把小猴缚在庭院中的树上，让母猴看。母猴便拍打着脸向着人，好像哀求的模样，只是嘴巴不能说罢了。这人不但不放小猴，还竟然把它打死了。母猴悲哀地啼呼着，自己爬上大树跳下来而死。这人把母猴肚子破开来，肠子寸寸断裂。不到半年，这人家里染上了瘟疫，满门都死了。

虞荡

冯乘虞荡夜猎，见一大麈，射之。麈便云："虞荡，汝射杀我耶！"明晨，得一麈而入，即时荡死。

【译文】

冯乘县虞荡，夜间打猎，看见一头大麈，就张弓射它。麈便说："虞荡，你射杀我吗？"第二天早上，虞荡背着这只麈回家，一进门就死了。

华亭大蛇

吴郡海盐县北乡亭里，有士人陈甲，本下邳人。晋元帝时，寓居华亭。猎于东野大薮。欻见大蛇，长六七丈，形如百斛船，玄黄五色，卧冈下。陈即射杀之，不敢说。三年，与乡人共猎，至故见蛇处，语同行曰："昔在此杀大蛇。"其夜梦见一人，乌衣黑帻，来至其家，问曰："我昔昏醉，汝无状杀我。我昔醉，不识汝面，故三年不相知。今日来就死。"其人即惊觉。明日，腹痛而卒。

【译文】

吴郡海盐县北乡亭里，有个读书人陈甲，本籍是下邳人。晋元帝时，他客居在华亭，到东郊野外大泽中打猎。突然看见一条大蛇，长六七丈，形状像能装载百斛的船，五颜六色，躺在山冈下。陈甲就射杀了它，不敢对人说。过了三年，陈甲与乡邻一起打猎，又来到射杀大蛇的地方。他对一起来的人说："我以前在这里射杀过一条大蛇。"半夜，陈甲梦见一个人，乌衣黑巾，来到他家，说道："我当年昏醉在山冈下，你无礼地杀了我。我因为醉，不曾认清你的脸，所以三年不知是谁杀了我。今天你自己来就死。"陈甲当即惊醒了。第二天，他就腹痛而死。

邛都大蛇

邛都县下有一老姥，家贫孤独。每食，辄有小蛇，头上戴角，在床间，姥怜而饴之食。后稍长大，遂长丈余。令有骏马，蛇遂吸杀之。令因大忿恨，责姥出蛇。姥云："在床下。"令即掘地，愈深愈大，而无所见。令又迁怒，杀姥。蛇乃感人以灵，言："瞋令，何杀我母？当为母报仇！"此后每夜辄闻若雷若风，四十许日。百姓相见，咸惊语："汝头那忽戴鱼？"是夜，方四十里与城一时俱陷为湖，土人谓之为"陷湖"。唯姥宅无恙，讫今犹存。渔人采捕，必依止宿。每有风浪，辄居宅侧，恬静无他。风静水清，犹见城郭楼橹畟然。今水浅时，彼土人没水，取得旧木，坚贞光黑如漆。今好事人以为枕相赠。

【译文】

邛都县有一个老婆子，家里贫穷，又是孤身一人。每次吃饭时，总有一条小蛇，头上长角，出现在床上。老婆子怜惜它，喂它一点吃的。后来渐渐长大，有一丈多长。县令有一匹骏马，被蛇吞吃了。县令大为忿恨，责令老婆子把蛇交出来。老婆子说："蛇在床下。"县令就掘地，掘得越深，洞穴越大，却一无所见。县令就迁怒于老婆子，把她杀了。蛇向人显灵，说："干瞪着眼珠子的县令！你为什么杀我的母亲？我要为母亲报仇。"这以后每到夜晚，人们就听到声响，像是风声，又像是雷声。过了四十几天，百姓相见，都吃惊地说："你头上怎么戴了一条鱼？"这一夜，方圆四十里地，与城一起，一下子都陷入地中，变成了湖。当地人把它叫做"陷湖"。只有老婆子的房子一点也没有什么，至今还在。打鱼人在湖中捕捞鱼虾，必定要到它上面停留过夜。每有风浪，靠在房子旁边，就风平浪静，不会有任何意外。当风静水清的时候，还能看见水底城郭楼台轮廓分明的样子。如今水浅的时候，有的当地人潜水下去，捞到旧木头，坚硬光泽，色黑如漆。好事的人拿它做成枕头，互相馈赠。

建业妇人

建业有妇人背生一瘤，大如数斗囊，中有物如茧栗，甚众，行即有声。恒乞于市。自言："村妇也，常与娣姒辈分养蚕，己独频年损耗，因窃其姒一囊茧焚之。顷之，背患此疮，渐成此瘤。以衣覆之，即气闭闷；常露之，乃可，而重如负囊。"

【译文】

建业县有个妇女，背上生了一个瘤，大得好像能装几斗米的布袋，瘤里有像蚕茧、栗子般的东西，很多，行走的时候能听到声音。这妇女常在市上乞讨。自己说："我是农村的妇女，常与姐妹嫂子们分养蚕，只有我连年损耗。我就偷了嫂子的一布袋茧把它烧了。很快，背上就生了一个疮，渐渐变成了这个瘤。用衣裳盖住它，就感到气闷不适，要常常暴露着才行，重得好像背一布袋东西。"

中国古代名著全本译注丛书

周易译注
尚书译注
诗经译注
周礼译注
仪礼译注
礼记译注
大戴礼记译注
左传译注
春秋公羊传译注
春秋穀梁传译注
论语译注
孟子译注
孝经译注
尔雅译注
考工记译注

国语译注
战国策译注
贞观政要译注
晏子春秋译注

孔子家语译注
荀子译注
中说译注
老子译注
庄子译注
列子译注
孙子译注
鬼谷子译注
六韬·三略译注
管子译注
韩非子译注
墨子译注
尸子译注
淮南子译注
齐民要术译注
金匮要略译注
食疗本草译注
救荒本草译注
饮膳正要译注
洗冤集录译注
周髀算经译注
九章算术译注
茶经译注（外三种）修订本
酒经译注
天工开物译注
人物志译注
颜氏家训译注
梦溪笔谈译注
世说新语译注
闲情偶寄译注
山海经译注

穆天子传译注·燕丹子译注
搜神记全译

楚辞译注
千家诗译注
唐贤三昧译注
唐诗三百首译注
花间集译注
绝妙好词译注
宋词三百首译注

六朝文絜译注
古文观止译注
文心雕龙译注
文赋诗品译注
人间词话译注
唐宋传奇集全译
聊斋志异全译
子不语全译
阅微草堂笔记全译
历代名画记译注